KB273451

북북서로 진로를

북북서로 진로를

펴 낸 날/ 초판1쇄 2013년 4월 3일
　　　　　초판2쇄 2015년 10월 31일
지 은 이/ 조월례, 간정선, 권현숙, 김현경, 이호은
그 린 이/ 손령숙

펴 낸 이/ 이대건
펴 낸 곳/ 나무늘보 bookdota@naver.com

출판등록/ 2001년 4월 30일(제313-2009-267)
주　　소/ 서울시 서대문구 북아현로 16길 7 2층 (서울사무소)
　　　　　전북 고창군 해리면 월봉성산길 88 책마을해리
문　　의/ (대표전화)02-3144-8665, (전송)070-4209-1709

ⓒ 조월례, 간정선, 권현숙, 김현경, 이호은, 나무늘보, 2013

ISBN 978-89-958596-8-1　03800

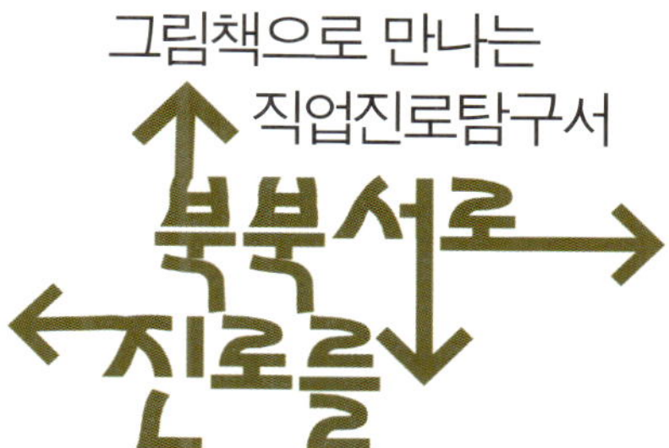

나무늘보

그림책으로 열어가는 진로탐색

'어떻게 살 것인가.' 누구에게나 주어진 질문입니다. 어쩌면 삶은 정답도 오답도 없는 이 질문에 대한 답을 찾아가는 과정일지도 모릅니다. 모든 사람들 앞에는 수많은 삶의 길이 있습니다. 아이들에게도 물론 예외가 아닙니다. 수많은 길 가운데서 아이들에게 꼭 알맞은 일, 가슴을 뛰게 하는 일, 살아 있음을 느끼게 하는 일, 어떤 경우에도 목숨을 걸고서라도 하고 싶은 일을 찾게 하는 것이 교육이어야 할 것입니다. 어떤 아이에게 어떤 일이 그런 일이 될지는 누구도 알 수 없습니다.

책을 읽는 일은 그 여러 가지 방법 가운데 하나라고 생각합니다. '진로'가 생계를 위한 직장의 개념을 뛰어넘어 진정으로 하고 싶은 일을 찾는 것이라고 할 때 책은 그 수많은 길을 제시할 것입니다. 아이들은 책을 읽으면서도, 현실의 수많은 시행착오를 피할 수는 없을 것입니다. 하지만 결국 책은 그 길을 안내할 것입니다.

이 책은 아이들과 청소년들이 가야 할 길을 찾는 데 조그만 등불이 되기를 바라는 마음으로 내 놓았습니다.

'진로'라는 타이틀을 걸고 세상에 나온 책은 무수하게 많습니다. 그 많은 책 가운데 이 책이 좀 다른 점이라면 '그림책'으로 진로를 생각해 보게 한다는 점입니다. 하지만 아이들에게 '얘들아, 네가 갈 길이 여기 있단다' 하고 당장 보여주지는 못합니다.

　자신이 가야 할 삶의 길을 찾기 위해서는 여러 가지 과정이 있을 것입니다. 그래서 그림책을 읽으며 나는 누구인지, 소중히 여겨야 할 가치는 무엇인지, 가족이나 이웃과는 어떻게 관계를 맺어가야 할지, 사회 속에서 나는 무엇을 어떻게 해야 할지, 등등 여러 가지를 생각해 볼 기회를 갖도록 하고자 합니다.

　그래서 1년 동안 달마다 주어지는 주제별로 그림책을 읽을 수 있도록 했습니다. 처음에는 나에서부터 출발하여, 가족과 이웃, 사회, 민족, 그리고 세계를 향해 시야를 넓혀갈 수 있도록 구성했습니다. 그림책과 관련하여 연결되는 직업을 생각해 볼 수 있도록 했지만 그것이 모든 아이에게 그대로 적용되기에는 한계가 있을 수 있습니다. 이 책에서는 바로 아이들에게 직업을 찾아주는 의미보다는 자신이 가야 할 길을 찾아가는 방향을 제시하는 데 더 의미를 두었으니까요. 이 책을 읽으면서 아이들이 다양한 관점으로 세상을 볼 수 있는 눈을 키울 수 있었으면 합니다.

　이 책은 아동도서 평론가, 아동학전공자, 초등학교 교사, 중학교 교사, 고등학교 교사가 참여했습니다. 아동도서 평론가의 선택과, 그림책을 연구자의 아동에 대한 관점, 그리고 각각의 교육현장에서 아이들을 가르쳐 본 경험들을 담아낸 것입니다.

　무엇보다 경민대학교 산하 독서스페셜리스트교육원에서 1년 동안 연구한 결과물로서 이 책을 세상에 내놓게 되었습니다. 스스로도 부족함이 많이 보여 부끄럽지만 우리 경험들이 아이들 '진로'를 생각하는 부모와 교사들에게 조금이나마 도움이 된다면 더 없이 감사하겠습니다.

조월례(어린이책평론가, 경민대학교 독서스페셜리스트교육원 교수)

차례

아이들은 저마다 이 세상에 널려있는 보이지 않는 보물 같은 가치들을 발견하는 특별한
눈을 가졌다는 것을 알려주세요. 하지만 인생의 보물 같은 가치를 발견하는 열쇠는
그렇게 쉽게 주어지지 않는다는 사실도 함께요.

1

나를 찾는 가치 여행

"어린 시절은 자기만의 세계를 만들어 가는 첫 단추를 꿰는 시기입니다. 가치관에 따라 삶의 방향이 정해지고, 자신이 해야 할 일이 정해지기도 합니다. 나아가 살아가는 이유를 발견하기도 합니다. '꿈'은 자기 삶의 밑그림을 그리는 일입니다. 또, 가치관에 따라 세상을 보는 눈이 달라지고, 삶의 빛깔이 달라지기도 합니다."

하지만, 꿈을 꿀 수 있다는 것만으로도
충분히 의미 있습니다

'꿈'은 자기 삶의 밑그림을 그리는 일입니다. 이 책은, 아이들이 자기 삶에 대해 그림을 그릴 때 가장 먼저 '무엇에 가치를 둘 것인가'를 생각하게 하자는 것에서부터 시작합니다.

어린 시절은 자기만의 세계를 만들어 가는 첫 단추를 꿰는 시기입니다. 가치관에 따라 삶의 방향이 정해지고, 자신이 해야 할 일이 정해지기도 합니다. 나아가 살아가는 이유를 발견하기도 합니다. 또, 가치관에 따라 세상을 보는 눈이 달라지고, 삶의 빛깔이 달라지기도 합니다. 아이들마다 관심사가 다르고 능력이 다르고 세상을 보는 눈이 다르니 아이들이 무엇이 되어야 한다거나 무엇이 될 거라고 말할 수는 없습니다. 다만 개개의 눈으로, 마음으로, 가치 있게 여기는 일을 찾아 낼 수 있어야 하겠지요. 끝까지 지키고 싶은 것, 포기할 수 없는 것, 어떤 경우에도 자신의 전부를 던져서 이루고 싶은 일, 혹은 남들이 보기에는 사소하지만 자신의 눈으로 보았을 때 한없이 소중한 그 무엇을 발견하는 과정이야말로 삶의 의미를 찾을 수 있는 일이 될 것입니다.

사람은 누구나 꿈을 꿉니다. 그 꿈에 자신을 겁니다. 그것이 때로는 감당할 수 없을 만큼 커서 버겁게 느껴질 수도 있습니다. 하지만 꿈을 꿀 수 있다는 것만으로도 의미 있습니다. 그것이 살아가는 이유가 되기도 할 테니까요.

물론, 꿈과 현실 사이의 벽이 때로는 견고하게 앞을 가로막기도 하고, 때로는 세상이 그렇게 녹록하게 꿈을 채워주지 않는다는 사실에 좌절하기도 할 것입니다. 그러나 그런 과정을 통해서 아이들은 세상에 그냥 얻어지는 것은 없으며 노력한 만큼 달콤한 결과를 얻을 수 있다는 진리를 발견하게 될 것입니다. 그것을 깨닫기까지 아이의 삶은 좌충우돌하게 될 것입니다. 하지만 시간이 지나면 그것조차도 삶의 한 과정이라는 것을 알게 될 것이며, 세상에 존재하는 모든 사물, 사람, 보이지 않는 바람조차도, 존재하는 것만으로도 가치가 있다는 진실을 발견하게 될 것입니다. 어떤 자리에 있는 누구라도 삶은 꿈꿔 볼 만한 가치가 있다는 것을 말입니다.

그런데 삶은 유한합니다. 죽음이 있기에 삶은 더 가치 있게 되고, 자기 존재의 가치를 다시금 발견하게 해 줍니다. 우리는 죽음을 통해 진심으로 우리가 추구해야 할 삶의 가치가 무엇인지를 생각해 볼 수 있는 기회를 얻게 됩니다.

아이들이 책을 읽으며 자신을 비롯해서 주변 사람들이 '왜 사는가, 무엇을 위해서 살 것인가, 어떻게 살 것인가'에 대한 문제를 한번쯤 생각해 볼 수 있기를 기대해 봅니다. 아직은 막연하겠지만 각각의 책을 읽는 과정에서 살짝이라도 맛볼 수 있는 기회가 될 수 있다면 좋겠습니다. 아이들은 저마다 이 세상에 널려 있는 보이지 않는 보물 같은 가치들을 발견하는 특별한 눈을 가졌다는 것을 알려 주세요. 하지만 인생의 보물 같은 가치를 발견하는 열쇠는 그렇게 쉽게 주어지지 않는다는 사실도 함께요.

세상 가장 낮은 곳에서도
희망의 씨앗은 싹트고 있다

『강아지똥』 권정생 글, 정승각 그림, 길벗어린이(1996)

"세상에 존재하는 모든 것은 저마다 빛이 되고 거름이 될 수 있다." 누구에게나 적용되는 평범한 진리이다. 하지만 누구나 이런 진리를 깨달으며 살아가는 것은 아니다.

우리는 태어남과 동시에 비교되기 시작된다. 출생 순간의 울음소리, 머리 크기, 키, 머리카락 길이에서 시작하여 점차 신체적 발달단계, 외모, 재산, 출세 등 비교거리는 무궁무진하다. 안타까운 것은 이렇게 갖가지 이유로 다른 사람과 비교되면서 정작 자신이 얼마나 빛나는 존재인가를 인식하지 못한다는 점이다.

『강아지똥』 이야기는 세상에 백만 송이 꽃이 있어도 저마다 빛깔이 다르고 생김새가 달라서 그 자체가 얼마나 소중한 존재인가를 인식하게 해 준다. '돌이네 강아지 흰둥이가 똥을 눴어요. 골목길 담 밑 구석 쪽이에요'로 시작하는 이 이야기는 세상 가장 낮은 자리에서도 자기만의 존재감을 빛내는 강아지똥의 사랑을 이야기한다. 강아지똥은 지나가던 참새에게도, 병아리들을 데리고 먹을 것을 찾아 나선 어미닭에게도 더럽다고, 찌꺼기뿐이라고 외면당한다. 길가에 떨어진 흙덩이에게조차 '세상에서 가장 더러운 개똥'이라고 놀림을 받는다. 서럽고 외롭다. 눈물이 난다. 자신은 정말 세상에 아무 쓸모가 없는 것일까? 하느님을 원망해 보기도 한다. 그러던 어느 따뜻한 봄날, 강아지똥 옆에 돋아난 민들레가 말한다. 네가 있어야 내가 별처럼 고운 꽃을 피울 수 있다고. 강아지똥은 비가 몹시 쏟아져 내리는 날 자디잘게 부서져 민들레 몸속으로 들어간다. 더럽다고, 냄새난다고, 모두에게 외면 받던 강아지똥은 예쁘고 향기로운 민들레꽃으로 새롭게 태어난다. 수줍고 고운 민들레꽃 속에는 눈물겨운 강아지똥의 사랑이 녹아 있는 것이다.

세상에 존재하는 모든 것은 존재하는 그 자체로 가치가 있다는 권정생의 정신이 세상 모든 사람들에게 '네가 있어 세상이 빛난다'는 희망을 불어넣는다. 세상 어느 누구도 밑바닥 중에서도 가장 밑바닥에 있는 강아지똥보다는 낫다. 그렇기에 어떤 상황에서도 살아볼 만한 용기를 낼 수 있다. 아니 존재하는 것만으로도 빛이 나는 자신의 존재감을 확인하는 순간 세상은 살고 싶은 곳이 된다.
어느 때인가 권정생이 말했다. '좋은 동화 한 편은 천 번의 설교보다 낫다'고. 바로 이 동화가 그렇다.

먼저 나를 사랑하면, 비로소 꿈꿀 수 있다

　라면 하나를 잘 끓여도 성공하는 시대이다. 그들에게 세상의 잣대는 그리 중요하지 않다. 다만 남다른 소신과 열정이 있다. 그러나 우리는 아직도 얼굴, 키, 옷, 성적 등 외적인 조건을 기준으로 자존감을 무너뜨리곤 한다.

　이 책을 읽은 후, 먼저 강아지똥처럼 세상의 조건으로 인해 속상했던 경험을 쏟아 내 보자. 과연 내가 가진 조건이 마음고생을 할 만큼 대단한 것인가? 강아지똥은 누구에게도 눈길 한번 받지 못한 한쪽 구석에서 자신의 사랑을 피워 낸다. 분명 나도 강아지똥처럼 소중한 가치를 지녔을 것이다. 내가 가진 좋은 점은 무엇이 있을까? 종이 한 장에 나의 좋은 점을 가득 채워 보자. 시간이 오래 걸려도 좋다. 숟가락질을 잘하는 것처럼 사소한 것이라도 좋다. 강아지똥도 예쁜 꽃을 피워 내는데 하물며 나는 강아지똥보다는 나은 존재이며 세상의 빛이 될 수 있는 존재임을 되새겨 보자.

　마지막으로 강아지똥이 민들레꽃으로 다시 태어나지 못했을 경우도 생각해 보자. 이 경우 강아지똥은 정녕 실패한 삶일까? 민들레꽃이 아니더라도 어느 작은 생명들의 밑거름이 되었을 것임을 간과하지 말자. 겉으로 화려한 스포트라이트를 받지 못한다 할지라도, 내면의 가치를 찾아 노력하며 자신의 삶에 자긍심을 가질 때 내 안의 사랑이 꿈을 키워 작은 생명을 살리게 될 것임을 기억하자.

버려지고 숨겨진 것들의 친구, 권정생

권정생은 1937년 도쿄에서 가난한 집안에 태어났다. 1946년 한국에 온 그는 나무장수, 고구마장수, 담배장수, 재봉틀 가게 점원 등 다양한 일을 하며 떠돌이 삶을 살다가 열 아홉 살에 폐결핵과 늑막염이라는 병에 걸린다. 결국 권정생은 1967년 안동시 일직면 고향으로 돌아와 교회 문간방에 살며 종지기로 일하게 된다.

1973년 조선일보 신춘문예에 『무명저고리와 어머니』가 당선되면서 꾸준히 작품을 발표하기 시작하는데, 그의 대표작인 『강아지똥』은 제1회 기독교아동문학상을 받은 1969년 작품이다. 권정생의 삶과 메시지는 『강아지똥』에 잘 녹아 있다. 강아지똥은 아무도 거들떠보지 않고, 심지어 자가 자신조차도 스스로를 부인할 정도로 쓸모없어 보이지만, 몸이 부서져라 민들레를 껴안고 꽃을 피워 낸다. 작가는 작품을 통해 세상의 그 어떤 것도 존재의 의미가 있을 뿐만 아니라, 더욱이 사소하고 하찮게 보이는 것이 가진 아름다움을 볼 줄 알아야 함을 우리에게 이야기하고 있다.

"제가 첫 번째로 낸 책 이름이 『강아지똥』이라는 동화집이었습니다. 그 때만 해도 무슨 동화가 '강아지똥'이냐고 핀잔 받았는데, 지금은 많은 어린이들이 사랑해 주는 동화가 되었습니다. 『강아지똥』을 쓴 것이 이제부터 30년 전인 1968년 가을에서 1969년 봄까지였지요. 그 때까지만해도 꽃이나 해님이나 별같이 눈에 잘 보이는 것만 아름답다고 생각했나 봅니다. 그래서 저는 잘 보이는 것보다 드러나 보이지 않는 것이 더 아름다울 수 있다고 생각을 바꾼 거지요. 그래서 버려지고 숨겨진 목숨을 찾아 그것들을 이야기로 썼던 것입니다."(작가의 말 가운데서)

삶을 더욱 가치 있게 만들어 주는
아름다운 죽음

『바니가 우리에게 해 준 열 가지 좋은 일』 주디스 바이올스트 글, 에리크 블레그바드 그림,
 서애경 옮김, 파랑새어린이(2003)

어린이책에서 죽음의 주제는 금기시되어 왔다. 그러나 최근 죽음을 다루는 그림책이 속속 등장하기 시작했다. 『바니가 우리에게 해 준 열 가지 좋은 일』도 바로 그러한 그림책 중 하나이다. 이 이야기는 사랑하는 고양이 바니를 떠나보내고 텔레비전에도, 치킨에도, 초콜릿푸딩에도 관심이 안 갈 정도로 깊은 슬픔에 잠긴 한 소년에 대한 묘사로 시작된다.

소년은 엄마의 권유로 바니가 해 주었던 좋은 일 열 가지를 떠올려 보기로 하는데, 아홉 가지에서 멈추어 딱 하나가 생각나지 않는다. 게다가 바니가 하늘나라에 있는지, 땅에 있는지의 문제로 이웃집 친구 애니와 다투면서 소년의 기분은 점점 엉망이 되어간다. 아빠는 그런 소년을 마당으로 이끌어 함께 작은 씨앗 몇 알을 땅에 뿌린다. 바니는 흙이 될 것이고, 흙은 싹을 틔우고 곧 잎이 날 것이며 꽃이 피어날 것이다. 흙이 된 바니 덕분에 꽃도 풀도 나무도 자라나게 되는 것이다. 죽음으로 모든 것이 끝나 버린 것도, 아무 것도 할 수 없는 것도 아니다. 바니는 죽어서 생명을 살리는 일을 한다. 소년은 이것이 바로 바니가 하는 열 번째 좋은 일이라는 것을 깨닫게 된다.

죽으면 어떻게 될까, 죽으면 어디로 갈까에 대한 물음은 아이들이 충분히 궁금해 할 만한 생각이다. 하지만 정말 중요한 것은 죽은 후에 어디로 갈 것인가보다 삶과 죽음의 순환 고리 가운데 내가 세상에 어떤 좋은 영향력을 끼칠 수 있는가이다.

이 책은 살아있는 동안 어떻게 살아가는 것이 가치 있는 삶인지, 죽은 후에도 아름답게 기억될 수 있는 삶이 어떤 삶인지 생각해 보게 해 준다.

이 그림책은 글에 비해 그림의 분량이 다소 적고 여백이 넓지만, 그러한 공간적인 여지가 오히려 글과 그림 모두에 차분히 집중할 수 있게 해 준다. 펜화로 그려진 흑백의 삽화는 사랑하는 고양이의 죽음을 접한 소년의 울적한 마음을 표현해 주는 듯하다. 화려하지 않아서 오히려 더 좋은 그림책이다.

아름다운 삶을 위해 죽음의 의미 나누기

아이들은 결코 죽음과 분리되어 있지 않다. 생활 속에서 날마다 직·간접적으로 죽음을 접하기 때문이다. 이 책을 읽고 나서, 죽음이라는 단어가 주는 이미지에 대해 이야기를 나누어 보자. 그리고 아이들과 주변에서 접할 수 있는 죽음과 생명에 대하여 이야기해 보자.

예를 들면 새가 벌레를 잡아먹는 것, 새싹이 돋아나 자라나는 것, 낙엽이 지는 것 등을 이야기해 볼 수 있다. 혹은 애완동물이나 주변 사람의 죽음에 대한 경험과 느낌을 이야기해 보는 것도 좋다. 그리고 '지금 여기'에서 어떻게 살아야 후회 없는 삶이 될지에 대하여 이야기해 보자. 내가 죽은 후에 사람들이 나의 삶을 어떻게 바라볼지 가상의 기사문을 써 보는 것도 좋은 방법이다. 이러한 나눔과 활동은 자신의 삶을 좀 더 객관적으로 돌아볼 수 있는 기회가 될 것이다.

죽기 전에 꼭 이루고 싶은 일을 나눠 보는 활동도 할 수 있다. 아이들과 함께 죽음에 대하여 대화를 나누는 것은 아이들로 하여금 죽음에 대한 막연한 공포를 넘어서서 죽음이 무엇을 의미하는지 이해할 수 있게 해 줄 것이며 삶을 진지하게 바라보게 해 줄 것이다. 그러나 아이들의 생각이 지나치게 감상적으로 흐르지 않도록 주의하고, 죽음을 생각하며 공연한 슬픔에 빠지지 않도록 잘 이끌어 주어야 한다.

삶을 돌아보게 해 주는 죽음의 명언

▷ 죽은 자는 태풍 앞에서 벌벌 떨지만, 살아 있는 자는 그 태풍과 더불어 함께 걷는다.
— 칼릴 지브란

▷ 죽음에 대한 혐오감은 우리들이 인생을 헛되이 보냈다고 생각하는 마음과 비례하는 것이다.
— 윌리암 해즐릿

▷ 죽음은 밤의 취침, 아침의 기상이라는 과정과 본질적인 차이가 없는 커다란 과정이다.
— 힐티

▷ 죽음이란, 날마다 밤이 오고 해마다 겨울이 찾아오는 이치와 같이 피할 수 없는 일이다. 밤이나 겨울이 다가오면 우리는 준비를 한다. 그렇듯 죽음에 대한 준비는 단 하나밖에 없다. 훌륭한 인생을 사는 것이다. 우리들이 훌륭한 인생을 살면 살수록 죽음은 더욱더 무의미한 것이 되며, 그에 대한 공포도 없어진다. 그러므로 성자에게 죽음이란 있을 수 없다.
— 카프카

▷ 영원히 살 것처럼 꿈을 꾸고, 내일 죽을 것처럼 오늘을 살아라.
— 제임스 딘

▷ 내가 헛되이 보낸 오늘 하루는 어제 죽어간 이가 그토록 살고 싶었던 내일이다.
— 소포클레스

▷ 자신의 인생을 불행의 연속이라 비관하면서 삶과 죽음 사이에 갈등하는 자가 있다면, 자신보다 더 못한 사람의 불행을 둘러보아라. 그럼 곧 삶과 죽음 사이에 갈등을 했던 자신이 한없이 부끄러워지게 될 것이다.
— 미뉴트

『세상에서 제일 큰 집』 레오 리오니 글 · 그림, 이명희 옮김, 마루벌(2003)

행복은
무엇을 소유함에 있지 않다

큰 집을 짓고 싶어 하는 어린 달팽이에게 아빠 달팽이가 한 달팽이 이야기를 들려준다. 다른 동물들이 모두 부러워할 정도로 세상에서 가장 큰 집을 갖게 된 달팽이가 있었다. 성당처럼 보이기도 하고, 생일 케이크처럼 보이기도 하고, 또 서커스처럼 보이기도 하는 멋진 집을 갖게 된 달팽이는 행복하고 자랑스러웠다. 그러나 정작 다른 싱싱한 양배추잎으로 옮겨가야 할 때, 자신이 지은 집이 너무 크고 무거워서 꼼짝도 할 수 없게 된다. 결국 달팽이는 서서히 죽어갔고, 큰 집은 부서졌으며, 결국 아무 것도 남지 않게 되었다.

꼬마 달팽이는 이 이야기를 듣고 자신의 작은 집 너머로, 무한정 넓고 아름다운 세상을 바라보게 된다. 산들바람과 풀, 아침햇살에 반짝이는 흙, 점박이 무늬 버섯, 작은 꽃들과 레이스 같은 고사리, 산비둘기의 알처럼 둥글고 매끄러운 조약돌, 바위와 나무 사이에 낀 이끼, 이슬에 젖은 부드러운 싹들……. 어린 달팽이는 자기 집에 갇혀 넓은 세상을 보지 못하는 큰 집의 달팽이보다, 어디든 갈 수 있고 사소하지만 보석 같이 빛나는 아름다움을 볼 수 있는 작은 집의 자신이 훨씬 더 행복한 삶을 살고 있다는 것을 깨닫게 된다.

작가는 더 큰 집과 높은 지위, 큰 자동차, 더 많은 것을 갖고 싶어하는 인간의 끝없는 소유욕과 탐욕을 꼬집고 있다. 사람들은 더 크고 화려하고 좋은 것을 많이 소유하기 위해 애를 쓰지만, 그로 인해 정말 소중한 것을 잃고 후회하는 일이 종종 있기 때문이다. 소유가 진정한 행복을 가져다 주지 못한다는, 평범하지만 쉽게 받아들여지지 않는 삶의 진리가 아빠 달팽이의 이야기를 통해 전해진다.

우리를 진정으로 행복하게 하는 것들은 어쩌면 우리 주변에 있는 사람들과 아름다운 자연이 아닌지 생각해 보게 된다. 아침이면 어김없이 뜨는 따스한 해, 시원한 바람, 상쾌한 공기, 맑은 물, 그 속에서 살아가는 우리 가족과 친구, 아이들의 천진한 웃음소리……. 우리가 삶에서 진정으로 가치 있게 여기고 마음에 품고 살아야 할 것들이 무엇인지를 깨닫게 된다.

작가 레오 리오니는 달팽이가 꼬리를 비틀고 자기 몸을 틀면서 거대한 호박이나 성처럼 집을 짓는다는 기발한 상상력으로 이야기를 이끌어간다. 그의 그림은 선이 굵고 단순하면서도 화면을 압도하는 색의 배합이 독특하다. 동양화에서 볼 수 있는 여백의 중요성을 가미하여 중요한 소재만 화면 전면에 배치함으로써 작가가 의도한 메시지를 분명하게 전달하고 있다.

더 많이 가져야 행복할까?

　｜이야기 속 달팽이처럼 사람은 각자 자신이 추구하는 크고 화려한 집이 있다. 그것을 가지려고 많은 소중한 것들을 외면하고 산다. 그러다 결국 모든 것을 잃게 되는 경우가 허다하다. 무언가를 추구하고 갖고자 할 때에는 얻는 것과 잃는 것이 무엇인지를 생각해 보아야 한다. 달팽이는 큰 집을 짓고도 정작 먹을 것이 없어 새 양배추잎으로 옮겨가야 했지만 큰 집 때문에 움직일 수 없어 결국 죽게 된다.

　｜이 책을 읽고 나서 무언가를 가지려고 욕심을 부렸다가 더 소중한 것을 잃게 된 경험을 서로 나누어 보자. 너무 추상적이면, 복권에 당첨되어 많은 돈을 갖게 되었지만 오히려 불행한 삶을 살게 된 사람들의 기사와 같이 구체적인 예를 읽고 느낀 점을 말해 보는 것도 좋다. 많은 것을 소유할수록 사람들은 새로운 변화나 도전을 받아들이지 못하고 안주하게 되는 경우가 많다. 그러나 고인 물은 썩기 마련이다. 또 더 적게 가질수록 좋은 것은 무엇일지에 대해서도 나누어 보자.

　｜한편 바쁘게 살아가는 나의 일상에서 내가 놓치고 있는 것은 무엇인지, 내가 정말 소중하게 여겨야 할 것은 무엇인지를 고민해 보는 것도 필요하다. 내가 많은 시간을 들이고 있는 것은 무엇인지, 과연 그것이 그럴 만한 가치와 의미가 있는 것인지 돌이켜 생각해 보도록 하자.

삶에 대한 철학을 소박하게 그려내는 작가, 레오 리오니

레오 리오니는 인생의 황혼기에 그림책 작가로 데뷔했다. 레오 리오니가 처음으로 그림책을 만들게 된 일화는 사람들 사이에서 유명하다. 맨하탄에서 코네티컷으로 가는 열차 안에서 손주들이 소란스럽게 돌아다니자 아이들을 진정시키기 위해서 자신이 보고 있던 잡지 '라이프'지를 찢어 이야기를 들려주었던 것이다. 그렇게 해서 만들어진 그의 첫 번째 그림책이 바로 『파랑이와 노랑이』다. 상대적으로 늦게 시작한 그림책 작업이었지만 그는 89세에 눈을 감을 때까지 열정적인 그림책 작가로 활동하여 40여 권의 그림책을 만들었다. 또한 칼데콧 아녀상을 네 번이나 수상하고, 1969년에는 제 1회 BIB 국제아동도서원화전에서 황금사과상을 받았으며, 1984년에는 인스티튜트 오브 그래픽 아트에서 아트 골드 메달을 받았다.

레오 리오니는 네덜란드 암스테르담의 부유한 유태인 가정에서 태어나, 미술품 수집가이자 건축가였던 두 삼촌에게 큰 영향을 받았다고 전해진다. 집안에는 샤갈의 그림이 걸려 있었고, 집 근처 박물관에 자주 가서 거장의 작품들을 감상하고 모사하며 지냈다. 또한, 어린 시절부터 동물을 좋아했는데 그의 작품 속에 자주 등장하는 개구리, 달팽이, 생쥐 등은 그의 성격이 반영된 것이라 할 수 있다. 레오 리오니는 단순한 형태와 분위기의 콜라주 기법을 많이 사용했는데, 그의 그림책의 주제는 주로 삶 속에서 경험할 수 있는 문제나 철학적이고 정신적인 것들이다.

『으뜸 헤엄이』와 『서서 걷는 악어 우뚝이』는 집단에서 다른 모습을 하고 있는 개인의 소외와 어울림의 문제를 다루고 있고, 더 나아가 『티코와 황금날개』는 나눔에 대해 이야기하며, 『프레드릭』은 이솝 우화의 "개미와 베짱이" 이야기를 연상시키지만 다른 결말을 통해 부지런함과 게으름, 다름과 다양함, 힘든 시절에 예술이 주는 용기와 감동에 대해 생각해 보게 해 준다.

힘을 모으면 기적이 이루어진다

『내 꿈은 기적』, 수지 모건스턴 글, 첸 지앙홍 그림, 최윤정 옮김, 바람의아이들(2010)

아이들에게 "꿈이 무엇이니?"라고 물으면 아이들은 이런저런 장래의 희망직업을 대답하곤 한다. 정말 원하는 직업을 갖게 되면 꿈을 이루었다고 할 수 있을까? 그렇지 않다면 진짜 나의 꿈은 무엇일까?

책 속 주인공이 가진 꿈은 직업에 대한 것이 아니다. 어떤 가치들로 세상을 채울까에 대한 것이다. 주인공은 아픈 사람들을 다 낫게 해 죽음이 없게 하고, 비밀과 억울함이 없도록 하고, 굶주리고 헐벗은 이들이 없게 하고, 세상에 평화를 구현하는 꿈을 꾼다. 또 사람들의 마음속에 분노와 근심과 불행이 사라지게 하고, 지혜롭고 신의가 지켜지는 세상이 되기를 소망한다.

작가는 우리가 꿈꾸는 세상을 주인공을 통해 이야기하고, 아이들에게 '너희들도 이런 꿈을 꿔 봐'라고 말하고 있다. 작가는 이 모든 꿈을 이루기 위해서는 기적이 필요하다고 말한다. 하지만 과연 이 모든 것을 이루는 데 꼭 기적이 필요한 것일까? 물론 이 모든 것을 한 사람의 힘으로 이룰 수는 없다. 그러나 세상을 평화롭게 하고, 정의를 구현하고, 소외되는 사람 없이 모두가 행복하게 살 수 있는 세상을 만드는 일은 한 사람, 한 사람의 노력이 모이면 가능한 일이다. 꿈을 가지고 마음과 힘을 모으면 기적과 같은 일도 이루어 낼 수 있다.

또 작가는 마지막 장면에서 주인공을 통해 "그러려면 …… 우선 책 읽는 것부터 배워야 할 것 같다"라고 말함으로써 우리에게 꿈을 이루는 방법을 알려 준다. 우리가 꿈꾸는 행복한 세상을 만들기 위해서는 무엇보다 지금 내가 해야 할 일을 충실히, 열심히 해야 한다고 말한다.

표지를 보는 순간, 강렬한 색감이 시원스럽게 눈에 띈다. 아이들도 검은 먹물과 커다란 붓으로 그려진, 생명력이 느껴지는 그림에서 눈을 떼지 못한다. 강한 선으로 표현된 주인공의 단호한 표정, 힘 있는 붓 선과 먹의 농담이 주인공이 말하는 꿈의 크기만큼 크고 강하게 다가온다. 아이들에게 어떤 목표를 바라보고 무엇을 해야 하는지 많은 생각거리를 줄 수 있는 책이다.

내가 꿈꾸는 세상을 위해 해야 할 일들

이 책에는 많은 꿈이 제시되어 있다. 주인공의 꿈 중에서 가장 마음에 드는 것이 무엇인지 이야기해 보자. 또 그 꿈이 마음에 든 이유를 말해 보도록 하자. 이 때, 아이들이 어떤 생각을 하든지 자유롭게 말할 수 있는 분위기를 만들어 주는 것이 중요하다. 그리고 아이들의 이야기에 적극적으로 공감해 주는 것이 좋다.

이런 꿈에 대해서 이야기 해 본 후 책에 나온 주인공이 꿈꾸는 세상이 가능한지, 아니면 불가능한지 생각해 보고 그 이유를 말해 보도록 한다. 마지막으로 자신이 만들고 싶은 세상에 대해서 이야기해 보도록 한다. 책에 있는 내용에서 골라도 되고 스스로 생각해서 말해도 좋다. 여기에서는 아이들만 말하게 하는 것보다 사회의 여러 가지 이슈나 사건을 가지고 함께 생각을 나누면서 토론을 해 보는 것도 좋다. 그리고 내가 꿈꾸는 세상을 위해 지금 무엇을 해야 할지에 대해서 이야기를 나누어 보자. 단, 훈계나 정답을 유도하는 대화가 되어서는 안 되고 아이들이 스스로 자신이 해야 할 일을 찾아보고 생각해 보도록 하는 것이 중요하다. 유아나 초등 저학년 아이들의 경우에는 자신의 생각이나 꿈을 그림으로 그리면서 이야기를 하게 하는 것도 좋다.

초등 중학년 아이들은 자신의 생각을 정리하여 표어를 만들고 포스터를 만들어 볼 수 있다. 초등 고학년 아이들은 자신의 꿈을 우리의 꿈으로 연결하여 공익 UCC 제작으로 확장해 볼 수 있다.

주인공의 꿈 중에서 내 마음에 쏙 든 꿈은 무엇인가요?

☒ 주인공은 정말 정의롭고 평화로운 꿈을 가지고 있는데, 나는 그 중에서 세상에서 가장 큰 빵을 만들어 준다는 게 가장 마음에 와 닿았다. 그 빵은 굶주리고 소외된 아이들의 허기를 채우는 빵이 아니라 세상에 있는 희망, 즉 소외된 이들에게 내민 '손'이기 때문이다. 나의 꿈은 이 세상 모든 범죄를 없애고 억울한 사람들이 없도록 하는 것이다. 억울한 사람들을 구제하고 그들의 말에 귀기울이며, 사랑을 나눠주고 싶다. 그러기 위해서는 무조건 공부만 할 것이 아니라 좀 더 다른 사람들을 포용하고 다른 사람의 고통을 보살펴 주는 마음을 키워야 할 것 같다. 경민여자중학교 1학년 신정연

☒ 자신에게 잘못한 사람을 용서하려고 노력한다는 것은 대단한 것 같다. 어른도 남의 잘못을 용서하기가 힘든데, 나이도 어린 주인공은 상대방이 무슨 잘못을 하든 용서할 생각을 하기 때문이다. 나는 무엇이든 넓게 생각하고 감싸 안아줄 수 있는 사람이 되고 싶다. 약점을 찌르고 인신공격만 하고, 상대방을 지적하다간 싸움이 나기 일쑤다. 그 사람이 어떤 버릇없는 짓을 하든지 용서하고 따뜻하게 보듬어 줄 수 있는 사람이 되고 싶다. 그러기 위해서는 좀 더 남의 입장을 이해하는 능력을 키워야 할 것 같다. 경민여자중학교 1학년 임은진

☒ 이 아이의 마음이 순수하고 아름답다. 다른 사람의 이익도 생각해 주는 날개 없는 천사이다. '나는 왜 이런 생각들을 못했을까?' 하는 반성을 하게 된다. 나는 내 이익만 추구했던 것 같다. 내 자신이 문득 부끄러워졌다. 이 아이의 생각이 나를 더 자극시켰다. 나도 남의 이익을 위해서 노력해야지. 경민여자중학교 1학년 조아미

☒ 여기에선 다양한 꿈 이야기가 나왔는데 나는 그 중에 해가 길어지고 근심을 사라지게 한다는 부분이 인상 깊었다. 왜냐하면 지금 우리들의 상황이 공부에 시달리다 보니 근심이 많아졌기 때문이다. 나도 지금 공부 때문에 힘든데 이 부분이 조금이나마 우리 청소년들에게 위로가 되는 말 같기 때문이다. 이 글을 읽고 꿈에 대해 더 생각할 수 있는 좋은 기회가 되었던 것 같다. 경민여자중학교 1학년 정유진

나는 어떤 사람이 되어야 할까? 과연 나는 필요한 사람일까? 미래를 고민해 보았다면 누구나 한 번쯤은 이런 생각을 해 보았을 것이다. 이런 고민은 과연 어떤 삶이 가치 있는 삶일까에 대한 이야기로 연결된다. 가치 있는 삶은 나의 존재로 인해 누군가가 더욱 행복해 질 수 있는 삶, 눈에 보이고 사라져 버릴 성과를 따르기보다 보람과 성취를 찾는 삶이라고 할 수 있다. 나로 인해 누군가가 삶의 의미와 행복을 찾을 수 있는 직업을 소개해 보았다. 과연 어떤 일로 자신의 삶을 가치 있게 만들어갈 것인지 함께 생각해 보자.

마음에 위로와 평안을 주는 **성직자**

성직자는 정신적, 도덕적 지도자로서, 신자들의 고충을 들어 주고 안식을 주는 상담자 역할을 수행하는 동시에 사회지도자로서의 역할도 한다. 병든 사람을 위로하며, 가난한 사람을 도와주고, 정신적인 결핍을 호소하거나 안식을 갈망하는 사람들에게 신앙의 힘으로 마음의 평안을 찾도록 인도한다. 성직자는 사람들의 본이 되기 때문에 도덕성과 책임감이 요구되고, 자신의 부와 명예보다는 남을 위해 희생하고 봉사해야 하는 어려운 일이지만 그렇기에 고귀하고 가치 있는 직업이라고 할 수 있다.

삶을 아름답게 마무리 하도록 도와주는 **호스피스 전문 간호사**

호스피스 전문 간호사는 죽음을 앞둔 환자가 편안한 죽음을 맞을 수 있도록 돕는 일을 한다. 죽음을 앞둔 환자를 돌보는 일을 하기 때문에 무엇보다 환자에 대한 투철한 봉사정신과 희생정신이 요구되고, 환자에 대한 애정과 환자들의 심리적 불안을 수용할 수 있는 넉넉한 마음도 필요

하다. 탄생과 삶을 지키는 의료진의 역할도 훌륭하지만, 삶의 아름다운 마무리를 지켜주는 호스피스 전문 간호사의 역할은 그에 못지않게 보람 있는 일이 아닐까 생각한다.

사회의 정의를 이루기 위한 법률 도우미, **변호사**

변호사는 민·형사 사건이 발생했을 때, 개인이나 단체를 대신해 소송을 제기하거나 재판에서 그들을 변호해 주는 활동을 한다. 어려움에 처한 피의자들을 법률적 지식으로 돕는 경우가 많기 때문에 일에 대한 열정과 정의로운 마음이 있어야 한다. 또, 공정하고 정의로운 자세로 의뢰인에게 신뢰감을 줄 수 있어야 한다. 무엇보다 이 일을 통해 사회적으로 소외된 사람들을 도울 수 있다면 더욱 보람 있는 일이 될 것이다.

세심한 배려로 동물들의 아픔을 읽어내는 **수의사**

수의사는 아픈 동물들을 치료하는 것뿐 아니라 동물들을 여러 방면에서 총체적으로 돌보는 일을 한다. 이런 일을 하기 위해서는 무엇보다 동물을 좋아하고 사랑하는 마음이 절대적으로 필요하며 나아가 생명에 대한 경외와 소중함을 느끼고 있어야 한다. 수의사는 말을 못하는 동물들을 돌보아야 하기 때문에 세심한 관찰력이 필요하며, 작은 동물들만 다루는 것이 아니라 크고 위험한 동물들을 돌보아야 할 경우도 있으므로 자신감과 용기도 필요하다.

인생을 얼마쯤 산 사람들은 뜻을 세우는 것이 꼭 거창할 필요는 없다는 것을 압니다.
반드시 부자가 아니어도 높은 지위를 갖지 않아도 세상에 이름을 떨치지 않아도 됩니다.
중요한 것은 자신의 삶 속에 모든 것을 관통하는 분명한 생각을 갖는 것입니다.

2

뜻있는 삶을 꿈꿔요

"설령 보통 사람들이 크게 알아주지 않는 일을 하더라도, 자신이 주인이 되어 하고 싶은 일을 할 때 사람은 얼마나 스스로 빛날 수 있는가를 우리 아이들이 알 수 있으면 참 좋겠습니다."

죽도록 하고 싶은 일, 보이기 위해서가 아니라
자신이 행복할 수 있는 일을 찾길 바랍니다

대학 신입생 오리엔테이션을 하던 첫날 학생들에게 물었습니다. "자신의 삶에서 포기할 수 없는 한 가지의 일은 무엇이니?" 멀뚱거리는 아이들에게 다시 말했습니다. 그러니까 각자 살아가면서 죽도록 하고 싶은 일이 무엇인지 이야기해 보자고. 손을 들고 말해 보라고 하니 아무도 손을 들지 않아서 이름을 불러 가며 물어보았습니다. 아이들의 대답은 '글쎄요?'가 대부분이었습니다. 물론 특정 대학의 특정 학부 아이들의 모습을 일반화하자는 것은 아닙니다. 하지만 대부분의 아이들이 자기가 무엇을 하고 싶은지, 무엇을 하면서 살아가고 싶은지 모른다는 것입니다. 그런 생각을 해야 한다는 것조차 생각하지 않습니다.

여기에서는 무엇을 하든 자신이 주인이 되는 삶을 꿈꾸어 보자고 말하고자 합니다. 무엇을 할 것인가? 어떻게 살아갈 것인지를 생각해 보자는 것입니다. 죽도록 하고 싶은 일, 그것을 하면 가슴이 꽉 채워져서 행복한 일, 남들에게 잘 보이기 위한 것이 아니라, 자기 자신이 행복할 수 있는 일이 무엇인가를 생각해 보고 찾아보는 계기를 마련해 보려 합니다.

지금부터 소개할 네 권의 책에 나오는 인물들 중 특별한 인물은 없습니다. 오히려 세상 잣대로 보면 모자란 인물일 수 있습니다. 하지만 『바보 같은 닭』의 '검은 닭'처럼 자기가 진심으로 원하는 일이 있다면 어떤 수난도 견딜 수 있는 것입니다. 또 어떤 일에 뜻을 세우고 거기에 매진하다 보면 실패와 좌절을 겪을 수도 있습니다. 하지만 고통을 감내하면 성취감으로 짜릿한 기쁨을 보상 받을 수 있습니다. '바보 같은 닭'이 그런 수난을 감수하게끔 하는 '알'의 의미가 아이들에게는 저마다 다르겠지만 이처럼 자신이 죽도록 하고 싶은 일, 이루고 싶은 일이 있다면 그것이 어떤 일이든 상관없지 않을까요? 일등이 아니면 이등도 돌아보지 않는 사회 속에서 아이들은 오로지 일등을 하기 위해 질주해야 합니다. 일등은 일등을 지키기 위해 나머지 아이들은 일등을 하기 위해 안간힘을 씁니다. 하지만 설령 보통 사람들이 크게 알아주지 않는 일을 하더라도, 자신이 주인이 되어 하고 싶은 일을 할 때 사람은 얼마나 스스로 빛날 수 있는가를 우리 아이들이 알 수 있으면 참 좋겠습니다. 『행복한 청소부』의 주인공처럼 어떤 상황에도 자신의 일을 사랑하는 모습은 무엇보다 우리의 마음에 감동을 줍니다. 무엇을 하면 그렇게 마음이 행복할지, 생각해 볼 수 있는 계기가 되기를 바랍니다.

　인생을 얼마쯤 산 사람들은 뜻을 세우는 것이 꼭 거창할 필요는 없다는 것을 압니다. 반드시 부자가 아니어도 높은 지위를 갖지 않아도 세상에 이름을 떨치지 않아도 됩니다. 중요한 것은 자신의 삶 속에 모든 것을 관통하는 분명한 생각을 갖는 것입니다. 『커다란 나무』에 나오는 부자나, 『단물고개』에 나오는 나무꾼 총각처럼 오로지 돈을 목적으로 하지 않아도 세상에는 보이지 않는 빛나는 보석들이 얼마든지 있다는 것을 아이들이 발견하게 되기를 바랍니다. 보이는 것에 대한 과욕으로부터 빚어지는 불행에서 벗어나 가족과 이웃과 사회 속에서 세상의 보이지 않는 가치들을 찾아내고 그것을 지켜가면서 살아가는 것이 삶을 충만하게 한다는 것을 경험하는 계기가 되기를 바랍니다.

"어떤 꿈을 품고 있니?"

『바보 같은 닭』 차오원쉬엔 글, 양춘보 그림, 하미연 옮김, 미래아이(2011)

자신이 이루고 싶은 꿈이 있을 때 그 꿈을 이루기 위해 얼마나 노력을 하고 있는가? 그렇게 이루고 싶은 꿈이 있기는 한 것일까? 『바보 같은 닭』은 어려움과 시련을 이겨내고 자신의 꿈을 이루어 낸 의지와 노력에 관한 이야기다.

과과네 '검은 닭'은 어느 날 '엄마가 되고 싶어'라는 꿈을 갖게 된다. 그 후로 '검은 닭'은 알은 낳지 않고 알만 보면 품으려 한다. 과과네 식구들은 '검은 닭'이 알을 품기를 원하지 않는다. 알을 낳아 생활에 보탬이 되기를 더 바란다. 그러나 '검은 닭'은 다른 닭이 낳은 알도, 병아리까지도 무조건 품으려 든다. 닭장 안의 다른 닭들도 '검은 닭'을 경계하고 따돌린다. 그런 '검은 닭'을 과과 아빠는 빨랫줄로 눈을 가린 채 종일 세워 놓는 벌을 주고, 물에 빠뜨리기도 하며 방해한다. 그러나 '검은 닭'은 자신의 의지를 꺾지 않는다.

‘검은 닭’의 고집에 과과네 식구들이 손을 들 쯤 ‘검은 닭’이 사라진다. 과과네 식구들은 ‘검은 닭’이 죽었다고 생각하고 마음 아파한다. 그런데 한 달쯤 뒤 죽은 줄 알았던 ‘검은 닭’이 병아리를 데리고 나타났다. ‘검은 닭’은 자신의 알을 풀숲에서 훌륭하게 부화시켜 엄마가 된 것이다. 온갖 시련을 겪으면서 ‘검은 닭’은 엄마가 되기 위해서는 먼저 알을 낳고 자신의 알을 품어야 한다는 것을 깨달았던 것이다. 엄마가 된 검은 닭은 더 이상 바보 같은 닭이 아닌 당당한 암탉의 모습으로 우뚝 서게 된다.

우리는 꿈과 직업을 혼동할 때가 많다. 아무리 좋은 직장에서 안정적인 생활을 보장받는다고 해도 가슴을 설레게 하는 꿈과 열정이 없다면 삶은 팍팍하고 힘들어질 것이다. 하지만 꼭 하고 싶은 일, 정말 간절히 소망하는 것이 있다면 어떤 어려움도 기꺼이 이겨나갈 힘이 생긴다. 단순히 편안함과 안락함을 추구하는 것이 아니라 나를 설레게 하고 행복하게 만드는 꿈, 남과 조금 다른 삶을 살더라도 정말 이루고 싶은 소망 하나를 품고 살아가는 자의 열정과 그것을 이루어 냈을 때의 당당함을 우리는 ‘검은 닭’을 통해 볼 수 있다.
이 그림책은 어떠한 상황에서도 자신의 의지를 굽히지 않는 검은 닭의 용기와 끈기를 보여줌으로써 검은 닭이 ‘알’을 품고 싶어한 것처럼 우리에게도 이루고 싶은 꿈이 있는지, 그리고 그 꿈을 이루기 위해 무엇을 하고 있는지 곰곰이 생각해 보게 해 준다.

"내 품 안의 꿈을 부화시키려면?"

'검은 닭'이 왜 그렇게 알을 품는 것에 집착했는지에 대해 이야기를 나누어 보자. 알을 품는 것만이 행복한 것인지, 다른 행복을 찾을 수 있다면 무엇이 있는지도 생각해 볼 수 있다. 또 '검은 닭'처럼 꼭 이루고 싶은 것이 있는지에 대하여 이야기를 나누어 보고 아직 없다면 천천히 생각해 볼 수 있도록 해 보자. 이 때, 직업이 아닌 꿈과 가치에 대한 이야기를 나눌 수 있도록 이끌어 주는 것이 필요하다. 또한 꿈을 이루기 위해 무엇이 필요한지, 방해가 되는 요인이 있다면 어떻게 극복해야 할지 이야기를 나누어 볼 수 있다.

이 이야기에서 잊지 말아야 하는 것은 검은 닭이 알을 품고 어미 닭이 되려고 했을 때 처음부터 모두가 찬성하고 축복하지는 않았다는 점이다. 자신의 꿈을 이루고자 했을 때 반드시 쉽고 편한 과정을 거치게 되는 것은 아니다. 누구에게나 어려움이 있을 수 있지만 좌절하거나 포기하지 않고 꿈을 이루기 위해 구체적으로 준비하고 이겨나가는 자세가 필요하다. 따라서 '검은 닭'이 어미 닭이 되기 위해서 먼저 무엇을 해야 했는지에 대해 생각해 보도록 하는 것이 중요하다.

자신이 하고 싶은 것을 이루기 위해 스스로 해야 할 일이 반드시 있다는 것을 알게 해 주는 것이 필요한데, 결코 훈계가 되지 않도록 하는 것이 중요하다. 아이들이 스스로 생각해 내도록 이야기를 풀어나갈 수 있게 이끌어 주도록 한다.

"꿈을 이루기 위해 지금 내가 해야 할 일은 무엇일까?"

✡ 자신의 꿈을 이루기 위해서는, 자아실현의 욕구를 채우기 위해서는, 자신이 노력하고 그 꿈을 위해 달려가는 것이 중요할 거라고 생각해요. 끝없이요. 다른 어리석은 생각은 하지 말고, 그 꿈을 위해서. 언제까지나 희망을 잃지 않고 노력하라는 말인 것 같아요. 경민여자중학교 1학년 홍성은

✡ 나는 '검은 닭'처럼 꼭 이루고 싶은 꿈이 있다. 세상의 모든 아이들을 품는 것이다. 어렵고 힘든 상황에 있는 아이들을 따뜻하게 품을 수 있는 사람이 되고 싶다. 그러기 위해서는 공부를 열심히 해야 하는데 나는 끈기가 부족하고 게으른 것 같다. 좀 더 부지런해질 필요가 있다. 경민여자중학교 3학년 김수아

✡ '검은 닭'은 자신이 이루고자 하는 것을 이루었다. 하지만 우리는 이루고자 하는 것이 있을 때 처음에는 노력하는 듯하다가 곧 포기한다. 자신이 하고 싶은 것이 있으면 끝까지 포기하지 말라고 '검은 닭'이 말해주는 것 같았다. 이루고 싶은 것이 있을 때에는 '검은 닭'처럼 끈질겨야 한다는 것을 깨달았다. 경민여자중학교 3학년 김별

행복을 선택할 줄 아는
용기 있는 청소부 아저씨

『행복한 청소부』 모니카 페트 글, 안토니 보라틴스키 그림, 김경연 옮김, 풀빛(2000)

일하는 것이 행복할 수 있을까? 어떤 일을 해야 행복할까? 아니, 어떻게 하면 일을 행복하게 할 수 있을까? 『행복한 청소부』는 어떤 직업을 가지느냐의 여부가 우리를 행복하게 해 주는 것이 아니라, 일을 어떻게 하는지와 같은 우리의 일하는 자세가 행복을 가져다 준다는 것을 보여준다.

작가와 음악가들의 이름으로 되어 있는 거리 표지판을 닦는 청소부가 있었다. 어느 날, 청소부는 한 꼬마 아이가 표지판에 대해 엄마와 이야기를 나누는 것을 듣게 된다. 그리고 문득 자신이 일하고 있는 거리의 음악가와 작가들에 대해 아무것도 모른다는 것을 깨닫는다. 이대로는 안 되겠다고 생각한 청소부는 그날부터 표지판에 적혀 있는 작곡가들에 대한 정보를 모으고 음악회와 오페라를 보러 다니며 음악가들과 친구가 된다.

음악가들에 대해 자신이 생기자 이번에는 작가들에 대해 알기 위해 도서관에서 책을 빌려 읽기 시작한다. 그리고 책이 글로 쓰인 음악임을 깨닫는다.

작가와 음악가에 대해 공부를 하면서도 청소부는 거리의 표지판 닦는 일을 멈추지 않는다. 그런데 간판을 닦으며 멜로디를 휘파람으로 불기도 하고, 책의 구절을 읊조리기도 하는 청소부 주위로 점점 사람들이 몰려든다. 청소부를 따라다니며 이야기를 듣고, 그를 인터뷰하며, 어떤 대학에서는 그에게 강연을 부탁하기에 이른다. 하지만 청소부는 교수가 되는 길을 택하지 않고, 자신을 가장 행복하게 해 주는 거리 표지판을 닦는 일을 계속한다.

사람들은 종종 본질적인 것과 주변적인 것을 혼동하곤 한다. 나의 재능을 살려서 내가 잘할 수 있고, 즐겁게 할 수 있는 일을 하며 세상에 선한 영향을 끼치는 것을 생각하기보다 사람들의 시선을 의식하며 부나 명예를 가져다 줄 수 있는 직업을 갖기 원한다. 일을 한다는 것은 단순히 돈을 벌기 위한 노동이 아니다. 일을 한다는 것은 그보다 더 숭고하고 그보다 더 아름다운 것이다. 또 일을 한다는 것은 내가 살아 있음을 느끼게 해 주는 행복한 통로이다. 이 책은 맹목적으로 연봉 순위를 좇기보다는 '행복한 청소부'처럼 자신의 일을 사랑하고 행복하게 일할 수 있는 길을 택할 수 있도록 우리에게 용기를 불어넣어 준다.

"직업의 가치는 무엇으로 결정될까?"

먼저, 청소부가 거리 표지판을 청소하는 자신의 일을 좋아하고 행복할 수 있었던 이유가 무엇인지 생각해 보자. 청소부, 즉 환경미화원이라는 직업에 대해 어떤 느낌이 드는지, 우리 사회에서 청소부라는 직업은 어떤 대우를 받고 있는지에 대해서도 나누어 보자. 그리고 내가 만약 청소부라면 '행복한 청소부'처럼 자신의 일에 대해 기쁘고 설레는 마음으로 공부할 수 있었을 지에 대해서도 이야기해 볼 수 있다.

청소부가 왜 대학의 강연 초청을 거절했을 지에 대해서 이야기 나누어 보자. 나라면 어떻게 했을지, 대학 강연을 선택했을지 혹은 거절했을지, 그 결정에 따라 삶에 어떤 변화가 있었을지 긍정적인 면뿐만 아니라 부정적인 측면까지 골고루 이야기 나누어 보는 것이 중요하다. 그리고 평생 즐겁게 할 수 있는 일에 대해서 이야기를 나누어 보자.

마지막으로 직업의 가치에 대해서도 이야기를 나누어 보자. "직업에 귀천이 없다"라는 말이 있다. 과연 실제 우리 삶에서 사람들도 그렇게 생각하는지, 아니라면 직업의 귀천은 무엇을 기준으로 결정되고 있는지, 그것은 과연 옳은 것인지 이야기 나누어 보자. 직업에 귀천이 없다면 과연 모든 직업이 가치 있는 일인지, 직업의 가치를 결정짓는 요소에 무엇이 있는지에 대해서도 생각해 보자. 그리고 자신의 직업을 가치있게 만들기 위해서는 어떤 마음과 자세가 필요한지 이야기해 볼 수 있다.

따뜻한 글과 깊이 있는 그림의 명콤비,
모니카 페트와 안토니 보라틴스키

독일의 글 작가 모니카 페트와 오스트리아의 그림 작가 안토니 보라틴스키는 『행복한 청소부』, 『생각을 모으는 사람』, 『바다로 간 화가』와 같은 철학그림책을 함께 작업한 명콤비로 알려져 있다.

1951년 독일 하겐 시에서 태어난 모니카 페트는 삶의 의미를 돌아보게 해 주는 주제들을 따뜻한 문체로 그려낸다. 어떤 일을 하느냐가 아니라 일을 어떻게 하느냐에 따라 삶이 풍요로워지고 행복해질 수 있음을 '행복한 청소부'를 통해 보여주는가 하면, 매일 이른 아침 낡은 배낭을 메고 거리에서 아직 덜 익고 자라지 않은 사람들의 생각을 모아 꽃밭에서 다시 새로운 생각, 아름다운 생각으로 피어나게 하는 아저씨를 소개한다. 또한, 많은 노력 끝에 평생의 소망인 바다에 가게 되지만 결국 생계를 위해 다시 도시로 돌아와야 하는 화가의 모습을 통해 이상과 현실 사이에서의 갈등과 선택에 대한 고민을 잔잔하게 풀어낸다.

현재 작은 시골 마을에 살면서 어린이와 청소년들을 위해 글을 쓰고 있는 모니카 페트는 하멜른 시 아동문학상과 오일렌슈피겔 아동문학상을 비롯해 독일의 여러 아동 및 청소년 문학상을 수상했다.

안토니 보라틴스키는 1930년 폴란드에서 태어나 바르샤바와 부다페스트의 미술학교에서 공부했다. 가라앉은 파스텔톤의 색채를 쓰지만 어둡거나 음울한 느낌이 아닌 정서적으로 안정된 그림을 그려냄으로써 추상적인 내용을 형상화하는 데 탁월하다고 널리 알려져 있는 안토니 보라틴스키는 오스트리아 아동청소년문학상 일러스트레이션 부문상을 수상했다.

"돈보다 더 가치 있는 행복을 찾아라"

『커다란 나무』 레미 쿠르종 글·그림, 나선희 옮김, 시공주니어(2006)

빌 게이츠처럼 큰 부자들은 행복할까? 사고 싶은 물건의 값을 물어보지 않고, 하고 싶은 일의 경비를 따로 계산하지 않는 부자는 자신의 삶에 만족할까? 반대로 돈이 없어 끼니를 걱정하는 흥부네 가족은 불행할까? 사람마다 행복을 느끼며 살아가는 기준은 무엇일까? 여기에 살아가는 행복의 기준을 따뜻하게 보여주는 부자와 한 할머니의 이야기가 있다.

부자는 큰 성에 산다. 비서, 수영장, 개인 전용비행기도 있다. 갖고 싶은 것은 모두 가질 수 있고, 하고 싶은 것은 어느 것이나 할 수 있다. 모두 다 돈으로 해결한다. 부자에게 공짜란 없다. 다른 사람에게 마음이 담긴 무언가를 줄 줄도 모르고 받아 보지도 못했다. 그런 부자가 마음에 드는 커다란 나무를 발견했다. 어떻게 했을까? 물론 짐작대로 돈을 앞세운다. 그런데 커다란 나무의 뿌리는 또 다른 작은 나무의 뿌리와 붙어 있다. 그 작은 나무는 나이 지긋한 할머니의 마당을 드리우고 있다. 부자는 작은 나무와 함께 나이 든 할머니의 보금자리까지 사들일 기세다. 하지만 부자의 돈 자랑은 거기까지였다. 이 세상 최강일 줄 알았던 돈의 위력이 할머니의 따뜻한 마음으로 와르르 무너진다. 부자의 무례한 방문에도 불구하고, 할머니는 따뜻한 차와 비스킷을 가지고 나온다. 공짜라고는 있을 수 없다고 믿는 부자에게 정성이 담긴 차와 비스킷, 그리고 따뜻한 눈빛은 그야말로 충격 그 자체였다. 평생을 큰 욕심 없이 소박하게 살아온 할머니의 눈빛에는 이미 인생의 의미가 담겨 있었다. 상대가 누구든 가슴으로 받아들이고 조건을 내세우지 않는 할머니에게 돈은 아무런 의미가 없었던 것이다. 그런 할머니의 삶의 모습은 바로 자연을 닮아 있었다. 할머니의 눈빛에서 행복의 가치를 찾은 부자는 파놓은 나무뿌리를 다시 덮는다. 그 후 일상으로 되돌아가긴 하나 할머니처럼 커다란 나무를 삶의 한가운데 들여놓는다.

부자가 돈을 좇았던 것처럼 세상 사람들은 누구나 자신만의 행복을 찾는다. 그러나 행복의 가치는 그 기준에 따라 다르다. 부자가 행복의 기준을 왜 바꾸었을까? 큰 욕심 없이 베풀며 살아가는 것이 적어도 돈보다는 가치 있다는 것을 깨달았기 때문이다.

이 그림책은 주황, 검정, 보라, 연두색 네 가지 색만으로도 따뜻하고 세련된 느낌을 모두 살려내어 화려함보다는 소박함을 더 돋보이게 해준다.

비스킷 한 조각에 담긴 삶의 가치

이 그림책은 돈을 좇는 부자와 소박하게 사는 할머니와의 대결 구조로 이루어져 있다. 언뜻 백만장자의 한판승이 예상되었으나 할머니의 잔잔한 승리로 끝난다. 누구나 부러워하는 백만장자가 한낱 비스킷과 차 한 잔에 삶의 기준을 바꾸어 버린다. 할머니의 비스킷과 차 한 잔에는 무슨 묘약이 숨어 있는 것일까?

비스킷과 차는 바로 삶의 중요한 가치 기준을 의미한다. 마트에서 냉큼 돈과 바꾸는 비스킷이 아니라 사랑과 정성이 담긴 비스킷이다. 그 상대가 누구이든 할머니에게는 별반 차이가 없다. 누구나 정성을 다해 대해야 하는 대상이다. 바로 자연에서 배운 삶의 모습이다. 아이들과 함께 자연의 모습과 할머니의 삶에서 비슷한 점이 무엇일지 생각해 보는 것은 의미 있는 나눔이 될 것이다. 자연은 변함이 없다. 할머니의 마음도 주변에 크게 영향을 받지 않는다. 그러나 돈으로 움직여지는 사람들은 돈이 전제되지 않으면 언제든지 배신하기 마련이다. 할머니는 오랜 삶을 통해 그 진리를 이미 알고 있다. 자연스러운 것만이 가장 가치 있다는 것을.

마지막으로 할머니에게서 삶의 가치를 깨달은 백만장자의 삶은 어떻게 달라졌을까 생각해 보자. 이제 백만장자는 적어도 돈을 자신만을 위해 쓰진 않을 것이다. 오히려 사랑과 정성이 가득 담긴 무언가로 베풀어지리라. 이처럼 삶의 가치 기준에 따라 돈의 가치 역시 풍성해진다는 것을 깨닫게 하자.

철학이 그림책 속으로, 프랑스 그림책

프랑스 그림책에는 예술을 사랑하는 프랑스 사람들의 자부심이 그대로 표현된다. 내용적인 측면에서는 삶의 의미를 고민하거나, 존재의 의미를 찾아보는 철학적인 내용이 대다수이다. 또한 형식적인 측면에서는 다양한 표현방식과 미적 감각을 중요시한다.

레미 쿠르종의 『커다란 나무』에서는 단 네 가지 색만으로도 다양하고 세련되게 표현된 그림을 감상할 수 있으며, 클로드 부종의 『파란 의자』에서도 파란색으로 표현된 의자를 통해 작가의 메시지가 돋보이게 된다.

한국에 알려진 프랑스의 대표적인 그림책 작가로는 레미 쿠르종와 클로드 부종을 손꼽을 수 있다.

클로드 부종은 다소 무겁고 어려운 주제를 익살맞게 풀어가는 것이 특징이다. 주요 작품으로는 『아름다운 책』, 『파란 의자』, 『강철 이빨』, 『도둑맞은 토끼』, 『맛있게 드세요! 토끼씨』가 유명하다.

'글의 연금술사'라고도 불리는 레미 쿠르종은 철학적이면서도 삶의 의미를 더해주는 작품으로 인기를 끈다. 대표적인 작품으로는 『커다란 나무』, 『아기코끼리 코코』, 『달팽이 치약 뽀득이』, 『꼬마 돛단배 빨람이』가 있다.

욕심으로 말라버린 단물샘

『단물고개』 소중애 글, 오정택 그림, 비룡소(2010)

기억에서 가물거리지만 잔잔한 외할머니의 목소리와 친근한 냄새, 그 방의 따스한 기운들을 생각나게 하는 그림책이다. 총각과 어머니의 반복되는 대화는 시처럼 리듬감이 있어 소리 내어 읽다 보면 마치 노래처럼 들리기도 한다.

착하고 효성이 지극했던 총각은 산에 나무하러 가다가 우연히 단물샘을 발견한다. 처음에는 얼음처럼 차갑고 머루처럼 달콤한 단물을 목마른 사람들과 나눠 마시지만, 돈을 벌 욕심에 그 곳에 움막을 짓고 단물 장사를 하게 된다. 사람들이 몰려오면서 돈을 벌게 되자 총각은 점점 더 욕심을 낸다. 지극한 효성으로 모시던 어머니와 집안일은 뒤로 한 채 단물샘을 곡괭이로 깊게 판다. 그러나 샘을 파면 팔수록 오히려 단물은 땅속으로 사라지고 물은 말라버린다.

사람들은 우연히 발견한 단물샘과 같은 행운이 자신의 인생에도 찾아오기를 기대한다. 그런 절호의 기회를 만났을 때 어떻게 행동할지를 고민하게 하는 책이다. 책 속의 총각처럼 우리도 어머니에 대한 마음이나 다른 그 무엇보다도 단물샘을 우선시하게 되지 않을까? 하지만 뽀골뽀골 조금씩 천천히 솟아나는 달콤하고 시원하고 향기로운 단물샘이 너무도 답답하여 '욕심'이라는 곡괭이로 파버릴 때 그 샘은 말라버린다. 때론 곡괭이보다 더 큰 것으로 파고 싶어한다. 그러나 그 욕심은 끝이 없어서 인간의 욕망을 다 채워 주지 못한다. 그마저도 말라버려 모든 것을 잃게 된다.

이 그림책은 더 빨리 더 많은 것을 소유하고 이루고 싶어하는 현대인들에게 경종을 울린다. 요즈음 우리 아이들 역시 빨리 쉽게 뭔가를 이루고 가지려고만 할 뿐, 나눌 줄을 모른다. 시골 총각처럼 삶에 지쳤던 몸과 마른 목을 시원하게 적셔 주었던 단물샘을 우리의 욕심으로 말라버리게 하는 예가 얼마나 많은가? 내 주변의 단물샘을 찾아 나누어 마시는 지혜가 필요하지 않을까?

이 이야기는 충남 천안에서 전해 내려오는 전설을 소재로 삼은 것이다. 석판화에 색을 입혀 한지와 같은 질감 있는 종이에 그린 그림은 전설로 내려오는 이 이야기와 잘 어울린다. 동양화에서 '장수(長壽)'를 의미하는 십장생이 그림 속 곳곳에 나타나고 연분홍, 하늘색 등 밝은 채색으로 외선을 강조하여 그림이 한층 더 선명해졌다. 나도 한번 따라 그려 보고 싶은 충동이 느껴진다.

'단물'에 대처하는 우리의 자세

現재 나의 삶에서 단물은 무엇에 비유할 수 있을지 생각해 보자. 가장 많은 시간과 노력을 들여 추구하고 좋아하는 것이 각자의 인생에서 단물이 될 것이다. 재물, 명예, 성공 등 끝없는 욕망이 각자의 삶에서 단물이 된다. 이 책에서 총각이 단물을 알고부터 삶의 태도가 달라진 것을 어떻게 볼 수 있을까? 그렇게 잘 모시던 어머니마저 우선순위에서 밀려나고, 더욱더 많은 돈을 벌 욕심에 곡괭이로 샘을 파버리는 어리석은 행동을 하게 된다. 욕심은 그렇게 우리 삶을 황폐하게 만드는 것이다.

또한 우연히 운이 좋아서 좋은 것을 취했을 때 그것을 다른 사람들과 기꺼이 나눌 수 있는지도 한번 생각해 볼 필요가 있다. 처음 먹었던 마음은 무언가를 소유하게 될수록 변질된다. 오히려 가지지 못한 자, 없는 자가 더 남을 돕는 현상은 우리 주변에서도 흔히 찾아볼 수 있다. 과도한 욕심을 부리다 되레 무언가를 잃게 된 경험이 있다면 솔직하게 이야기를 나누어 보자.

이야기의 주제가 너무 추상적이거나 아이들이 선뜻 경험을 이야기하지 못하면 복권을 소재로 이야기를 풀어가 볼 수 있다. 왜 그렇게 많은 사람들이 복권을 사는 것인지, 무엇을 기대하는 것인지, 실제로 당첨되면 어떤 일이 벌어질지, 내가 복권에 당첨되면 무엇을 하고 싶은지 이야기를 나누어 보자. 그리고 복권에 당첨되었던 사람들의 뒷이야기를 들려주고 단물고개와 비교하여 생각해 보자.

'욕심 부리다 큰 코 다쳐!' 옛이야기 그림책

입에서 입으로 전해 내려오는 옛이야기에는 선조들의 지혜가 담겨 있다. 특히 옛이야기에는 특유의 해학미가 곁들여져 있어, 뻔해 보이는 교훈일지라도 지루하지 않다. 구전의 속성을 지닌 옛이야기라지만 그림으로 재화하고 그림책으로 엮는 것도 옛이야기를 즐기는 새로운 방법이 되고 있다.

우선 같은 이야기라도 여러 작가가 저마다의 방식으로 표현하는 그림을 비교해 보는 재미가 있다. 또한, 시대적 고증을 거쳐 이야기에 가장 적합한 시대적 배경을 그려 넣고 당시의 의상, 소도구 등을 활용함으로써 독자가 역사적 상상력을 불러일으킬 수도 있다. 그림이 주는 새로운 즐거움이 더해진 옛이야기 그림책에서 다양한 인간의 욕심을 살펴보자.

임정진 글, 임향한 그림의 『혹부리 영감』을 보면, 한 마을에 큰 혹을 달고 있는 두 영감이 살고 있었는데, 그 중 착한 혹부리 영감이 도깨비들에게 혹을 떼 주고 보물을 잔뜩 받아 오자, 욕심쟁이 혹부리 영감도 혹 떼러 갔다가 '혹을 하나 더 붙이고' 돌아오게 된다는 이야기다. 김양순 글, 김박 그림의 『젊어지는 샘물』에는 은혜 갚은 새가 알려준 샘물 덕분에 착한 할머니, 할아버지는 젊어지지만, 욕심 많은 할아버지는 샘물을 너무 많이 마셔 어린 아기로 변해버린다는 이야기가 담겨 있다.

마지막으로 그림형제의 글을 재화한 유리 슐레비츠의 『황금거위』는 바보라 불리는 착한 주인공이 숲에서 만난 노인에게 먹을 것을 나눠주고 황금거위를 얻게 되어 결국 공주와 결혼하게 된다는 이야기다. 어느 시대, 어느 장소에나 욕심을 부리다 오히려 골탕 먹는 인물들이 이야기 속에 꼭 등장한다. 보물이나 젊어지는 샘물, 황금거위를 탐하기보다는 욕심을 내려놓고 겸허하게 주변을 돌아보며 살아가면 보물과 젊음, 황금과 비교할 수 없는 더 큰 기쁨이 주어질 것이다.

뜻있는 삶이란 무엇일까? 역경을 극복하고 자신이 이루고자 하는 꿈을 이루어 내는 삶, 내가 가진 것들을 소중히 여기며 자신의 일에 긍지를 가지고 살아가는 삶, 앞만 보고 달려가기보다는 삶의 여유로움을 느끼며 살아가는 삶, 욕심에 눈이 어두워 소중한 것을 놓치기보다는 욕심을 버리고 주변을 돌아보며 천천히 살아가는 삶이 그런 삶이 아닐까 생각해 본다. 직업을 통해 나의 삶을 뜻있게 살아가는 방법을 생각해 보려고 한다.

새로운 만남과 삶의 향기를 만드는 커피 바리스타

바리스타는 커피를 향기롭고 맛있게 만드는 사람들을 말한다. 원두를 고르는 일부터 커피 향을 살리면서 깊은 향과 맛을 살리는 기술을 갖추는 것까지 커피의 모든 것을 알고 있어야 한다. 커피는 사람들 간에 만남과 대화를 더욱 풍부하게 해 주는 매개체 역할을 할 수 있기 때문에 사람들을 향한 따뜻하고 넉넉한 마음이 있으면 좋을 것이다. 또, 좋은 커피 맛을 내기 위해서 필요한 섬세한 미각과 후각, 그리고 꼼꼼함과 자상함이 있다면 더욱 좋을 것이다.

상품에 새로운 가치를 더해 주는 광고기획자

광고는 제품에 새로운 가치를 더해 주는 매우 창의적이고 예술적인 작업이라고 할 수 있다. 광고기획자는 광고의 제작 전반에 걸쳐 모든 것에 관여하며 상품에 새로운 이미지를 부여하여 상품에 대한 사회적 가치를 창출해 내는 사람이다. 상품을 소비자에게 올바르게 알리기 위해서는 상품의 장·단점을 잘 파악할 수 있는 분석력과 새로운 아이디어를 창조해 내

는 창의력과 예술성, 이 모든 것을 추진해 나가는 추진력이 필요하다.

동물들과 마음을 소통하며 돌보는 **동물 사육사**

동물 사육사는 가축을 돌보거나 동물원에서 동물을 돌보는 사람들을 말한다. 동물에게 먹이를 주고 병들거나 상처 입은 동물들을 치료하고 투약하기도 하며, 어린 동물들을 돌보기도 한다. 그러나 단순히 동물을 사랑하는 마음만으로 동물 사육사가 될 수 있는 것은 아니다. 가축의 배설물을 치우는 일도 기꺼이 감수해야 하며, 동물에 의해 상처를 입을 수도 있기 때문에 참을성과 용기도 필요하다. 또 의사소통이 안 되는 동물들과 마음을 소통할 수 있어야 하기 때문에 많은 인내와 끈기가 필요하다.

사람과 자연을 조화시키는 **조경기술자**

빼곡히 들어찬 아파트 사이로 많은 사람들이 초록의 자연을 찾아 나서는 곳이 바로 공원이다. 조경기술자는 아파트 단지, 오피스 단지, 공원 및 주택지 등의 자연을 보다 효율적으로, 보다 조화롭게 만드는 사람들이다. 조경기술자가 되려면 가장 먼저 식물과 자연에 대해 애정이 있어야 한다. 또한 아름다운 조경을 개발하기 위해 창의력과 디자인 감각도 있어야 한다. 또 여러 사람이 함께 일을 해나가야 하므로 대인 관계를 잘 맺으면서 추진력이 뛰어나다면 더욱 좋을 것이다.

삶이라는 긴 여행을 하다 보면 많은 것을 얻기도 하고, 잃기도 하겠지요. 하지만 어떤 경우에도 당당할 수 있는 힘, 용기를 잃지 않는 힘, 누군가를 향해 따뜻한 온기를 건넬 수 있는 힘은 지금 가족과 함께할 미래를 꿈꿀 수 있는 아이들에게 있습니다.

3

가족과 함께 꿈꿔요

"우리 아이들이 꿈을 가지고 공부했으면 좋겠습니다. 그래서 자신이 이룬 꿈을 가족과, 이웃과 나누는 삶을 살았으면 좋겠습니다. 그것이 세상으로 향하는 아이들 마음에 가슴 뛰는 꿈이 되기를 바랍니다. 사람을 품고 살아가는 아이들로 성장할 수 있는 힘이 되었으면 좋겠습니다."

자신이 이룬 꿈을 가족·이웃과 나누는,
사람을 품고 살아가는 삶

가족은 누구에게나 어떤 경우에도 내 편이 되어주는 든든한 지원군입니다. 개개인이 자신의 꿈을 꿀 수 있도록 해 주고 위로를 주고 어떤 경우에도 당당할 수 있게 하며 용기를 갖게 하는 원천입니다. 가족은 삶의 모든 과정을 함께 공유하는 구성원이기 때문입니다.

사람은 가정 안에서 저마다의 꿈을 꾸지만 또한 가족과 함께 무언가를 꿈꿀 수 있습니다. 가족이 함께 꿈꿀 수 있는 것은 크고 거창한 것이 아닙니다. 아이가 온 마음으로 원하는 자전거를 가지게 되는 꿈일 수 있습니다. 온 가족이 나이 들어가는 아버지의 헛헛한 마음을 위로하는 이벤트를 마련하는 것도 될 수 있습니다. 집안 살림에 힘겨워 하는 엄마를 위해 이제까지의 무관심에서 벗어나 작은 배려를 씨앗처럼 품고 가족들이 작은 일 하나씩 나누어 맡는 것도 가족과 함께 꿈꾸어 볼 수 있는 일입니다. 이런 과정을 통해 가족의 재발견이 이루어지고, 가족이 얼마나 든든한 존재인가를 확인할 수 있습니다. 그것은 무엇보다도 세상을 살아가는 데 큰 용기가 될 것입니다. 어느 작가가 그림책으로 표현한 것처럼, 새로 태어나는 동생을 위해 엄마의 출산을 돕는 가족들의 따뜻한 사랑 또한 가족이라는 울타리 안에서 꿈꿀 수 있는 일입니다.

치매 걸린 노인, 버려진 아이, 홀로 사는 할머니, 할아버지, 이혼한 부부와 그 사이에 있는 아이들, 부모 잃은 아이들, 매 맞는 아이들……. 오늘날 가정에는 온갖 문제가 도사리고 있습니다. 가정에서는 늘 바쁜 부모와 더 바쁜 아이들이 서로의 필요에 의해서만 가족을 찾는가 하면, 외로움에 어쩔 줄 몰라 하는 사람이 너무도 많습니다. 이 모든 현상의 많은 부분은 일등 지향주의 사회에서 비롯되는 비극일지 모릅니다. 진로에 대해 생각하면서 '가족이 함께 꾸는 꿈'을 설정한 까닭은 삭막해진 마음에 온기를 불어넣고 용기를 주고 위로를 주는 것은 사람, 그 중에서도 가족이라는 진실은 변할 수 없기 때문입니다.

│누구든지 자신이 바라는 직업을 갖고 만족스러운 삶을 살아가며 그것을 함께 나누는 것이 가족 모두가 꾸는 꿈이었으면 좋겠습니다. 가족이라는 선물을 받은 사람이라면 가족 없이 살아가는 사람들에게도 눈을 돌려서, 그들을 보듬고 배려하며 '가족'의 눈으로 바라볼 수 있었으면 합니다. 우리 아이들이 꿈을 가지고 공부했으면 좋겠습니다. 그래서 자신이 이룬 꿈을 가족과 이웃과 나누는 삶을 살았으면 좋겠습니다. 그것이 세상으로 향하는 아이들 마음에 가슴 뛰는 꿈이 되기를 바랍니다. 사람을 품고 살아가는 아이들로 성장할 수 있는 힘이 되었으면 좋겠습니다.

│삶이라는 긴 여행을 하다 보면 많은 것을 얻기도 하고, 잃기도 하겠지요. 하지만 어떤 경우에도 당당할 수 있는 힘, 용기를 잃지 않는 힘, 누군가를 향해 따뜻한 온기를 건넬 수 있는 힘은 지금 가족과 함께할 미래를 꿈꿀 수 있는 아이들에게 있습니다. 아주 작은 일이라도 지금 가족과 함께 이룰 수 있는 일을 떠올려 보세요. 그것이 곧 아이를 더 단단하게 키우는 힘이 될 것이고, 그 아이가 세상을 변화시키는 큰 사람으로 성장하도록 도울 것입니다.

즐거움도 힘듦도
함께 나누는 것이 가족이다

『돼지책』 앤서니 브라운 글 · 그림, 허은미 옮김, 웅진닷컴(2001)

핑크빛 테두리 안에 한 가족이 있다. 아빠, 엄마, 그리고 두 아들은 언뜻 보기엔 핑크빛 행복이 가득한 평범한 가족처럼 보인다. 그런데 가만 보면 아빠와 두 아들은 제 발로 서 있지 못하고 엄마 등에 업혀 있다. 발그레 볼을 붉히며 미소를 짓고 있는 아빠와 두 아들과는 달리 엄마는 그저 무표정일 뿐이다. 대체 이들은 어떤 핑크빛을 만들어가고 있는 걸까?

피곳 씨와 두 아들은 아주 중요한 회사와 아주 중요한 학교에 다니느라 집에서는 아무것도 하지 않는다. 그저 큰소리로 밥을 달라고 소리 지르고, 중요한 TV를 볼 뿐이다. 침대를 정리하거나 청소를 돕는 일은 없다. 이 모든 것은 피곳 부인의 몫이다. 피곳 부인은 남편과 아들들의 뒷바라지를 하고, 집안일을 한 후 직장으로 출근한다. 피곳 부인은 그림에서 표정 없는 얼굴로, 뒷모습으로, 혹은 그림자처럼 희미하게 표현된다. 식구들을 모두 어깨에 짊어지느라 피곳 부인은 생기도, 기쁨도 잃은 채 지쳐 있는 것이다. 엄마 혹은 그 누군가에게 모든 것을 의존하며 아주 중요한 자신의 일만을 내세우는 가족들, 내 일이 아닌 그 어떤 것도 돌아보지 않는 이기심이 가득한 가족들의 모습이 비단 피곳 씨네 집에서만 볼 수 있는 풍경은 아닐 것이다. 그러던 어느 날 피곳 부인은 "너희들은 돼지야"라는 쪽지만 남겨놓고 사라진다. 그리고 바로 그 순간 피곳 씨와 아들들은 진짜 돼지가 되어, 스스로는 아무것도 하지 못하는 무기력한 모습을 보인다. 다시 집으로 돌아와 문 앞에 선 엄마에게 가족들은 제발 돌아와 달라고 애걸한다. 그 후 피곳 씨 가족은 달라진다. 스스로 식탁을 차리고 다림질을 하고 침대를 정리하는 피곳 씨와 아들들, 그리고 자동차를 수리할 여유가 생긴 피곳 부인의 밝은 미소가 마지막 페이지를 장식한다.

이 책은 아이와 어른이 함께 읽는 책이다. 가족의 의미와 가족들 사이에서 희생하는 엄마 혹은 누군가의 존재에 대해 이야기하며 가족의 의미를 찾아간다. 나만 생각하고 나만을 고집하는 한 우리는 가족이 아니라, 그저 돼지일 뿐이다. 이 책은 즐거움도, 힘듦도 함께 나누고 모두가 자신의 얼굴과 존재를 인정받으며 공존하는 것이 진정한 공동체로서의 가족의 모습이라고 말하고 있다.

그림 구석구석에 앤서니 브라운다운 복선과 볼거리가 잔뜩 숨겨져 있다. 행복을 상징하는 핑크색 벽지의 꽃무늬가 점점 돼지 모양으로 바뀌는 것이나, 그림 액자 속 엄마의 얼굴이 오려져 있는 것 등 상황에 따라 주변의 사물들에 변화를 주는 아이디어와 위트가 재미있다. 아이들과 함께 그림 읽기를 찬찬히 해보는 것도 또 하나의 책 읽는 즐거움이 될 것이다.

"우리 가족의 모습은 어떨까?"

| 먼저, 『돼지책』에 나오는 인물들에 대해 찬찬히 분석해 살펴본 후, 각 인물들의 자세에 대해 토론해 보자. 가족들이 서로에게 했던 말과 행동이 어떠했는지, 또 서로에 대한 자세는 어떠했는지 살펴보자. 가족들 사이에 대화가 있었는지 살펴보고, 만약 서로가 진실하고 솔직하게 대화를 할 수 있었다면 이 책의 내용이 어떻게 달라졌을지 생각해 보자. 책의 각 등장인물의 그림을 복사하고 인물 옆에 말풍선을 그려 넣어 각 인물이 자신의 입장을 말로 표현해 보도록 할 수 있다.

| 이제 우리 가족의 모습은 어떠한지 적용해서 생각해 보자. 피곳 씨와 아들들처럼 자신이 해야 하거나 할 수 있는 일을 다른 가족에게 떠넘기고 있지는 않은지, 혹 그런 일이 있다면 어떤 일이었는지 솔직하게 이야기를 나누어 보자. 그리고 가족 중 피곳 부인과 같은 존재가 있는지에 대해서도 이야기를 나누어 보고, 그렇다면 그 사람의 입장에서 바라본 가족들의 모습은 어땠을 지에 대해서 이야기해 보자. 또한 가족들이 서로 도울 수 있고, 의지할 수 있는 일에 대해서 생각해 보자. 목록을 적어 보고 하나씩 실천해 보는 것도 좋을 것이다.

| 일러스트 속에 숨은 상징들을 찾아가며 그 상징들이 무엇을 말하고 있는지 이야기를 나누어 보는 것도 책을 깊게 읽을 수 있는 방법이다.

가족 사이 배려와 소중함을 그려내는 작가, 앤서니 브라운

영국의 대표적인 그림책 작가인 앤서니 브라운은 한국을 비롯한 전 세계에서 널리 사랑받는 작가이다.

1946년 영국 요크셔의 셰필드에서 태어난 앤서니 브라운은 아버지의 영향으로 어릴 때부터 그림을 그리기 시작했다고 한다. 리즈 칼리지 오브 아트에 입학해 미술을 배우고, 학교를 졸업하고서는 메디컬 일러스트레이터로 일했다. 그의 섬세하고 세밀한 그림 기법은 이때 인체를 세부묘사하며 익힌 것이라 할 수 있다. 이후 15년간 카드 디자이너로 일했던 앤서니 브라운은 친구와 회사 동료들의 권유로 그림책을 그리기 시작했다.

그는 1976년 첫 그림책 『거울 속으로』를 시작으로, 1983년 『고릴라』와 1992년 『동물원』으로 영국의 그림책 상인 케이트 그린어웨이 상을 수상했다. 2000년에는 아동문학의 노벨상이라 불리는 한스 크리스티안 안데르센 상을 수상하고, 2009~2011년에는 영국의 계관아동문학작가로 선정되어 명실공히 영국을 대표하는 그림책 작가로 이름을 굳혔다.

그의 대부분의 작품들은 개인적인 경험을 바탕으로 만들어졌다고 전해진다. 『고릴라』는 자신의 아버지를 모델로 했고, 『터널』역시 자신의 형과 경험했던 것을 바탕으로 만들었다고 한다.

특히 우리나라에서는 앤서니 브라운의 그림책 『미술관에 간 윌리』와 『돼지책』이 외국 번역 그림책으로는 드물게 2년 연속 문화관광부 추천 도서로 선정되기도 했다.

『우리 가족입니다』 이혜란 글 · 그림, 보림(2005)

가족,
모든 것을 품어주는 따뜻함

책장을 열면 환하게 웃고 있는 가족사진이 있다. 차림새가 세련되거나 부유해 보이지 않아도 행복 가득한 훈훈한 가족의 모습이다. 이 가족의 터전인 신흥반점에 어느 날 오후 뜻하지 않은 손님이 찾아든다. 시골에서부터 택시를 타고 올라온 할머니. 아빠가 어릴 적부터 헤어져 살아 그다지 왕래가 없었던 할머니가 갑자기 나타난 것이다. 그런데 할머니는 음식 투정에, 대소변도 잘 가리지 못하고 걸핏하면 이런 저런 사고를 저지른다. 가뜩이나 바쁘게 살아가는 엄마, 아빠를 더 힘들게 하는 치매 걸린 할머니가 주인공 소녀는 못마땅하다. 그러나 아빠와 엄마는 묵묵히 할머니를 돌본다. 정신없이 돌아가는 짜장면집을 운영하면서, 할머니로 인해 여러 가지 손해를 감수하면서도 할머니를 감당해 낸다. 어느 날 학교 담장 밑에 쓰러져 자고 있는 할머니를 업고 돌아온 아빠에게 주인공이 묻는다.

아빠, 할머니 다시 가라고 하면 안 돼요?

안 돼.

왜요? 아빠 어릴 때도 따로 살았다면서요.

그래도 안 돼. …… 엄마니까. 할머니는 아빠 엄마거든.

그럼 아빠, 할머니도 우리 엄마처럼 아빠를 사랑했어요?

…….

진정한 가족의 의미를 다시 한 번 생각하게 해 주는 부분이다. 즐겁고, 행복하고, 나에게 필요할 때만 가족이 아니라 나를 힘들게 하고, 고통스럽고, 감당할 수 없을 때도 함께 하는 것이 가족이다. 그림책에서 가족이 함께 목욕하는 마지막 장면에 이르면 가족들의 표정이 한결 편안해진 것을 볼 수 있다. 할머니를 마음으로 받아들이면서 더욱 단단해지는 가족의 모습을 보여준다.

특히 이 책은 그림의 섬세한 표현이 두드러진다. 연필화에 부분 채색으로 담담하게 그려져 있지만 인물들의 표정이나 사실적인 묘사가 실감나게 표현되어 있다. 신흥반점의 구석구석을 섬세하게 표현하여 분주한 삶을 현실감 있게 해 주고, 인물들의 표정과 행동 하나하나가 글보다 더 많은 이야기를 해 준다. 특히 할머니의 당황스런 행동에 알 듯 모를 듯 무표정한 엄마와 아빠의 표정이 많은 감정과 이야기를 담아내고 있다.

이 그림책은 어른부터 어린이까지 온 가족이 함께 읽고 가족의 의미를 마음으로 느낄 수 있는 책이다.

어려울 때 더욱 등불이 되어 주는 가족

│그림책에서 '나'는 왜 할머니를 가족으로 받아들이지 못했는지 생각해 보자. 가족의 구성원은 누구인지, 가족의 개념이나 형태는 시대에 따라 어떻게 변화되어 왔는지도 이야기 나누어 보자. 사람은 아니지만 함께 집에서 살아가는 반려동물에 대해서도 이야기해 볼 수 있다. 또한 가족은 계약으로 이루어지는 관계가 아니라는 점에 대해 생각해 보자. 이 부분은 가족 구성원이 어려움에 처하거나 관계가 안 좋아지더라도 가족의 끈이 끊어질 수 없다는 점으로 확장하여 생각해 볼 수 있다.

│좀 더 구체적으로 가족 중 건강을 잃거나 몸이 불편한 사람이 있다면 어떤 생각과 느낌이 들지 이야기해 보자. 책의 내용처럼 치매 노인뿐 아니라 병에 걸리거나, 후천적 장애 등으로 가족이 힘들어지는 경우가 생길 수 있는데, 그때 나는 그 상황을 어떻게 받아들일 수 있는지 진지하게 이야기해 보자. 주변에 이러한 예가 있으면 그에 대해 이야기 나누어 보고 어떻게 극복해 나가고 있는지에 대해서도 이야기해 볼 수 있다.

│그리고 가족이란 어떤 의미가 있는지, 왜 그런지에 대해서도 이야기해 보자. 중요한 것은 가족이란 기쁘고 즐거울 때뿐 아니라 어렵고 힘들 때 더욱 힘이 되고 서로를 단단하게 해 줄 수 있는 존재라는 것을 놓치지 않도록 하는 것이다. 더 나아가 가족 간에 힘들었던 점, 그리고 위로와 힘이 되었던 점 등을 이야기해 볼 수 있다. 이런 이야기를 통해 서로에게 솔직해지고 마음의 응어리를 풀어내 소통의 길을 열 수도 있을 것이다.

톡톡 튀는 십대들에게 "가족이란?"

¤ 가족이란 '음식'이다. – 항상 먹어야 하고 꼭 필요한 존재니까

¤ 가족이란 '비타민'이다. – 항상 힘이 되어 주니까

¤ 가족이란 '콩팥'이다. – 내 안의 나쁜 것들을 걸러 줄 수 있기 때문에

¤ 가족이란 '손수건'이다. – 슬플 때 눈물을 닦아주고 힘들 때 땀을 닦아주기 때문에

¤ 가족이란 '약'이다. – 슬프고 아플 때 나를 치유해 주고 다시 건강하게 해 주기 때문에

¤ 가족이란 '편안함'이다. – 늘 편안하게 기댈 수 있는 쉼터 같은 존재

¤ 가족이란 '상담사'다. – 나의 고민을 들어주는 존재이기 때문에

¤ 가족이란 '걱정'이다. – 매일 걱정할 수밖에 없으니까

¤ 가족이란 '다리털'이다. – 뽑으면 아프니까

¤ 가족이란 '보물'이다. – 가장 소중하니까

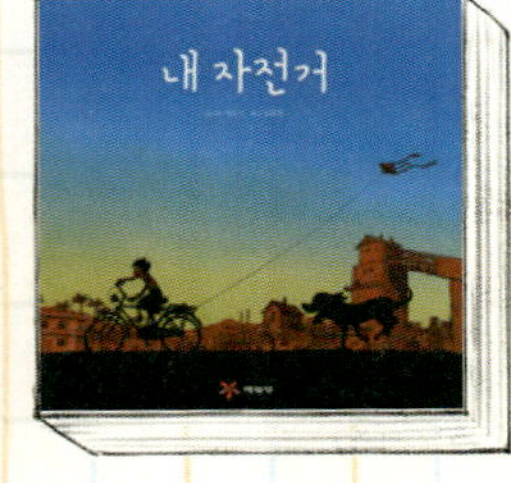

반창고와 같은
신통력을 지닌 가족

『내 자전거』 예안더 글 · 그림, 심봉희 옮김, 예림당(2007)

가족은 신통력을 지닌 것 같다. 이웃이 출세하면 입으로는 축하의 말을 하면서도 마음에서는 샘이 나게 마련이다. 그러나 그 주인공이 우리 가족이라면 어느새 샘은 어디론가 사라지고 없다. 어려운 일이 생기면 가슴이 아파오며 힘을 모으기 위해 두 팔을 걷어붙인다. 이렇게 가족은 그들만의 신통한 기운이 있다.

여기에 가족의 의미를 제대로 아는 소년이 있다. 소년의 소원은 자기 몸집에 맞는 새 자전거를 빨리 갖는 것이다. 지금은 짐자전거를 탄다. 친구들과 함께 놀다 보면 낡고 커다란 짐자전거로 인해 속상할 때가 많다. 그러나 소년은 가정 형편을 너무나도 잘 알고 있다. 소년의 부모님이 밤낮으로 일을 해도 자전거가 뚝딱 생겨날 수 없을 정도로 형편이 어렵다. 몸집보다 큰 자전거를 끌고 나가는 아들에게 천천히 타고 다니라고 당부하는 엄마의 모습 속에는 부모로서의 안타까움이 고스란히 묻어 있다.

그러기에 소년은 더욱더 떼를 부릴 수 없다. 새 자전거를 산 친구의 운전수 노릇을 하는 것으로 그 바람을 대신한다. 할아버지로부터 가져온 요술램프 효과인지 엄마는 시험에서 3등 안에 들면 새 자전거를 사 주겠다 하신다. 소년은 시험점수 100점이라는 기적을 안고 엄마한테 쏜살같이 달려간다. 이에 엄마는 새 자전거 대신 나보다 못한 사람을 생각하면 행복해진다는 야속한 말씀을 하신다.

그러나 그 야속함도 가족이라는 신통력 앞에서 또 하나의 기적을 만든다. 소년은 새 자전거 대신 크레파스 한 개와 헌 자전거의 도색이라는 기특한 방법을 선택한다. 비록 새 자전거를 갖진 못했으나 마음만큼은 그 어느 때보다 행복하다. 마지막 장에서 소년은 요술램프에게 마지막 소원을 빈다. 어른이 되고 싶다고. 분명 가족에게 도움을 주려는 마음이 깔렸을 것이다. 엄마의 아린 마음을 알아주는 소년은 크나큰 보물을 얻었다. 소년이 체득한 가족 간의 신통력은 소년의 앞날에 찰진 밑거름이 될 것이다.

만화영화를 제작하던 중국 작가 예안더가 글을 쓰고 그림을 그렸다. 만화의 분위기를 그대로 담고 있어 인물의 몸짓과 표정은 익살맞기 그지없다. 소년의 옆을 지키는 강아지는 그림책을 읽는 재미를 더해 준다. 곱디고운 채색과 여러 사람들이 함께 어우러진 장면은 가족 간의 신통력을 부각시키는 데 그 역할을 톡톡히 해낸다.

가족이란 서로를 먼저 위하는 '짠'한 사이

남보다는 나를 먼저 생각하는 분위기가 속속들이 스며들고 있다고는 하나 여전히 가족의 의미는 그 무엇보다도 건재하다. 내가 원하는 길이 우리 가족에게 어려움을 준다면 나는 어떻게 할까를 고민할 수 있는 기회를 가져 보자. 경제적인 어려움뿐만 아니라 가족 구성원간의 심리적인 갈등도 일어날 수 있는 일이다. 혹 갈등이 빚어졌을 때 가장 중요하게 생각해야 할 점이 무엇인지에 대해서도 고민해 볼 수 있다.

책 속의 주인공처럼 갖고 싶은 것이 있지만 참아야 했던 경험은 없는지, 있다면 그 경험을 함께 이야기 나누어 보자. 그 경험을 통해 내가 얻은 것과 잃은 것이 무엇인지에 대해서도 생각해 보자. 한편 이 책에서 소년은 가족을 위해 새 자전거의 꿈을 버리고 크레파스를 선택한다. 소년이 선택한 크레파스의 가치는 과연 얼마만큼일까? 가족의 마음을 읽을 줄 아는 소년은 이미 어제의 소년이 아니다. 비록 새 자전거는 아닐지라도 소년이 얻은 가족의 의미와 정신적 성숙은 세상 어느 것과도 바꿀 수 없는 일일 것이다.

만약 책 속의 소년이 부잣집 아들이었다면 이와 같은 정신적인 성숙을 기대할 수 있었을까? 우리가 갖고 싶은 것들을 무엇이든 다 갖게 된다면 어떤 일이 벌어질지에 대해서도 생각해 보자. 이 그림책에 대한 토론을 통해 풍요로움과 부족함이 우리에게 줄 수 있는 의미도 함께 생각해 볼 수 있을 것이다.

"가족과 함께 꾸는 나의 꿈"

『내 자전거』의 소년을 보고 있자면 대만 영화 〈로빙화〉의 주인공 고아명이 떠오른다. 양립국 감독의 1993년도 작품으로 미술에 재능이 뛰어난 고아명 역시 집안 사정을 너무나도 잘 알고 있다. 고아명의 집은 마을 이장의 소작농으로 차밭을 일구나 크레파스 하나 사지 못할 정도로 가난하다. 엄마는 병으로 이미 세상을 떠났기에 오직 마음 착한 누나를 의지하며 살아간다. 아들을 학교에 보내는 것보다는 차밭의 벌레를 잡게 하는 아버지 밑에서도 고아명의 그림을 향한 열망은 뜨겁다. 고아명의 열망과 천재성을 알아본 미술 선생님 덕분에 고아명은 세계적인 미술대회에서 그 실력을 인정받는다. 그러나 수상 소식이 전해졌을 때 고아명은 이미 세상에 없다. 엄마와 같은 병으로 세상을 떠난 뒤였다. 시들어서조차 차밭의 거름으로 향기를 발한다는 로빙화 노래를 부르며 엄마를 그리워하는 모습 또한 가슴을 찡하게 만든다.

가족을 위해 자신의 꿈을 승화시킬 줄 아는 두 소년은 풍요롭기만 한 요즘 아이들에게 잔잔한 메시지를 주리라 생각된다.

영화 〈로빙화〉 포스터(왼쪽)와 영화 속 한 장면

세월이 흐를수록
깊어가는 삶의 지혜

『세상에서 가장 힘센 수탉』 이호백 글, 이억배 그림, 재미마주(1997)

이 그림책은 세월이 흐르고 나이가 들수록 서서히 힘이 없어지고 자신감을 잃어가는 수탉을 통해 가족의 소중함과 행복의 진정한 가치를 깨닫게 해 준다.

세상에서 가장 힘이 센 수탉은 동네에선 그를 이길 자가 없어서 자부심을 느꼈지만, 더 힘센 수탉이 등장하자 동네에서 가장 술을 잘 마시는 수탉이 되어 버린다. 그리고는 늘 젊었을 때 자신이 얼마나 힘이 세고 멋있었는지 과거만을 말한다. 세월이 흐르며 점점 늙어가는 수탉은 자신의 모습이 절망스럽다. 그때 아내인 암탉이 조용히 다가와 많은 손자, 손녀, 자식들을 보여주며 아직도 세상에서 제일 힘센 수탉이라고 용기를 주며 보듬어 준다.

이 이야기는 우리 인생과 많이 닮았다. 젊었을 때는 세상 부러울 것 없는 듯 고고하게 자신의 힘, 능력, 실적과 외모를 자랑한다. 그러나 세월이 가며 점점 힘을 잃고 능력도 없어지는 자신이 한심스럽고 절망스럽게 느껴진다. 암탉처럼 온 마음을 다해 다독여 주는 가족의 도움이 없다면 견디기 어려울 것이다.

나이가 들어도 할 수 있는 일은 얼마든지 있다. 육체적 힘과 능력은 점점 쇠약해지더라도 오랜 세월 풍파를 겪으며 축적해 온 인생의 경험과 연륜에서 오는 삶의 지혜는 젊은이의 패기보다 더 소중한 자산일 수 있다. 그 나이가 되지 않으면 결코 깨달을 수 없는 지혜가 아닌가. 그러한 지혜를 자손들에게 전수하고 가르쳐야 할 책임이 우리 어른들에게 있다고 본다. 따라서 수탉처럼 나이를 먹고 힘을 잃는 것에 두려움을 가질 필요가 없는 것이다. 오히려 늙어감을 겸허히 받아들이고 그 나이만큼의 연륜을 자랑하며 지혜롭게 살아야 한다. 고개 숙인 수탉에게 삶의 용기를 주고 살아갈 명분을 깨닫게 하는 아내 암탉의 심오한 지혜를 배워야 할 것이다.

부드러운 표지에 명쾌한 색상, 단호한 선과 화려한 그림이 친근하게 다가온다. 시골집이나 농장에 나오는 닭의 모습들과 닭장, 올망졸망한 노란 병아리들, 시골 장터나 환갑잔치 등 의인화하여 재미있게 묘사된 풍경들은 읽는 이로 하여금 슬며시 미소 짓게 한다. 노란 바탕에 사실적인 묘사가 더해진 이억배 작가의 그림에는 한국적 정취와 삶에 대한 따뜻함이 담겨 있어 한국 토속민화를 보는 듯하다.

타인이 줄 수 없는 가족의 힘

│때로 사람들은 이 그림책의 수탉처럼, 자신보다 더 잘나고 능력 있는 사람을 만나면 자기 자신이 작아지는 것 같은 느낌을 받게 된다. 내가 제일 힘세고 멋진 줄 알았는데, 더 큰 상대를 만났을 때 위축되고 좌절하게 되는 것이다. 나는 스스로를 다른 사람의 삶과 비교하며 살아가고 있지는 않은지, 혹은 누군가 나를 다른 사람과 비교하진 않는지 생각해 보자. 그리고 그렇게 비교하며 생각했을 때 어떤 느낌이 들었는지, 왜 사람들은 쉽게 서로를 비교하는 것인지 생각해 보자. 그리고 서로의 삶을 비교하는 것이 과연 필요한 일인지, 비교하는 것이 과연 가능한지에 대해 토론해 보자.

│또 삶의 가치를 꼭 세상 사람들이 자랑하는 능력과 힘, 배경 등에 두어야 하는 것인지에 대해서도 비판적으로 생각해 보자. 세상에서 내세우는 가치의 기준에서 자유로워지고, 그와 별도로 내가 가진 힘을 발견할 수 있는 지혜가 필요하다. 그림책의 암탉처럼 지혜롭고 아름다운 아내와 어여쁜 자녀와 손자들은 또 다른 나의 힘과 배경이 될 수 있다.

│아니 그 외의 다른 어떤 면이라도 나만이 가진 능력을 자랑하며 살 수 있다. 우리는 각자 자신만이 가진 잠재력을 깨달아야 한다. 다른 사람이 알지 못하는 재능을 탐색해 보아야 한다. 남과 비교하지 말고 내 안의 것을 발견하여 삶의 통찰력을 가지고 힘 있게 날개를 활짝 펴고 살아가 보자.

그림책 속 다양한 아빠의 모습

그림책에서 아빠는 어떤 모습으로 등장할까? 아이들에게 아빠의 존재는 무슨 일이든 척척 해내는 슈퍼맨 같은 이미지일 것이다.

앤서니 브라운의 『우리 아빠가 최고야』에서 아빠는 무서워하는 것도 없고, 달도 뛰어넘을 수 있고, 고릴라만큼 힘이 세다. 그리고 아빠는 윌리엄 스타이그의 『아빠랑 함께 피자 놀이를』에서처럼 울적한 아들을 피자놀이의 세계로 초대하여 유쾌하게 웃을 수 있게 해 준다. 아니, 자녀가 활짝 웃기를 기다리고 소망하는 아빠이다.

때로 아빠는 에바 에릭손 그림의 『아빠가 우주를 보여준 날』에서처럼 아이에게 우주를 보여주고 싶고, 오랫동안 기억할 만한 아름다운 것들을 보여주고 싶어한다. 하늘만 보다가 그만 똥을 밟는 우스운 상황에 처하더라도, 그마저도 아름다운 추억으로 남을 수 있는 시간을 아이와 보내고 싶어한다.

그렇지만 데이브 맥킨 그림의 『금붕어 2마리와 아빠를 바꾼 날』에서처럼 아빠는 금붕어 두 마리에 팔릴 정도로 아이들과의 관계가 서먹해지고 소통이 막히게 되는 때도 있다. 더욱이 나이가 들어가고 사춘기를 보내며 아이들은 아빠와 함께 하는 시간을 원하면서도 아빠와 거리를 두려고 하는 그런 때도 있다. 하지만 시간이 더 흘러 깨닫게 되는 것은 역시 애틋한 아빠의 마음일 것이다.

현덕 글, 김환영 그림의 『나비를 잡는 아버지』에서처럼 겉으로는 무심해 보여도 때론 자식을 대신해 밭 한가운데를 방방 뛰며 나비를 잡는 그런 아빠. 고릴라만큼 힘센 아버지가 아니기 때문에 자식을 향한 그 사랑이 더 저릿하게 느껴지고 때로는 안타까울 정도로 깊은 아빠의 사랑이 그림책에 그려져 있다.

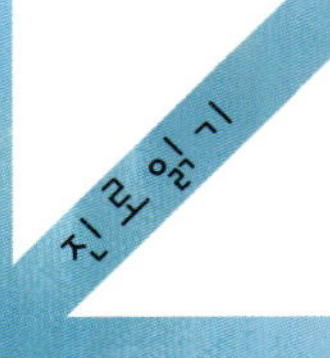

상처와 아픔을 어루만져 주는 상담전문가

빠르게 변하는 사회 속에서 인간관계의 갈등이 커지면서 사회 각 분야에서 상담가의 도움이 필요한 사람이 늘어나고 있다. 상담전문가는 심리적으로 어려움을 겪고 있는 사람들을 돕고 지원하는 일을 한다. 이를 위해서는 문제에 대한 분석력과 종합적인 사고력도 필요하지만 무엇보다 사람의 아픔을 어루만질 수 있는 포용력과 따뜻한 시선, 그리고 인간의 삶을 통찰할 수 있는 능력이 있어야 한다. 또 내담자의 이야기를 끝까지 들을 수 있는 인내와 끈기도 필요한 덕목이다.

어울림의 즐거움을 선사하는 레크리에이션 지도자

생활수준의 향상과 주5일제 근무의 영향으로 여가를 좀더 가치 있게 보내려는 사람들이 늘어나고 있다. 하지만 TV와 컴퓨터, 게임 등에 많이 노출되어 여가를 홀로 즐기는 사람들이 많아져 전통적인 놀이나, 여럿이 함께하는 사교적 놀이에 익숙하지 못한 경우가 많다. 레크리에이션 지도자는 캠프, 사교모임 등에서 다양한 오락 프로그램을 계획, 진행하여 사람들이

서로 소통하고 어울리는 즐거움을 알게 해 준다. 단절된 인간관계를 연결해 주는 소통의 계기를 만들어 주는 보람 있는 일이다.

특별한 날을 더욱 행복하게 해 주는 제과제빵사

제과제빵사는 '파티시에'라고 하며, 빵, 케이크, 쿠키, 파이 등 다양한 빵과 과자류를 만든다. 제과제빵사는 예민한 미각과 아름다운 제품을 만들기 위한 미적 감각이 필요하며 새로운 빵, 과자 등을 개발할 수 있는 창의력을 갖추어야 한다. 무엇보다 케이크와 빵을 통해 사랑과 행복을 전달한다는 생각으로 빵 하나하나에 정성을 담아낼 수 있는 따뜻한 마음도 필요하다. 정성 가득한 달콤한 케이크 하나가 화목과 행복을 더욱 크게 만들어 줄 수 있다.

소외된 사람들을 따뜻하게 돌보아 주는 사회복지사

삶의 질이 향상되면서 사회복지에 대한 관심과 기대가 높아지고 있다. 특히 고령화가 빠르게 진행됨에 따라 발생하는 노인문제, 청소년문제, 장애인구의 증가 등으로 여러 사회 분야에서 사회복지사의 손길이 더 절실해지고 있다. 사회복지사는 소외된 사람들을 돕기 때문에 인간 존중 및 사회 정의에 대한 사명 의식, 봉사 정신이 있어야 하고, 무엇보다 무한한 애정과 신뢰를 보여줄 수 있어야 한다. 또, 원만한 의사소통을 위한 열린 마음도 필요하다.

이웃과 함께 꿈을 꾼다는 것은 모든 사람들이 원하는 세상을 함께 가꾸어간다는 의미
가 있습니다. 백만 송이 꽃이 있어도 저마다의 모습과 빛깔이 다른 것처럼 저마다 있는
그대로 인정하고 존중하는 세상을 이루어가는 꿈 말입니다.

4

이웃과 함께 꿈꿔요

"아이들은 세상이라는 바다로 나아가는 과정에서 숱한 사람들과 만나게 됩니다. 학교에서, 동네에서, 사회에서 끝없이 만나고 또 만납니다. 그 많은 이웃들과 자연스럽게 만나고 관계를 맺어가는 일이야말로 성공적인 사회생활, 성공적인 삶을 살아가는 가장 중요한 일이 될 것입니다."

백만 송이 저마다의 빛깔과 모습,
그대로를 인정하고 존중하는 세상을 꿈꿉니다

　가족에 이어 소개되는 '이웃과 함께 꿈꾸는 책'을 보면서 진로와 이웃이 어떤 관계가 있을지 고개를 갸웃할 수도 있을 것입니다. 하지만 지금 여기서 말하는 '진로'는 직업의 선택에 관한 것이라기보다 내가, 가족이, 이웃이 함께 어우러지며 사람답게 사는 길을 먼저 배우는 길을 열어 주는 것이기 때문에 이웃과 꿈꾸는 삶을 간과할 수 없습니다.

　이번에 읽을 책에서는 다양한 이웃을 만나게 될 것입니다. 이웃은 바로 옆집에 사는 사람도 해당되지만 앞으로 삶에서 만나게 될 미래의 이웃도 있습니다. 모든 걸 갖추고 사는 이웃도 있지만 여러모로 부족한 이웃들이 더 많을 수도 있습니다. 하지만 내가 가지고 있지 않은 부족함을 서로 메워주는 사람이 바로 이웃입니다. 아무리 훌륭해 보이는 사람일지라도 완전한 사람은 없습니다. 그러기에 이웃들과 함께 부족한 것을 채워 주고 채우며 살아갈 수밖에 없습니다. 아이들은 세상이라는 바다로 나아가는 과정에서 숱한 사람들을 만나게 됩니다. 학교에서, 동네에서, 사회에서 끝없이 만나고 또 만납니다. 그 많은 이웃들과 자연스럽게 만나고 관계를 맺어가는 일이야말로 성공적인 사회생활, 성공적인 삶을 살아가는 가장 중요한 일이 될 것입니다. 아이들이 경험하고 있거나, 앞으로 경험할 만남 중에는 때론 원치 않는 만남도 있을 것입니다. 때론 내가 원하지만 관계

형성이 잘 안 될 때도 있고, 때론 억울할 때도 있으며, 가끔은 한 발 물러나야 할 때도 있다는 사실을 통해 삶의 진실을 배울 수 있습니다.

| 이웃과 함께 꿈을 꾼다는 것은 모든 사람들이 원하는 세상을 함께 가꾸어간다는 의미가 있습니다. 백만 송이 꽃이 있어도 저마다의 모습과 빛깔이 다른 것처럼 저마다 있는 그대로 인정하고 존중하는 세상을 이루어가는 꿈 말입니다. 동화 속에서는 커다란 고래와 조그만 생쥐가 진심을 나누는 친구가 되기도 합니다. 그런가하면 힘 좀 있다고 위세를 부리며 없는 사람을 향하여 보이지 않는 폭력을 행사하기도 합니다. 가난하다고, 엄마가 없다고, 피부색이 다르다고, 공부를 못한다고, 불편한 시선을 감당해야 하기도 합니다. 우리는 서로가 서로에게 이처럼 보이지 않는 폭력을 행사하고 있습니다. 좋은 직업을 갖고 남보다 앞서기 위해 생애를 걸고 마라톤을 하듯 달리기에 앞서 내 주변의 이웃들을 먼저 인정하고 존중하는 마음을 가지는 연습이 필요합니다.

| 책 읽기는 우리가 꿈꾸는 것을 먼저 경험해 보는 것입니다. 내가 원하는 것을 얻기 위해서 내가 만나는, 앞으로 내가 만날 하늘의 별만큼이나 다양한 사람들을 만나 보는 연습인 것입니다. 공부를 못해도, 키가 작아도, 피부 빛깔이 달라도, 그림을 그린다는 것이 점 하나만 찍어놓는 아이가 있어도 그대로 인정하고 존중할 수 있을 때 나도 누군가로부터 인정받고 존중받을 수 있다는 것을, 좀 손해를 보면서도 살 수 있는 연습을 해보는 것입니다.

| 쉽지 않지만 불가능한 일은 아니기 때문에 '꿈 꾼다'는 표현을 써 보았습니다. 우리 아이들이 함께 꿈꿀 수 있는 이웃들과 자신의 삶을 가꾸어 갈 수 있으면 참 좋겠습니다.

자연을 닮은 산 속 아이와
그 아이만의 빛깔을 찾아준 선생님

『까마귀 소년』 야시마 타로 글·그림, 윤구병 옮김, 비룡소(1996)

아이들은 자기를 발견해 주는 사람에 의해 자기만의 빛깔을 발휘하며 세상을 빛내기도 한다. 이 책은 자연을 닮은 산 속 아이와 이 아이만의 빛깔을 발견한 이소베 선생님의 만남이 빚어내는 색깔이 색다른 그림책이다. 주인공 까마귀 소년은 산 속에서 숯을 굽는 부모님과 살면서 혼자 학교를 오간다. 누구와도 어울리지 못하고, 어울려 본 적도 없다. 학교에 가서도 아이들과 어울리지 못한다. 아이들은 이런 산 속 아이가 낯설다. 아이는 다른 아이들과 눈을 맞추지 못하고 혼자만의 세계에서 벗어나지 못한다. 아이들은 '땅꼬마', '바보 멍청이'라며 산 속 소년을 따돌린다. 학교를 오가며 만나는 바람과 꽃과 까마귀가 산 속 아이의 친구다. 새로 온 이소베 선생님은 늘 혼자인 산 속 아이에게 다가간다. 아이와 눈을 맞추고, 산 속 아이만이 가진 색깔을 드러내 아이들의 관심을 끌어낸다. 아이는 이소베 선생님을 통해 비로소 세상의 아이들과 소통할 수 있는 길

하나를 발견한다.

6학년이 되고 저마다의 재능을 발표하는 학예회가 열렸을 때 아이는 까마귀 울음소리로 자기 존재를 드러낸다. 아기 까마귀 소리, 아빠 까마귀 소리 등 그것은 산 속 아이만이 낼 수 있는 특별하고도 특별한 소리였다. 다른 아이들도, 학예회에 참석한 어른들도, 산 속 아이가 내는 아름다운 까마귀 소리를 듣고 놀라움을 감추지 못한다. 그리고 지금까지 자신들이 편견에 사로잡혀 그 아이를 바라보았음을 깨닫고, 새로운 눈으로 산 속 아이를 바라보며 마음으로 받아들이게 된다.

아이들은 저마다 자기만의 색깔을 갖고 있다. 무엇이 서로 다른 개인들을 묶어주는 요소가 될 수 있는가? 그 사람 입장에 서 보는 것, 나와 다른 모습 속에서 그의 가치를 찾아내는 안목과 넉넉함, 이소베 선생님이 보여준 산 속 아이에 대한 관심과 배려와 포용이 아닐까? 아이들마다 가진 빛깔을 드러내 주고 그것이 서로 소통할 수 있는 길을 열어 주는 것이 아닐까? 이 그림책은 아이나 부모, 교사 모두에게 자신은 물론 아이들을 새롭게 바라보는 길을 열어 준다. 또한 아이들의 겉모습뿐만 아니라 감추어진 내면의 아픔을 알아보고 그 아픔을 세상으로 이끌어 내는 이소베 선생님에게서 우리는 한 사람 한 사람을 사랑하는 진정한 교사상을 보게 된다. 칼데콧 상을 세 번이나 받은 야시마 타로는 자연을 배경으로 일본 시골 초등학교의 풍광과 소년의 아픔을 펜으로 섬세하게 그려내었다. 다른 아이들과 어울리지 못하는 땅꼬마의 모습이 읽는 이의 마음을 아프게 한다.

내면의 진짜 색깔을 볼 줄 아는 안목

까마귀 소년은 이소베 선생님을 통해 다른 사람들이 쉽게 보지 못하는 재능을 드러내게 된다. 자연을 아끼고 사랑하는 마음, 자연과 벗할 수 있는 순수함, 뛰어난 관찰력과 노력으로 자연을 닮은 소리를 내는 재능, 포기하지 않고 수많은 외로움을 홀로 이겨낸 고귀한 정신을 드러내게 된다. 그것이 다른 사람들에게 감동으로 다가온 것이다. 한 사람의 겉모습보다 그 사람이 가진 내면의 본모습을 볼 수 있는 안목은 어디에서 오는 것일까? 이소베 선생님처럼 사람들이 저마다의 고유한 색깔을 내도록 도와주고, 다른 이들의 고유한 색깔을 볼 줄 알려면 어떤 삶의 자세가 필요할지 생각해 보자.

또한 겉으로 보이는 모습을 중시하는 현대 사회의 풍조에 대해 생각해 보자. 겉모습의 아름다움을 맹목적으로 따르면서 성형수술을 하는 것이 당연시 되고, 남자들은 키가 크지 않으면 실패한 것이라 여기는 것이 과연 옳은지, 옳지 않다면 그 이유는 무엇인지도 생각해 보자.

나와 달라 보이는 것에 우리는 왜 거부감을 갖게 되는지에 대해서도 생각해 보자. 나와 다른 것은 단지 다른 것일 뿐, 틀린 것이 아니라는 점을 바탕으로 나와 다른 사람을 존중하는 방법을 생각해 볼 필요가 있다. 청소년이라면, 다양성을 무조건 존중해야 하는 것인지에 대해서도 확장하여 토론해 볼 수 있다. 타인을 존중하는 것과 극단적인 상대주의는 구분하여 생각해 볼 필요가 있다.

일찍이 그림책이 발달한 이웃 나라, 일본

일본 그림책은 서사적이며 신비한 면을 부각시키는 작가들도 있지만, 애니메이션의 영향인지 그림이 상당히 만화풍인 것이 많다. 그래서인지 아이들도 더 좋아하는 것 같다. 내용면에서도 우리네 정서와 그리 멀지 않다. 서구의 그림책들은 그림도 뛰어나고 상상력도 기발하고 작품성도 좋지만 왠지 모르게 정서적으로 거리가 좁혀지지 않는 어떤 부분이 있음을 느낄 수 있다.

일찍이 동양의 미를 서구에 알린 일본은 빠르게 복사와 출판기술을 발전시켰고 개방 이후 그림책을 적극적으로 받아들인다. 1960년대부터 1980년대 사이 높은 수준의 해외 그림책에 자극을 받은 일본의 그림작가들이 적극적으로 그림책 창작에 참여하게 되었고, 당시 출간되었던 대부분의 창작 그림책들이 현재 일본 그림책의 대표작이 되었다.

일본의 대표적인 그림책으로는 서사 그림책의 대가인 아카바 수에키치의 『수호의 하얀 말』, 안노 미쯔마사의 『이상한 그림책』, 초 신타의 『임금님과 수다쟁이 달걀부침』, 사노 요코의 『100만 번 산 고양이』, 하야시 아키코의 『달님 안녕』, 타시마 세이조의 『뛰어라 메뚜기』 등을 들 수 있다.

거짓말이라고 생각하고 싶은
진실을 만나다

『거짓말 같은 이야기』 강경수 글 · 그림, 시공주니어(2011)

지금까지 인권이나 사회 불평등에 관한 어린이책과 청소년책은 간간히 출판되었지만 더 어린 연령의 아이들을 대상으로 보여줄 만한 그림책은 눈에 띄는 것이 없었다. 그렇기에 『거짓말 같은 이야기』는 간결하면서도 직설적으로, 사실적이면서도 참혹하지 않게 세상의 진실을 아이들에게 말해주고 있어 더욱 놀랍다.

그림책의 첫 장을 펼치면 대충 연필로 쓱쓱 그려 놓은 것 같은 한 아이의 모습이 나타난다. 화가를 꿈꾸는 대한민국의 솔이. 흔히 볼 수 있는 어린 아이의 모습이다. 그러나 뒷장을 넘기면 우리는 낯선 아이들의 모습을 만나게 된다. 가난과 굶주림으로 노동현장에 내몰리는 아이들. 전쟁, 민족 갈등, 종교 분쟁 때문에 상처받고 버려진 아이들, 천재지변으로 가족을 잃고 거리에서, 맨홀 속에서 홀로 살아가는 아이들이 자신의 이야기를 담담하게 들려준다. 거짓이기를 바라는 진실을 마주하게 된 우리는 나 아닌 다른 사람들의 삶에 대해 비로소 진지하게 생각해 보게 된다.

이 짧고 단순한 그림책은 너무도 많은 이야기를 쏟아낸다. 그동안 어린이들의 인권과 전쟁의 참혹함을 고발한 수많은 책에 담긴 모든 이야기를 한꺼번에 다 말하고 있다. 이 책은 내 앞의 일에만 관심을 가졌던 아이들에게 세계 곳곳에서 벌어지고 있는 불평등을 만나게 해 준다. 이 책을 통해 아이들은 세계의 다른 나라 아이들이 겪고 있는 참혹한 현실을, 우리 주변의 소외되고 잊혀져가는 사람들을 발견한다. 노숙자, 고아, 독거노인과 같은 사람들이 바로 나와 함께 살아가는 이웃이라는 것을 다시 한 번 깨닫게 된다. 그리고 자신이 가지고 있는 것들에 대하여 감사함을 느끼게 된다. 사진도, 실물도 아닌 그림책을 보았을 뿐인데 말이다.

목탄과 크레용, 콜라주 형식을 혼합하여 제작한 그림은 마치 주인공 솔이가 그려 놓은 것 같다. 처음에는 "이게 뭐야?"하면서 까르르 웃을 법하지만 자신의 이야기를 하는 아이들의 슬프고 간절한 표정이 생생하게 살아 있어 책장을 넘길수록 독자들을 숙연케 한다. 오히려 단순하게 표현된 선과 색이 이야기의 사실성을 더 극대화시켜 주고 있는 듯하다.
이 책은 2011년 볼로냐 국제어린이도서전에서 논픽션 부분 '라가치 상'을 수상했다.

거짓말 같은 세상 앞에서 우리가 할 수 있는 일

|이 책에는 전쟁, 가난, 기아, 천재지변 등으로 고통 받는 어린이들이 소개된다. 책에서 가장 기억에 남는 장면을 골라 그 이유를 나누어 보자. 그리고 인터넷이나 TV 등 다른 매체에서 접한 비슷한 예를 서로 나누어 보는 것도 좋다. 마인드 맵 형식의 도표나 지도를 그리고 그 위에 어린이들의 인권이 침해 받고 있는 지역을 찾아 어떤 사례가 있는지 표시해 보는 그룹 활동을 해 보자.

|다른 나라뿐 아니라 우리 사회와 주변에도 책에 나온 등장인물처럼 어려움에 처한 사람들이 있는지 이야기를 나누어 보자. 초등 고학년이나 중학생 이상이라면 이런 불평등과 인권침해가 일어나는 이유에 대해 여러 가지 관점에서 이야기를 나누어 보는 것도 매우 좋은 활동이 될 것이다. 그리고 이런 불평등을 해소하기 위해 우리가 할 수 있는 일들을 생각해 보고 서로 의견을 나누어 보자.

|작은 실천부터 거시적인 정책까지 두루 생각해 볼 수 있다. '일일일선(一日一善)' 계획표를 작성하여 한 가지씩 좋은 일을 하도록 하거나, 저금통이나 스티커를 이용하여 일정한 기금을 적립하게 하여 실제로 기관에 아이의 이름으로 기부해 보는 것도 좋은 실천 방법이 될 수 있다. 혹은 공정무역의 개념을 소개하고 공정무역 상품을 소비함으로써 어린이 노동 현실을 변화시킬 수 있고, 제 3국 노동자의 인권을 보장해 줄 수 있다는 점도 함께 생각해 보고, 공정무역 상품 소비를 실천해 본다.

볼로냐 라가치 상이란?

매년 이탈리아 볼로냐에서 열리는 세계 최대 규모의 볼로냐 어린이도서전에서는 훌륭한 어린이책을 선정하여 '볼로냐 라가치 상'을 수여한다. 볼로냐 라가치 상은 픽션, 논픽션, 뉴호라이즌스, 오페라프리마의 총 4개 부문으로 되어 있고, 선정 기준은 작품성과 예술성, 독창성이다. 선정작은 각 부문별로 대상 1권, 우수상 2~3권을 선정하여 상을 수여한다.

국제적으로 권위를 인정받고 있는 '칼데콧 상'이나 '케이트 그린어웨이 상'은 미국과 영국에서 출간된 그림책에 한해 수여되는 반면, '라가치 상'은 볼로냐 도서전에 참가하는 세계 모든 나라의 어린이책을 대상으로 하고 있다. 한국에서도 2004년 이후 꾸준히 '라가치 상'을 받아왔으며, 특히 2011년에는 논픽션 부문 대상에 『마음의 집』(김희경 글, 이보나 흐미엘레프스카 그림, 창비)이 선정되는 영예를 안았다.

우리나라의 역대 '라가치 상' 수상작품

수상연도	수상작품	글/그림	출판사
2004	팥죽할멈과 호랑이	조호상/윤미숙	웅진닷컴
	지하철은 달려온다	신동준	초방책방
2006	마법에 걸린 병	고경숙	재미마주
2009	미술관에서 만난 수학	미중물	여원미디어
2010	돌로 지은 절, 석굴암	김미혜	웅진주니어
2011	거짓말 같은 이야기	강경수	시공주니어
	마음의 집	김희경/이보나 흐미엘레프스카	창비
2012	그리미의 하얀 캔버스	이현주	상
2013	눈	이보나 흐미엘레프스카	창비
	가시 산	박선미	썸북스
2014	먼지 아이	정유미	CULTURE PLATFORM
	털	김수영	썸북스
	담	지경애	반달
	나의 작은 인형 상자	정유미	CULTURE PLATFORM
2015	민들레는 민들레	김장성/오현경	이야기꽃
	떼루떼루	박연철	시공주니어
	위를 봐요	정진호	은나팔
	세상에서 가장 큰 케이크	안영은/김성희	주니어김영사

"작은 만남에서 소중한 인연으로"

『아모스와 보리스』 윌리엄 스타이그 글·그림, 우미경 옮김, 시공주니어(2005)

사람은 죽을 때까지 많은 사람들을 만나며 산다. 성격이나 생김새가 친근하여 쉽게 친해지기도 하고 그 반대인 경우도 있다. 이 책은 미국의 그림책 작가 윌리엄 스타이그의 작품으로, 생쥐와 고래의 우연한 만남이 깊은 인연으로 발전해가는 과정을 섬세하게 그려내었다.

아모스는 육지동물 생쥐이다. 보리스는 학명상으로는 포유류이지만 바다에 사는 고래이다. 과연 이들의 만남이 가능할까? 이들의 만남은 아모스의 죽음 직전에 이루어진다. 아모스는 아주 작은 생쥐이지만 바다의 모든 것을 사랑하는 바다 마니아다. 바다와 하나가 되고 싶었던 아모스는 직접 배를 만들어 항해를 시작한다. 그러나 끝없는 바다와 무수한 별들에 취하는 것도 잠깐, 아모스는 망망대해에 빠지고 만다. 방금 전까지 무한한 행복을 안겨 주었던 바다와 하늘은 공포의 대상으로 변해버린다. 캄캄한 바다 한가운데 도움의 손길은 어디에도 없다. 죽음을 받아들일 수밖에 없는 순간, 고래 보리스가 눈앞에 나타난다. 그들에게 서로의 모습은 생소하기 그지없다. 그러나 아모스와 보리스는 서로의 모습이 다르다고 하여 내치지 않는다. 보리스도 갈 길이 있었지만, 선뜻 아모스의 부탁을 들어준다. 육지로 가는 일주일간 아모스와 보리스는 서로의 마음을 조금씩 내보인다. 살아가는 방식의 차이로 서로를 당황하게 만들기도 하나, 상대에 대한 배려로 그들은 하나가 되어간다. 육지에 도착할 무렵 이들은 이별을 안타까워하는 소중한 친구가 되어 있었다.

몇 년 뒤, 보리스는 사나운 폭풍에 휩싸여 바닷가에 떠밀려 온다. 물속에서 죽음의 공포와 맞서야 했던 아모스처럼, 보리스는 육지에서 죽음을 마주하게 되었다. 때마침 바다 마니아 아모스는 산책길에 보리스를 발견한다. 아모스는 보리스를 구하기에는 턱없이 작은 몸집이었지만, 그 작은 몸속에 보리스를 생각하는 큰 사랑이 있었다. 달려가 코끼리를 불러 소중한 보리스의 목숨을 구해낸다. 또다시 이별을 할 수밖에 없지만, 이들의 마음속에는 바다보다, 하늘보다 거대한 사랑이 자리하고 있었다.

윌리엄 스타이그가 64세에 펴낸 이 그림책에는 그 연륜이 그대로 묻어나 있다. 우주만물 속에 연약한 생명체, 그 생명체들의 작은 만남이 커다란 인연으로 커가는 과정이 경이롭다. 다르다는 이유로 공격을 일삼는 요즘의 세태에 경종을 울리는 좋은 그림책이다. 그림이 매우 간결하면서도 채색이 맑고 잔잔하다. 인연을 만들어가는 사람들 마음의 색깔인 듯해서 더욱 정이 가는 그림책이다.

"관계는 노력으로 만들어가는 것"

|아모스와 보리스는 만남의 순간부터 관계를 맺어가는 키워드를 알려준다. 그들은 육지에 사는 동물과 바다에 사는 동물이며 몸집도 심하게 차이가 난다. 서로 어울리지 않을 것만 같은 그들은 생사의 갈림길 앞에서 진한 우정을 쌓아간다. 아모스와 보리스를 통해 우리의 모습을 돌아보자. 먼저 일상 속에서 내가 사람들을 처음 만나는 순간이 어떠한지, 상대방의 무엇을 먼저 보게 되고, 그때 나의 마음은 어떠했는지 이야기해 보자.

|그리고 아모스와 보리스처럼 주변에서 서로를 소중하게 여기며 살아가는 사람들을 찾아서 말해 보자. 선천적으로 맺어지는 혈연관계보다는 가족 외의 관계에서 찾아보는 것이 좋다. 친구 관계, 선후배 관계, 사제지간 등 만남은 작았을지언정 서로의 노력으로 끈끈한 관계를 유지하는 경우를 이른다. 혹은 나에게 그러한 관계에 있는 사람은 누구인지, 어떻게 해서 깊은 우정을 나눌 수 있게 되었는지에 대해 이야기 나누어 보자.

|마지막으로 아모스와 보리스가 친해지는 과정 속에서 배워야 할 점을 찾아보자. 그 교훈이 바로 우리가 앞으로 노력해야 할 부분이다. 만남의 순간, 서로의 마음을 열어가는 과정, 친구가 어려움에 처했을 때 등으로 나누어 세심하게 살펴 이야기해 보자. 마지막으로 나와 더욱 깊은 인연을 만들어가고 싶은 상대에게 이 그림책을 권해 보는 것도 좋다.

사람 사이의 관계를 바라보는 따뜻한 시선, 윌리엄 스타이그

1907년 미국 뉴욕의 브루클린 출신인 윌리엄 스타이그는 음악과 미술을 사랑하는 예술가 집안에서 태어났다. 어린 시절에는 형으로부터 그림을 배우고, 이후 뉴욕 시립대학과 국립 디자인 아카데미에서 미술을 공부한 그는 60년 이상의 오랜 시간 동안 삽화가와 만화가로 활동했다. 이미 스물세 살 때부터 유명한 잡지인 〈라이프〉지와 〈뉴요커〉지에 카툰을 연재했고, 스타이그의 카툰은 전 세계 카툰 작가들에게 큰 영향을 끼쳤다. 스타이그가 그림책 작가로 활동하기 시작한 것은 61세 때부터이다.

그의 작품에는 재치와 익살이 넘치고 따뜻한 가족애가 중심이 된다. 『당나귀 실베스터와 요술 조약돌』에서 실베스터는 요술 조약돌 때문에 바위가 되었다가 그를 잊지 못하고 그리워하는 부모님 덕분에 당나귀로 돌아오게 된다. 『아빠와 함께 피자놀이를』에서는 비가 와서 밖에 나가 놀지 못하는 아이를 피자로 여기고 피자놀이를 함께 하는 자상한 아빠의 모습을 그리고 있다. 스타이그는 그림 작업을 빠른 시간 안에 하는 작가로도 알려져 있는데, 아이디어만 잡히면 글을 일주일 안에 완성하기도 하고, 그림 작업은 한 달 안에 마무리하기도 한다고 전해진다.

60년 이상을 살아온 그의 연륜 때문인지 그의 그림책은, 다 읽고 나면 마음에 차오르는 감동이 있다. 글, 그림 모두 딱딱한 교훈주의와는 거리가 멀지만 세상을 따뜻한 눈으로 바라보는 그의 시선이 느껴진다. 그의 그림책은 부모-자녀관계와 형제관계, 친구관계, 이웃관계 등 가까운 사람들과의 관계에 대해 생각해 보게 하고 서로 사랑하며 살고 싶다는 소망을 가슴 속에 불어넣는 작은 불씨와 같다.

윌리엄 스타이그는 『당나귀 실베스터와 요술 조약돌』로 칼데콧 상을, 『아벨의 섬』과 『치과의사 드소토 선생님』으로 뉴베리 아너 상을 받았다.

손과 눈이 함께 나누는
조화와 사랑

『점이 모여 모여』 엄정순 글 · 그림, 창비(2008)

빨간 동그라미 하나가 표지를 꽉 채우고 있다. 결코 '점'이라고 볼 수 없을 것 같은데 제목은 '점이 모여 모여'이다. 제목의 글씨도 점으로 이루어져 있다. 이 책의 책장 가운데에는 구멍이 뚫려 있다. 그리고 글 옆에 점들이 글자처럼 모여 있다.

전문적인 용어로 우리가 '점자'라고 부르는 글자이다. 1824년 시각 장애인을 위해 루이 브라이가 체계를 정립했던 점자는 눈으로 읽는 글자가 아니라 손가락으로 읽는 글자이다. 이 책은 바로 이 점자를 활용해서 만든 '손으로 읽는' 그림책인 것이다. 그러다 보니 책에 구멍도 나 있고, 오돌토돌한 글자인 점자가 매 페이지에 글과 함께 등장한다. 책장을 이어 이어 쭉 관통하는 선도 손으로 읽을 수 있게끔 튀어 나와 있다. 직접 만지고 느끼는 촉각 그림책인 이 책은 손가락만으로도 책을 탐색하고 책장을 넘기기 쉽도록 꽤 두꺼운 종이로 만들어졌다.

이 그림책이 좋은 이유 중의 하나는 시각장애인도 읽을 수 있는 점자로 만들어진 책이라는 것을 굳이 이야기 속에 드러내거나 무거운 느낌으로 다루지 않는 것이다. 오히려 단순한 플롯에 세련된 그림의 구성이 이 그림책을 충분히 즐길 수 있도록 편안한 분위기를 만들어 준다. 만약 시각장애인을 위해 우리가 반드시 무엇을 해야 한다는 강력한 메시지를 글로 표현했다면 오히려 무거운 마음이 들었을 지도 모르겠다. 우리에게 필요한 것은 교훈적인 점자 그림책보다도 아름답고 재미있는 매력적인 점자 그림책이고, 시각장애인들과 함께 나눌 수 있도록 만든 소박한 생각의 전환이다.

이 책은 아주 작은 점들이 모여 시각장애인들에게 꿈의 글자를 선사했듯이, 우리의 작은 관심과 마음이 모여 아름답고 커다란 사랑을 만들어낸다는 것을 생각하게 한다. 점이 모이고 모여 결국, 다채로운 색깔과 다양한 모양, 다양한 크기로 만들어진 하트 모양이 되는 것처럼, 다양한 사람들과 사람들이 모여 아름다운 세상을 만든다는 포용과 공생의 정신이 녹아 있다. 빠알간 점이 뜨거운 열정의 색이고, 또 빠알간 점이 따스한 사랑의 색으로 표현된 것은 우리 사회에 함께 나눌 수 있는 적극적인 사랑이 가득하기를 바라는 작가의 마음일 것이다.

이 그림책은 2011년 IBBY(국제어린이청소년도서협의회)에서 주관하는 '장애 어린이를 위한 좋은 책'에 선정됐다.

"나와 다른 사람들은 어떤 세상을 살아갈까?"

｜이 책은 점자로 만들어져 있다. 눈을 감고 손가락만으로 책을 읽어보며 어떤 느낌이 드는지 이야기해 보자. 눈으로 보았을 때와 손으로만 만졌을 때의 느낌의 차이를 이야기해 보는 것도 좋다.

｜이야기의 끝에 다양한 모양의 점이 모여 커다란 하트를 만들고 있다. 이 하트가 의미하는 것에 대해 이야기를 나누어 보자.

｜시각장애 어린이에게 그림책을 만들어 준다면 어떤 그림책을 만들어 줄 수 있을지 생각해 보고 이야기를 나누어 보자. 시각장애 어린이뿐 아니라 다양한 모습의 장애아들과 무엇을 함께 나눌 수 있을지에 대하여 확장하여 생각해 볼 수 있다.

｜주변에서 시각, 청각장애인들을 위한 다양한 배려의 종류를 찾아보고 생활 속에서 더 필요한 부분이 무엇이 있을지 생각해 보도록 한다. 이때에는 반드시 장애아들의 입장에서 생각해 보도록 해야 한다. 실제 여건이 허락된다면 눈을 가리거나, 귀를 막고 장애인들의 상황을 체험해 보며 생각해 보도록 하는 것도 좋은 경험과 생각의 기회가 될 것이다.

장애를 극복하고 자신의 일에 최고가 된 사람들

☼ 헬렌 켈러는 작가이자 사회사업가였지만 그녀는 우리에게 청각, 시각 장애인으로 더 유명하다. 그녀는 어떤 기적이 일어나 사흘 동안 볼 수 있게 된다면 먼저 앤 설리번 선생님의 얼굴을 오랫동안 바라보고 싶다고 말했을 정도로 설리번 선생님을 만나게 된 것을 일생의 가장 중요한 사건으로 꼽았다. 설리번 선생님의 헌신적인 도움으로 헬렌은 시각, 청각장애인으로서 최초로 인문계 학사를 받게 되었다. 이후 헬렌은 장애인을 돕는 일에 앞장섰고, 사형제도에 반대했으며, 노동자들의 파업권과 투표권을 지지하는 등 열성적인 삶을 살았다.

☼ 우주 물리학자인 스티븐 호킹 박사는 옥스퍼드대학을 졸업하고 케임브리지대학에서 물리학을 전공하던 중에 몸속의 운동신경이 차례로 파괴되어 전신이 뒤틀리는 루게릭병에 걸렸다는 진단을 받았다. 1~2년밖에 살지 못한다는 시한부인생을 선고받고, 몸이 점점 굳어가 넥타이도 맬 수 없을 정도에 이르렀지만 그는 생각만 자유롭게 할 수 있다면 연구는 얼마든지 할 수 있다며 마음을 굳게 먹었다고 한다. 스티븐 호킹 박사는 블랙홀에 대한 새로운 학설을 내며 뉴턴과 디랙에 이어 케임브리지대학 제3대 루카시언 석좌 교수가 되었다. 또한, 특이점 정리, 블랙홀 증발, 양자우주론 등의 이론을 제시했고, 세계물리학계는 물리학의 계보를 갈릴레이, 뉴턴, 아인슈타인 다음으로 스티븐 호킹을 꼽는다.

☼ 뉴딜 정책으로 유명한 프랭클린 루즈벨트 대통령이 하반신을 전혀 못 쓰는 소아마비였다는 사실은 잘 알려져 있지 않다. 그는 한창 촉망받던 30대의 젊은 정치인이었을 때 갑자기 소아마비에 걸리게 되었는데, 이후 엄청난 통증과 싸우며 장애를 극복하려고 노력했다. 스스로 휠체어에서 내려올 수 없어 늘 도움이 필요했지만 루즈벨트는 훗날 뉴욕지사에 당선되고, 4년 후인 1932년에는 민주당 대통령 후보로 공천되어 1945년 뇌출혈로 사망하기까지 12년 동안 대통령직을 수행했다.

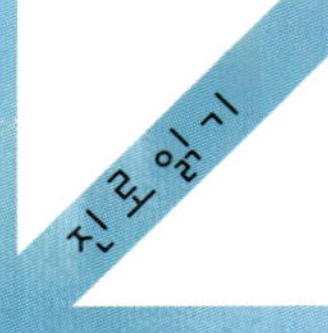

전통적으로 농경사회였던 우리 문화에는 어려움도 기쁨도 이웃과 함께 나누는 정겨운 풍습이 있었다. 그런데 어느새 우리는 현관을 마주하고 있는 사람들이 누구인지도 모른 채 살아가고 있다. 심지어는 이웃도 믿지 못하는 불신의 세상에서 살아간다. 하지만 사람은 혼자서 살아갈 수 없다. 내가 있기 위해서는 이웃이 있어야 하고 이웃과 함께 하는 삶이야말로 더욱 풍요롭고 행복한 삶이 될 수 있다. 여기 이웃의 어려움을 함께 나누고 돌보는 일을 찾아본다.

위협과 위험으로부터 안전하게 지켜 주는 경호원

경호원은 경호 대상자의 신변을 외부의 위협으로부터 보호하는 직업이다. 예전에는 정치인이나, 연예인 등 특정계층에서만 경호를 받았지만 지금은 일반인들도 자신들의 안전을 위해 경호를 필요로 하는 경우가 많다. 경호원은 의뢰인을 밀착하여 경호하기 때문에 의뢰인의 안전과 비밀을 지키기 위한 철저한 직업의식과 자기 통제력이 절대적으로 필요하다. 늘 긴장상태를 유지해야 함으로 무척 힘들고 어렵지만 사람들을 위험으로부터 안전하게 지켜 낸다는 자부심을 느낄 수 있다.

몸과 마음의 건강을 모두 지켜 주는 치과의사

생활수준의 향상과 평균수명의 연장은 치아관리에 대한 관심도 증가시키고 있다. 치아의 건강을 잃으면 음식물 섭취를 제대로 하지 못함은 물론, 마음마저 예민해져 일상생활을 원활하게 해 나가지 못한다. 치과의사는 단순히 아픈 이를 치료하는 것이 아니라, 이의 건강을 보살핌으로 몸의

건강과 마음의 건강을 함께 지켜 주는 건강지킴이의 역할을 한다. 아주 어린아이부터 어른까지 여러 상황과 연령층의 환자들을 상대해야 함으로 포용력과 인내심, 그리고 환자들에 대한 애정이 필요하다.

첨단기술로 환자와 의사를 돕는 의료장비기사

현대 의학에서는 생체 내부의 변화를 의료장비를 통해 정확하게 진단하고 판단하기 위하여 첨단 의료 기기의 의존도를 높이고 있다. 의료장비기사는 이런 의료기기들을 설계부터 조작, 사용교육까지 모두 책임지는 역할을 하며 진료 활동에 직·간접적으로 영향을 주는 중요한 직업이다. 몸이 불편하고 아픈 사람들을 돕는다는 봉사심과 배려심이 필요하고, 복잡하고 섬세한 의료장비를 다루어야 함으로 꼼꼼함과 섬세함이 요구된다.

위험한 재난의 현장에서 소중한 생명을 지켜 내는 소방관

소방관은 화재 현장뿐 아니라 교통사고, 지진이나 붕괴 등의 재난 현장에서 사람들을 구하고 현장을 정리하는 일을 한다. 항상 급박한 상황 속에서 일을 해야 함으로 강인한 체력과, 정신력을 필요로 한다. 또, 나보다 남을 먼저 배려하는 희생정신과 협동심, 책임감이 필요하다. 무엇보다 이런 상황들에 늘 대비하고 있어야 함으로 철저한 자기관리와 투철한 직업의식이 요구된다. 국민들의 소중한 재산과 생명을 지키기 위해 자신을 희생할 준비가 되어 있는 고맙고도 소중한 분들이다.

우리의 정신이 바로 설 수 있도록 하는 것, 우리가 가진 것을 지켜나가기 위해서는 서로 힘을 모아 살아온 옛 사람들의 삶과, 지금 함께 살아가고 있는 이웃들의 삶이 나와 연결되어 있음을 깨달아야 합니다.

5

겨레와 함께 꿈꿔요

"옛이야기에 담긴 단순한 주제는 세계 모든 사람이 추구하는 가장 보편적인 철학이면서 우리 겨레의 정신을 형성해온 덕목입니다. 자녀를 낳아, 키우고 가족을 이루고 살면서 가족의 안녕을 비는 사소한 의식에서도 우리 겨레의 정신을 엿볼 수 있습니다."

옛이야기 속에서 보편적인 철학과 가치를 찾다

지구촌이 문화를 공유하며 활발히 교류하고 있는 오늘날 아이들에게 민족이나 겨레를 강조하는 것은 시대에 맞지 않는 것일 지도 모르겠습니다. 하지만 그렇기 때문에 더더욱 자기 민족의 정체성을 분명히 할 필요가 있을 것입니다. 세계인들은 하나의 지구촌 안에 살고 있지만 분명하게 다른 방식으로 살아가고 있기 때문입니다. 생김새가 다르고 살아가는 방식이 다른 데서 오는 문화의 차이는 각각 자기 존재감을 나타내는 요소가 되기도 하는데 특히 문화적 요소가 가장 분명한 차이로 나타납니다.

민족의 문화는 그 민족의 오랜 삶과 역사와 풍토, 그리고 자연조건에 의해 형성됩니다. 그것이 의식주를 지배하고 나아가 정신을 형성하는 원천이 되며 삶의 근간이 되는 것입니다. 우리 민족은 잦은 외침을 당하고 일본에게 나라의 주권을 빼앗긴 아픈 기억을 가지고 있지만 오천년의 긴 세월을 이어온 우리 역사의 무게는 결코 가볍지 않습니다. 세계 어느 나라 사람들과 어깨를 겨루어도 결코 뒤지지 않는 훌륭한 문화민족으로서 자긍심을 가져 마땅하다는 것입니다. 지금 세계는 문화전쟁을 하고 있다고 해도 과언이 아닙니다. 그만큼 각 민족의 고유한 정신이 담긴 문화가 세계 시장에서 막강한 힘으로 작용하는 시대인 것입니다. 그러니 우리의 문화와 전통 역사를 통해 지금의 나를 조명해 보는 것은 매우 중요한 일입니다. 그래서 우리 겨레의 삶이 응축된, 우리 민족정신의 젖줄이 되고 있는 옛 사람들의 삶을 경험할 수 있는 기회를 마련하고자 합니다.

　옛이야기에 담긴 단순한 주제는 세계 모든 사람이 추구하는 가장 보편적인 철학이면서 우리 겨레의 정신을 형성해 온 덕목입니다. 자녀를 낳아 키우고 가족을 이루고 살면서 가족의 안녕을 비는 사소한 의식에서도 우리 겨레의 정신을 엿볼 수 있습니다. 자연이 선물한 재료를 이용해서 삶의 공간을 마련하는 과정을 다룬 책 등을 통해서 우리 민족이 갖고 있는 지혜의 힘도 엿보게 될 것입니다.

　한 사람 한 사람의 힘과 재주가 모여서 민족이 형성되고, 국가가 형성됩니다. 우리의 산과 들과 자연이 만든 우리 민족의 심성과 역사와 사회, 그리고 삶의 모습이 평화로운 세상에서 지속될 수 있도록, 우리가 몸담고 살아가고 있는 땅과 전통을 우리가 지켜가고 발전시켜 나가야 합니다. 우리의 정신이 바로 설 수 있도록 하고, 우리가 가진 것을 지켜나가기 위해서는 서로 힘을 모아 살아온 옛 사람들의 삶과, 지금 함께 살아가고 있는 이웃들의 삶이 나와 연결되어 있음을 깨달아야 합니다.

　다 같은 하늘 아래 살아도 사는 곳에 따라 바람이 다르고, 공기가 다르며, 거기에서 나오는 먹을거리가 다릅니다. 살아가는 방식이 다르고, 꿈꾸는 것이 다릅니다. 우리 아이들이 우리 땅에서 대한민국의 아이로 자라나는 것은 오랜 시간 우리의 삶 속에 뿌리내린 보이지 않는 전통과 문화 속에서임을 잊지 말아야 할 것입니다. 이런 모든 것들이 개인의 꿈에서 집단의 꿈으로 자라나고, 나아가 겨레와 함께 미래를 꿈꿀 수 있는 아이들로 자라났으면 하는 바람을 품어 봅니다.

온가족이 참여하는
새 생명 탄생의 축제의 장,
우리 조상들의 출산문화

『숯 달고 고추 달고』 이춘희 글, 이태호 그림, 사파리(2004)

삼신할머니가 되고 싶어하던 두 나라의 공주가 서로 경쟁을 한다. 그리고 결국에는 꽃을 살뜰하게 가꾸고 생명을 귀히 여긴 명진 공주가 삼신할머니가 된다. 이 그림책은 삼신할머니에 대한 옛이야기를 기초로, 우리 조상 대대로 내려오는 삼신할머니의 역할과 우리 조상들의 전통관습을 따뜻한 그림과 글로 풀어 내었다.

옛날에는 아기가 태어나면 대문 밖에 삼칠일(21일) 동안 금줄을 쳐 놓았다. 사람들은 그것을 보고 그 집의 출산 사실과 아기의 성별을 알았고, 또 그 금줄이 사람들이나 귀신, 전염병 등을 막아 준다고 믿었다. 집집마다 새로운 생명의 탄생은 신비한 사건이고 경사였다. 이러한 생명 탄생에 얽혀있는 전설을 삼신할머니 설화와 연결하여 무엇보다 생명을 귀하게 여겼던 우리 조상들의 지혜를 엿볼 수 있다.

엄마 뱃속에 계속 있고 싶어하는 아기의 궁둥이를 때려 세상으로 힘차게 나가도록 하는 행위, 온 가족이 펄쩍펄쩍 뛰며 새 생명의 탄생을 기뻐하는 춤사위 등은 출산이 한 가정의 축제였음을 보여준다.

부정한 것이 틈타지 못하도록 정성스레 새끼를 꼰 금줄에 청솔가지와 고추, 숯을 달아 아기와 산모의 건강을 기원하는 어버이의 간절한 마음, 귀할수록 일부러 '개똥이'와 같이 흔하고 밉살스러운 이름으로 불러 귀한 티를 내지 않게 하려는 배려, 삼칠일에 드리는 할머니의 정성 어린 기도 등은 수천 년간 지키고 전해 오던 지혜와 생명존중의 정신이고 출산문화의 한 부분이다.

삼신상을 차려 삼신할머니께 비는 옛 풍습 이야기 속에는 의학이 발달하지 못해 아기를 낳다 죽는 일이 많았던 시절, 산모와 아기가 건강하고 무탈하게 태어나고 자라기를 기원하는 우리 조상들의 생명존중사상과 간절하고도 소박한 신앙을 볼 수 있다.

잊혀져가는 우리 겨레의 문화를 아이들에게 바르고 정확하게 전해 주는 것도 전통문화를 보존, 계승하는 방법 중의 하나이다.

현대 사회 속 전통문화의 자리

우리는 전통문화를 왜 보존하고 계승해야 하는지, 오늘날 전통문화가 가지는 현대적 의미가 무엇인지 생각해 볼 필요가 있다. 오늘날의 사회는 과거의 대가족 제도가 아닌 핵가족 제도의 문화를 가지고 있어 모든 분야가 다양하게 세분화되어 있다.

출산문화만 해도 과거에는 출산 과정에 가족 구성원이 모두 참여하여 한 생명의 출산에 기여하는 부분이 있었다. 그러나 오늘날 출산의 주요 과정은 아버지가 참여하는 극히 예외적인 경우를 제외하고는 가족이 아닌 병원과 의사들에게 넘겨졌고, 정작 산모 외의 가족들은 생명이 탄생하는 그 신비의 출산 현장에 참여할 수 없도록 구조화되었다. 따라서 전통적으로 내려오던 우리 문화의 소중한 면면들이 산업화와 함께 급속도로 잊혀지고 사라지게 된 것이다. 겨레의 고유한 전통문화 속에 내재된 고유한 정신적 가치나 공동체적 연대 문화는 사회가 변할지라도 계승, 보존할 가치가 있다고 본다. 그것이 오늘날 우리가 이러한 전통문화를 아이들에게 읽히고 가르쳐야 할 의미가 있다고 생각되는 이유다.

이 그림책을 읽고 내가 새롭게 알게 된 우리 문화에 대해 생각해 보고, 우리 풍속이 왜 생겨났을 지 그 의미에 대해서도 함께 이야기 나누어 보자. 그러한 풍속 중에서 우리가 이어가야 할 것이 무엇인지, 또 계승하지 말아야 하는 것이 무엇인지 생각해 보고 그 이유를 말해 보자.

다양한 방식으로 전통문화를 품은 그림책

전통문화를 전하는 그림책에는 어떤 것들이 있을까? 전통문화 그림책으로 가장 오랜 전통을 갖고 있으면서 널리 알려져 있는 것은 보림출판사의 〈솔거나라〉 시리즈이다. 1995년 1월부터 출간되기 시작한 솔거나라 시리즈는 『한지돌이』를 시작으로 하여 떡이나 김치와 같은 전통적인 먹을거리와 마고할미, 단군신화 등 한국 고유의 신화, 장승이나 열두 띠 이야기와 같은 전통 신앙, 항아리나 탈, 신발과 연과 같이 일상적인 생활도구와 놀이도구를 소재로 하고 있다. 15년이 훌쩍 넘은 지금까지도 솔거나라 시리즈가 이어지고 있다.

사계절 출판사의 〈우리문화그림책〉 시리즈는 독특한 한국의 문화를 중심으로 구성되어 있어 전통문화뿐만 아니라 현대에까지 이어지고 있는 고유한 문화와 정신에 대해 다룬다. 불가의 십우도와 목어 이야기, 저승 이야기, 가신(家神) 이야기와 같은 정신적인 주제, 할머니의 상례나 부모님의 은혜에 대한 이야기도 담고 있다.

재미마주의 〈내가 처음 가본 그림 박물관〉 시리즈는 특별히 한국의 민화나 동양화 작품들을 소재로 하고 있다. 조선후기 화가들의 작품을 중심으로 하기도 하고, 전통적으로 옛사람들의 소망이 담겨 있는 연꽃, 새, 물고기 그림과 같은 민화, 조선시대의 산수화 등이 담겨 있다.

앞에서 소개되었던 『숯 달고 고추 달고』는 사파리출판사에서 기획된 〈국시꼬랭이동네〉 시리즈 중 하나이다. 국시꼬랭이동네 시리즈는 잊혀져가는 아주 사소하지만 고유하고 독특한 우리의 생활 문화를 담고 있다. 그래서 이 시리즈의 부제는 '잃어버린 자투리 문화를 찾아서'이다. 돼지 오줌보 축구, 풀각시 인형과 같이 옛날 아이들이 즐겼던 놀이나 눈다래끼 파는 것이나 밤에 손톱을 자르지 않는 것 같이 당연하게 여겨 왔던 옛사람들의 신념이 담긴 재미있는 이야기들을 소개한다.

약자들이 뭉쳐
강자를 뛰어넘는 이야기

『팥죽 할머니와 호랑이』 조대인 글, 최숙희 그림, 보림(1997)

옛이야기는 민중들의 간절한 소망이 담긴 이야기다. 민중은 늘 강자들에게 이리 채이고 저리 채이며 살아야 했고, 힘이 없기에 현실에서는 불가능한 꿈을 꿀 수밖에 없었다. 옛이야기의 주제가 권선징악으로 설정된 것도 강자의 악함을 대신 벌주기를 바라는 약자의 바람이 반영되었기 때문이다. 권선징악이라는 구도에 힘없는 민중들의 소망을 가장 담백하고 명쾌하게 담고 있는 이야기가 바로 '팥죽할머니와 호랑이' 이야기다.

산중의 왕 호랑이가 산골에서 홀로 농사를 지으며 살아가는 할머니를 찾아온다. 배고픈 호랑이는 할머니를 잡아먹겠다고 한다. 늙고 혼자인 할머니는 호랑이에게 맞설 아무런 힘이 없다. 할머니는 호랑이에게 '팥 농사를 다 지어 팥죽 쑤어 먹을 때까지만 기다려 달라'고 하여 시간을 번다. 팥죽에 욕심이 난 호랑이는 동짓날을 기다린다. 눈 내리는 동짓날, 팥죽을 쑤는 할머니 얼굴에 근심이 가득하다. 호랑이로 대변되는 권력자 앞에서 할머니로 대변되는 민중들은 달리 어떻게 해볼 도리가 없는 법이다. 이때 부엌 곳곳에 있던 명석, 지게, 절구, 자라, 송곳, 알밤 등이 살아 움직이며 할머니 앞에 나타난다. 이러한 농기구나 부엌도구 혹은 식재료들은 농사를 짓던 우리 조상들의 삶을 보여준다. 이들은 할머니에게 팥죽을 한 그릇씩 얻어먹고 재치 넘치는 작전을 계획한다. 그리고 호랑이가 나타나길 기다리며 각자의 자리에 돌아가 숨는다. 마침내 호랑이가 할머니를 잡아먹으러 나타났다. 어마어마한 크기에 부라리는 눈알, 배고픈 듯한 호랑이 입은 조그맣고 힘없는 할머니와 대적이 될 수 없다. 할머니가 겁에 질려 떨고 있을 때, 각자의 자리에 있던 농기구들이 하나하나 나타난다. 이들은 합심하여 호랑이를 잡아 무너뜨리고 명석에 말아 지게가 지고 가버린다. 하나하나 떼어서 보면 아무 힘도 없어 보이지만, 힘을 합치면 이렇게 강자에 맞서 이길 수도 있다는 꿈을 보여준다. 설령 그것이 불가능한 꿈일지라도 이야기를 통해서 우리는 통쾌함을 맛보게 된다.

한편 우리 조상들을 대변하는 할머니는 꼬부라진 허리로 애써 지은 팥을 혼자만 먹으려 하지 않는다. 부뚜막신, 터주신, 장독대신, 아궁이신 등 집안의 온갖 가신들과도 나누어 먹는다. 할머니가 베푼 나눔의 미덕은 죽을 지경에서도 살 수 있는 힘으로 돌아온다는 사실이 은근한 해학 속에 담겨 있다. 이 그림책은 한겨울을 배경으로 한 호랑이와 할머니, 그리고 온갖 농기구들을 통해 농가의 모습을 사실적으로 표현하여 옛이야기에 담긴 우리 겨레의 정서를 풍부하게 느끼게 해 준다.

민중의 지혜와 나눔의 미학

| 팥죽할머니와 호랑이 이야기에서 우리가 배워야 할 조상의 정서에는 무엇이 있을까? 가장 먼저 민중의 참의미일 것이다. 신분사회라는 철통같은 체제 속에서 개인이 갖고 있는 힘은 미약하다. 그러나 우리 조상들은 이웃과 하나 되어 불의에 끊임없이 맞선다. 때론 농기구를 손에 들기도 하고, 때론 탈을 쓰고 펼치는 이야기 마당으로 자신들의 의지를 뿜어내었다. 결코 불의에 순응하지 않는 민족성이 지금 우리의 가슴 속에도 살아 있음을 잊지 말자.

| 두 번째로는 나눔의 정서와 해학의 여유를 손꼽을 수 있다. 팥죽 한 그릇에 힘을 빌려주는 농기구들은 바로 우리 조상들을 의미한다. 우리 조상들은 이웃의 어려움을 그대로 보고 있지 못할 뿐더러, 적은 팥죽 한 그릇으로 하나가 된다. 치밀한 작전 속에 보이는 재치, 여러 농기구들의 협공에 좌충우돌하는 호랑이의 모습은 우습기 짝이 없다. 작든 크든 주변 사람들과 함께 나누는 삶은 나와 너, 즉 우리 모두를 행복하게 만든다는 소박한 진리를 깨닫기에 적합하다.

| 책을 읽고 나서, 한국인으로서 가장 마음에 드는 우리 조상의 정서를 골라 보게 하자. 함께하는 민중의식이나 정의감도 좋고, 여유로운 풍자나 나눔도 좋다. 다른 사람과 고민을 함께 나누는 일도 좋다. 중요한 것은 우리 조상들이 그랬던 것처럼 실제 한 걸음 내딛는 자세가 세계로 나아가는 첫걸음임을 잊지 말자.

같은 이야기 다르게 읽기, 재화(再畫) 그림책이 주는 즐거움

입에서 입으로 전해지던 구비문학에 그림을 곁들여 만들어진 옛이야기 그림책에 대해 학자들의 의견이 분분하다. 어떤 학자는 다른 장르에 비해 옛이야기가 갖는 고유한 상상의 영역이 있는 법인데, 그것을 그림으로 표현함으로써 오히려 청중의 즐거운 상상을 방해한다고 말한다. 다른 한쪽에서는 시대와 문화에 대한 고증을 거쳐 재현된 그림의 요소들이 오히려 독자의 상상력을 자극할 것이라고 말한다. 두 가지 입장을 모두 고려했을 때, 옛이야기 그림책은 구어체가 주는 글 읽기의 즐거움과 역사적 문화적 요소들을 통해 그림 읽기의 즐거움을 모두 누릴 수 있는 기회를 준다고 할 수 있다. 특히 옛이야기는 작가가 뚜렷하지 않기에 하나의 이야기가 다양한 작가의 관점과 스타일로 다양하게 재화될 수 있다.

아이들에게 가장 인기 있는 옛이야기 중 하나인 〈팥죽할멈과 호랑이〉 이야기도 다양하게 재화되었다. 보리출판사의 『팥죽할멈과 호랑이』(1997)는 사실적이고 세밀한 그림이 이야기를 실감나게 해 주고, 보림출판사의 『팥죽 할머니와 호랑이』(1997)는 민화 속 호랑이와 같이 간결하고 해학적으로 그려진 그림이 특징이다. 시공주니어에서 출간된 『팥죽할멈과 호랑이』(2006)는 백희나 작가의 손인형을 사진으로 촬영하여 장면이 구성되었고, 웅진씽크하우스에서 나온 『팥죽할멈과 호랑이』는 판화기법으로 그림을 그려 예스러운 분위기가 물씬 풍긴다. 가장 최근에 출간된 비룡소의 『팥죽할멈과 호랑이』(2010)는 알록달록한 형광 색상의 빨강, 노랑, 초록색이 주를 이루어 경쾌하고 발랄한 느낌을 준다.

집을 가꾸고
보살피기 위한 조상들의 지혜

『그림 옷을 입은 집』 조은수 글, 유문조 그림, 사계절(2002)

표지를 보면 호랑이를 닮은 산자락 아래, 우거진 소나무들 사이로 하얀 집이 덩그러니 놓여 있다. 그리고 그 집을 향해 걸어가는 어린 소년이 있다. 이야기는 집과 소년을 중심으로 한 단청에 관한 전설이다. 산 속에서 날이 저물자 소년은 산신각에서 하룻밤을 지낸다. 그 때 꿈속에서 산신이 나타나 허물어져 가는 산신각을 살려 달라고 한다. 소년은 산신각을 수리하고 청소하지만 뭔가가 아쉽다. 그래서 벽에 소나무 한 그루 그려 넣고, 또 하루 자면서 꿈속에서 본 연꽃, 용, 주작, 물결치는 호수, 나비 등을 집 이곳저곳에 그려 넣는다. 그림이 완성되고 소년 덕분에 집은 아름다운 그림 옷을 입은 채 오랫동안 썩지 않고 보존되었다고 한다.

작가는 이야기 속에 불필요한 부분들은 과감하게 삭제하고 있다. 소년이 혼자 산을 넘게 된 이유도, 소년의 숨겨진 사연도 현재 진행되는 상황 속에 독자가 추론할 정도만 제시할 뿐 구차하게 설명하지 않는다. 어떻게 소년이 물감을 가지고 있었고 그림을 그렸는지에 대해서도 설명이 없다. 이야기는 이런 허점을 허용한 채 집에 그려진 그림에만 초점을 맞추고 있다. 이는 신화나 설화에 나타나는 인물들이 개연성 없이 영웅적 능력을 발휘하는 것과 비슷한 맥락이다. 그런데 오히려 이런저런 설명글을 억지로 넣지 않음으로 마치 할머니의 옛이야기를 듣는 것처럼 독자들은 글과 그림에 몰입할 수 있다.

이 책의 삽화는 마치 산신각에서 볼 법한 그림이다. 옷의 주름을 처리한 기법이나 등장인물들의 모습도 그렇다. 사용된 색상도 단청의 색 그대로이다. 설명을 하기보다 어디서 많이 본 듯한 친숙한 그림을 통해 자연스럽게 우리의 단청 문화를 소개하고 있다. 물론 단청에 대한 자세한 설명은 뒷면에 따로 떼어 설명해 놓아 부족한 부분을 보완해 준다.

목조 건물이 대부분인 우리의 건축물들은 오랜 세월이 지나면 썩고 무너지기 쉽다. 그래서 소중하게 보듬고 아껴 주어야 한다. 단청을 입힌 집은 단청의 색이 바래지면 때에 맞추어 새로 색을 입히면서 집을 보살피게 된다. 또 오방색과 신령한 동·식물의 주술적인 힘을 빌어 사는 이의 안녕과 평안을 빌고자 한 기원이 담겨 있다. 이는 집을 단장함과 동시에 집을 보살피고 가꾸기 위한 조상들의 지혜의 산물이다. 이 책은 단청에 담긴 조상들의 정성스런 마음을 옛이야기로 되살려 우리에게 들려주고 있다.

"나는 단청 디자이너"

그림책에 그려진 그림들을 보았던 경험이 있는지 이야기 나누어 보자. 그리고 단청 그림을 처음 보았을 때의 느낌과 책을 읽고 나서의 생각에 차이가 있는지 이야기를 나누어 보자. 단청에 사용된 색깔과 여러 가지 문양이 상징하고 있는 의미가 무엇인지 조사해 보는 것도 우리 문화를 이해하는 공부가 될 수 있다. 그리고 단청이 그려져 있는 건물들에는 어떤 것이 있는지 이야기를 나누어 보자. 단청의 문양을 참고로 하여 단청을 디자인해 그려 보거나 아니면 단청의 문양을 응용한 작품을 만들어 보는 것도 재미있을 것이다.

초등 저학년 학생들은 실제 우리가 사는 주변의 사찰이나 궁궐을 방문하여 단청 그림을 찾아보고 풍경화를 그려 볼 수도 있다. 또한 실제 단청의 낡고 바랜 색을 보며 감상 소감을 나누어 볼 수 있다. 초등 중학년 학생들은 단청 관련 미술관이나 박물관을 방문하여 단청 문양이나 색깔의 상징적 의미 외에도 단청이 건축물에 어떤 도움을 주는지, 단청의 목적을 배워 볼 수 있다.

초등 고학년 학생들은 단청의 역사를 살펴보며 한국의 미술 작품과 다른 나라의 미술 작품의 특징을 서로 비교해 볼 수 있다. 이러한 확장 활동을 통해 그림책 읽기의 즐거움을 더할 수 있으며 더 나아가 우리 민족이 가진 고유의 아름다움과 지혜에 대해 배우고 자부심을 가질 수 있다.

국가의 안녕과 백성들의 행복을 기원한 오방색

나라마다 전통적으로 즐겨 사용하는 색채가 있다. 우리 조상의 생활 속에 자리 잡고 있는 색으로는 오방색이 있다. 오방색은 음양오행 사상에 기반하여 관혼상제의 의식뿐 아니라 일상생활에서의 의복, 음식, 가정 규례 등에 녹아 있다. 단순한 색상이 아니라 종교, 우주, 철학, 생명, 지혜 등 다양한 부분에 그 의미를 두고 있다. 신부의 연지곤지, 색동저고리, 단청, 공예품 등에서 예를 찾아볼 수 있는데, 그 중 가장 잘 표현된 것이 단청이다.

오방색은 말 그대로 동, 서, 남, 북, 중앙의 다섯 방위를 나타내는 색이다. 청색(진한파랑), 황색, 흑색, 백색, 적색의 다섯 가지를 기본색으로 하고, 이 기본색을 혼합하여 만들어진 녹색(청색+황색), 벽색(청색+흰색), 홍색(적색+흰색), 유황색(흑색+황색), 자색(적색+흑색)을 더하여 총 열 가지 색이 모든 색의 기본이 되고 있다.

우리 조상들은 오방색 속에 우주 삼라만상을 다 담고자 했던 것이다. 이 열 가지 색은 각각의 방위뿐 아니라 신령한 사물을 상징하며, 단청에 사용된다. 우리 조상들은 이런 단청으로 건물에 색을 입힘으로써, 개인은 무병장수하며 행복하게 되고 국가는 태평성대를 이룬다는 생각을 가지고 있었다.

민초들의
강인한 생명력이 살아있는
희망의 메시지

『까막나라에서 온 삽사리』 정승각 글·그림, 초방책방(1994)

우리 토종개인 삽사리는 '귀신을 쫓는 개'라는 뜻을 가지고 있다. 옛날에는 삽사리 그림을 그려서 집 대문이나 광문에 액막이로 붙였다고 할 정도로 용맹했다. 이 책은 그러한 삽사리의 용맹함을 나타낸 설화를 그림책으로 만든 것이다.

어둠 때문에 정사를 돌볼 수 없었던 까막나라의 임금님은 불을 구해 올 사람을 찾지만 아무도 나서지 않는다. 그 때 충직한 까막나라의 개가 불을 구해오기를 자청한다. 개는 온 세상을 돌아다니며 불을 구하기 위해 고군분투한다. 동쪽 청룡이 지키는 뜨거운 해를 삼키다 실패하고 서쪽 백호가 지키는 차가운 달을 물어오는 데도 실패한다. 고생 끝에 임금님에게 돌아온 개는 불을 구해오지는 못했지만 해와 달의 기운을 온 몸에 받아 온다. 불개가 뿜어내는 빛이 너무 환해 불편해진 신하들은 불개를 낭떠러지로 던져 버린다. 다행히 주작의 도움으로 무사히 도착한 곳에서 불개는 달의 기운을 받은 청삽사리와 해의 기운을 받은 황삽사리를 낳아 우리나라 사람들에게 사랑받는 개가 되었다고 한다.

이 이야기는 전형적인 설화의 서사구조를 가지고 있다. 문제가 생기자, 선하고 충직한 누군가가 문제를 해결하기 위해 고난을 감당한다. 주인공은 문제를 해결하지만 다시 시련을 겪게 되고 누군가에게 구원받아 행복하게 된다는 이야기 구조이다. 여기에는 고난을 극복하고 어려움을 이겨 낸 후에는 반드시 그 충성과 희생의 보상을 누군가에게 받는다는 교훈이 담겨 있다. 우리나라 설화가 대부분 이런 서사 구조를 가지고 있는 것은 오랜 세월 이민족의 침입을 이겨내고 어려움을 극복하며 살아야 했을 우리 조상들이 힘들고 고달픈 삶을 견뎌내는 스스로에게 주는 희망의 메시지가 아니었을까 생각해 본다. 또 어떤 어려움과 고난 속에서도 스스로를 지켜내고 꿋꿋이 살아온 민초들의 자주정신과 강인한 생명력이 이야기 속에 녹아 있는 까닭이기도 할 것이다.

이 책은 어린이 그림책이 본격적으로 만들어지기 전인 1990년대의 책이다. 그러나 그 서술이나 그림, 제본 등은 20년이 훌쩍 지난 오늘날의 그림책에 비해도 결코 손색이 없을 만큼 세련되다. 특히 정성스럽게 그려진 그림은 전통적인 색채의 민화와 고분벽화를 보는 것 같이 친숙하게 느껴진다. 특히 유화를 이용하여 입체감을 한껏 살린 표현 기법은 후대의 그림 작가들에게도 많은 영향을 주고 있다.

"설화 속 주인공은 왜 모두 영웅이 되는 것일까?"

이야기에 등장하는 까막나라와 빛은 각각 무엇을 의미하는지 이야기해 보자. 나라를 위해 고군분투하는 불개처럼 나라의 어려움을 위해 고난을 극복하고 자신을 희생한 사람들에 대해 이야기해 보는 것도 좋을 것이다. 또 〈토끼와 자라〉나 〈효녀 심청〉과 같은 우리나라의 다른 옛이야기를 떠올려 보고, 이 이야기와 함께 비교해 보자. 이야기의 구조나 등장인물, 배경과 같이 문학적인 요소들을 비교 분석해 봄으로써 옛이야기가 가진 특징을 찾아볼 수 있다.

그룹 단위로 하는 활동으로는 설화를 소재로 연극을 해 보는 것도 좋겠다. 그리고 설화 속 인물들이 마지막에 영웅화되는 이유에 대해서도 이야기를 나누어 보고 왜 그런 것인지에 대해 서로의 생각을 나누어 보자. 현대적인 감각으로 설화를 재구성해 보는 것도 재미있는 활동이 될 수 있다.

유아나 초등 저학년 학생들은 글로만 읽거나 들려주는 이야기를 듣고, 자신만의 그림으로 새롭게 재화해 볼 수 있다. 초등 중학년 학생들은 이 그림책의 그림과 같은 양식으로 한 장면을 골라 부조 작품을 만들어 볼 수 있다. 초등 고학년 학생들은 불개나 삽사리, 일식, 월식에 대한 우리 옛이야기를 찾아보거나 새로운 이야기를 창작해 볼 수 있다.

옛이야기와 판타지

『까막나라에서 온 삽사리』는 우리 설화의 요소를 가져와 작가의 상상력을 더해 만든 창작 그림책이다. 까막나라의 불개가 나중에 삽사리가 되어 우리와 함께 살게 되었다는 내용에는 우리 고유의 개 불개와 삽사리 이야기가 담겨있다. 불개는 청룡, 백호, 현무, 주작에게 도움을 받거나 맞서 싸움으로써 빛을 얻는데, 이들은 고구려 고분벽화 속의 사신(四神)이다. 또, 불개가 해를 삼켰다가 뜨거워 뱉어내고, 다시 달을 삼켜 열기를 식히는 이야기는 전통적으로 전해져 내려오는 일식과 월식에 대한 옛이야기를 바탕으로 하고 있다.

옛이야기에는 이렇게 판타지의 요소들이 어우러지게 마련인데, 그렇다면 옛이야기와 판타지는 어떤 점에서 서로 다를까? 일단 옛이야기는 전해져 내려오는 이야기이다 보니 작가나 만들여진 연대가 알려져 있지 않다. 반면 판타지는 누군가의 창작에 의해 만들어지는 것이어서 작가와 책이 출판된 연도가 또렷하다. 또한 옛이야기는 서로 다른 이야기라 하더라도 이야기의 구조가 서로 비슷한 데 비해, 판타지는 작가의 개성이 뚜렷하게 드러나기 때문에 각각의 이야기가 모두 다르다.

그렇다면 문학적인 요소는 어떻게 다를까? 먼저 옛이야기는 시간과 공간에 대한 묘사가 없거나 간략하게 제시된다. 그러나 판타지는 특정한 시간과 공간을 배경으로 하며 세밀하게 묘사되는 편이다. 등장인물의 경우에도 옛이야기는 왕이나 공주와 같이 정해져 있는 유형이 있는 편이지만, 판타지에서는 다양한 개성을 가진 인물이 등장하게 된다. 특히 옛이야기에서는 환상세계와 현실세계가 한 지평에 놓여 있으며, 초현실적인 사건이 일어나도 별로 놀랍게 받아들여지지 않지만, 판타지에서는 환상세계와 현실세계가 분리되어 있으며 어떤 통로를 통해 환상세계에 들어가게 된다는 차이점이 있다.

어느 나라 어느 민족이나 역사와 전통이 있다. 이런 역사와 전통이 오늘 우리의 모습을 만든 것이다. 나의 존재와 정체성을 더욱 잘 알기 위해서도 우리의 전통과 문화를 지키고 보존하는 것은 매우 중요하다. 특히 우리의 전통문화는 세계가 주목하고 인정하는 뛰어난 문화이다. 이런 우리의 것을 지키고 보존하며 발전시켜 나가기 위한 직업에는 어떤 것이 있는지 알아보려 한다.

전통문화의 가치를 보존하고 계승하는 **향토민속학자**

각 지방 고유의 사학적 가치가 있는 민속자원을 찾아내어 보존하고 연구하는 학자들을 말한다. 사라져 가는 전통 민속 문화를 복원하고 계승하여 우리 조상들의 삶의 모습을 지켜나가는 일은 중요한 일이라고 할 수 있다. 산업화가 진행되고 글로벌 시대가 되면서 오히려 가장 한국적인 우리 문화가 더욱 가치를 인정받고 있다. 건축물, 공예품과 같은 유형의 문화뿐 아니라 음식, 예절, 놀이 등 소소한 일상 속에 숨어 있어 사라지기 쉬운 우리 문화를 지켜나가는 것은 그 어떤 것보다 중요한 일일 것이다.

사라져 가는 문화재를 되살려 지켜 나가는 **문화재보존원**

문화재보존원은 궁궐, 사찰, 미술관 및 박물관의 소장품 등 유형문화재의 파손된 부위를 복원, 관리하는 기술적인 업무를 한다. 매우 과학적이고 전문적인 기술이 필요하고, 유적, 유물에 관련된 역사적인 지식과 고미술품에 대한 안목도 필요하다. 또한 문화재 복원 작업은 매우 정교한 작업이니 만큼 섬세함과 꼼꼼함이 필요하다. 하지만 무엇보다 우리 문화재

에 대한 자부심과 애정이 가장 우선되어야 하는 덕목일 것이다. 우리 문화재를 지키고 보전하는 매우 중요한 역할을 담당한다고 할 수 있다.

조상의 맛을 세계에 알리는 막걸리 소믈리에

소믈리에란 원래 호텔이나 고급 레스토랑에서 포도주를 추천하고 서비스할 뿐 아니라 품목 선정, 구매, 관리, 저장 등 와인과 관련된 일을 맡아 하는 사람을 이른다. 막걸리 소믈리에는 포도주 대신 막걸리를 대상으로 일을 한다. 막걸리는 포도주처럼 발효주이기 때문에 그 종류와 맛이 다양하고 응용의 범위가 넓다. 건강주로서 막걸리에 대한 세계인들의 관심이 점차 높아지고 있으므로 우리 전통주를 세계에 알리는 역할을 담당한다는 자부심을 가져도 좋을 것이다.

우리 건물에 생명을 넣어주는 전통건축원

집은 한 번 건축하면 끝나는 것이 아니라 수시로 보수해 주어야 한다. 유럽처럼 석조 건물이 아닌 목조 건축물이 대부분인 우리나라 전통 건축물은 특히 더 그렇다. 우리나라의 전통 건축물을 보수하고 시공하는 것이 전통건축원이 하는 일이다. 남아 있는 한옥이나 사찰 등을 보수하는 것은 물론, 창경궁, 경복궁, 숭례문 등 유실되거나 파괴된 문화재를 건축하기도 한다. 재료의 준비부터 모든 과정을 전통 방식 그대로 재현하기 때문에 우리 건축문화의 맥을 이어가는 장인이라고 할 수 있다.

미래를 꿈꾸는 것은 나 혼자만의 힘으로 가능한 것이 아니라, 보이지 않는 곳곳에서 끊임없이 노력하는 누군가가 무언가를 하고 있기에 가능합니다. 미래는 내 능력만으로, 내 꿈만으로 이루어지는 것이 아니라 내가 속한 사회와 그 속에 살아가는 사람들이 함께 꿈꾸고 함께 노력해 나가기 때문에 이루어지는 것이기도 하니까요.

6

미래를 꿈꿔요

"수많은 사람들이, 산 속의 작은 한 그루의 나무가, 지나가는 한 줄기의 바람이, 내가 꿈꾸는 미래를 돕고 있다는 것을 우리 아이들이 알 수 있었으면 좋겠습니다. 결국 내가 꿈꾸는 미래는 온 세상 사람들이 협력하여 모두의 능력과 시간과 마음과 정신이 이어지고 이어져서 나에게까지 연결되고 있는 것이니까요."

다가올 미래를 희망 가득한 숲으로 가꾸는
도토리 한 알 심는 정성스런 마음으로

누구나 미래를 향한 꿈이 있기에 지금의 순간들을 살아가는 이유가 될 것입니다. 아이들은 미래를 꿈꾸며 온 몸으로 배워나갑니다. 사람마다 다가오는 미래는 다 다르겠지만 한 가지 분명한 것은 그것이 희망적이어야 한다는 것입니다. 꿈꿀 수 있는 미래가 있어서 지금의 고된 여정을 묵묵히 견딜 수 있는 것이겠지요.

아이들은 직·간접적으로 다양한 경험을 하게 됩니다. 가족들 사이에서, 학교에서, 사회에서, 또는 친구들 간에 부딪치고 화해하면서 다양한 일들을 겪어나갑니다. 어찌 보면 살아가는 일은 이처럼 주변에서 일어나는 수많은 일들과 마주하며 그것을 극복해 가는 과정일 수 있습니다. 문학은 이런 인간의 다양한 삶을 다루는 것이고, 문학을 통해서 우리는 주변의 다양한 삶을 만나면서 상처 난 아픈 마음을 치유할 수 있는 힘을 얻기도 합니다. 무엇보다 우리에게 다가올 희망찬 미래가 있다는 사실을 깨닫기도 합니다. 문학은 어떤 설교보다도 강력한 힘을 갖습니다.

아이들은 마치 불투명한 안개 속에서 길을 걷듯 아직 뚜렷한 자신의 미래를 보지 못하고 있을 수 있습니다. 하지만 다가올 미래를 희망이 가득한 숲으로 가꾸어 나가기 위해서는 『나무를 심은 사람』의 엘제아르 부피에 노인처럼 한 알 한 알 도토리를 심는 정성스러운 마음으로 자신이 할 수 있는 일을 끊임없이 해 나가는 인내와 노력이 필요함을 알려 주어야 합니다. 미래를 꿈꾸는 것은 나 혼자만의 힘으로 가능한 것이 아니라, 이렇듯 보이지 않는 곳곳에서 끊임없이 노력하는 누군가가 무언가를 하고 있기에 가능한 것이니까요. 미래는 돈만으로, 내 능력만으로, 내 꿈만으로 이루어지는 것이 아니라 내가 속한 사회와 그 속에서 살아가는 사람들이 함께 꿈꾸고 함께 노력해 나가기 때문에 이루어지는 것이기도 하니까요. 수많은 사람들이, 산 속의 작은 한 그루의 나무가, 지나가는 한 줄기의 바람이, 내가 꿈꾸는 미래를 돕고 있다는 것을 우리 아이들이 알 수 있었으면 좋겠습니다. 결국 내가 꿈꾸는 미래는 온 세상 사람들이 협력하여 모두의 능력과 시간과 마음과 정신이 이어지고 이어져서 나에게까지 연결되고 있는 것이니까요.

　때론 『희망』에서 다루는 것처럼 산불로 인해 수많은 생명들이 다치고, 조상들이 쌓아온 문화유산을 잃어버리는 일도 겪습니다. 이런 일들을 접할 때 아이들은 자신도 모르게 심리적인 상실감을 겪기도 할 것입니다. 하지만 잿더미 속에서도 새로운 생명이 솟아나고, 나무가 자라 숲이 되고, 야생 동물들이 둥지를 틀어가는 것을 보면서 아이들은 모든 것이 사라진 듯한 좌절과 어려움 속에도 더욱 푸르게 자라날 수 있는 희망의 씨앗이 있다는 것을 배우게 될 것입니다.

　이런 책들을 통해서 우리 아이들 한 사람 한 사람이 꿈꾸는 미래에 한 발짝 나아가는 계기가 되었으면 합니다. 물리적인 것뿐만 아니라 마음을 충만하게 채우는 그 어떤 것들과 함께 자신의 존재감을 한껏 드러내면서 자신이 속한 집단과 함께 의미 있는 삶으로 이어진다면 좋겠습니다.

절망을 밀고 올라온
작은 새싹

『희망』 이재민 글, 원유성 그림, 노란돼지(2011)

하룻밤 사이에 집이 사라졌다. 평생을 덜 먹고 덜 입어가며 가꾸어 온 보금자리가 화마에 쓸려가 버렸다. 실오라기 같은 희망조차 없다. 평생을 살면서 절망의 순간이 내 앞에 없으면 좋으련만 그것은 누구도 모를 일이다. 여기 모든 것이 사라진 절망 속에 작은 새싹 하나가 가르쳐 주는 희망 이야기가 있다.

수많은 세월 동안 항상 그 자리를 지킨 산이 있다. 봄에는 울긋불긋 꽃을 피우고, 여름에는 녹음을 자랑한다. 알록달록 가을을 지내고 순백색의 겨울 산을 드리운다. 그 산은 아무것도 바라지 않은 채 묵묵히 그 자리에 있었다. 그러던 어느 날, 누군가의 손에서 튕겨져 나간 불씨가 모든 것을 앗아갔다. 산의 품속에서 뛰놀던 가엾은 동물들이 혼비백산하여 뛰어다닌다. 나무는 뛰지도 못한 채 뜨거운 화마를 고스란히 받아들이고 있다.

불은 눈 깜짝할 사이에 벌써 저만치 가 있다. 출동한 소방대원들도 속절 없다. 평생 함께 해 온 정든 집도 눈앞에서 사그라진다. 몇 백 년 우리 겨레를 굽어본 문화재도 다 타고 없다. 그토록 오랜 세월 그 자리를 지키던 숲도 재만 남았다. 중간 중간 타다 만 나뭇가지가 서럽기 짝이 없다. 혼비백산 달아나던 수많은 동물들은 어디로 갔을까? 무사히 피하기는 한 것일까? 아무것도 건지지 못한 할아버지는 주저앉아 흐르는 눈물조차 닦을 수 없다. 먼 산만 바라볼 뿐이다. 어디서부터 어떻게 시작해야 할까? 왜 우리에게 이런 시련이 닥쳐왔을까? 숲도 사람들도 모두 잿빛이다. 그렇게, 다시는 아무것도 시작하지 못하고, 아무도 살아갈 수 없을 것만 같았는데, 시간이 지난 어느 날 잿더미를 밀어내고 작은 새싹이 돋아난다.

시련과 고난은 내 인생 어느 시점에 다가올지 모른다. 한 번도 오지 않으면 좋으련만 그런 행운아는 그리 많지 않다. 더 이상 아무 희망도 없다고 생각될 때, 잿더미 속에서 솟아오른 작은 새싹 그림을 떠올려 보자. 헤어 나올 수 없는 절망은 없다는 것을 작은 새싹이 가르쳐 주고 있다. 이 그림책은 좌절하지 않는 자연의 순리 속에 시련과 고난을 이겨내는 삶의 진리를 깨닫게 해 준다. 단 유화로 그려진 그림이나 동물들의 움직임, 숲의 모습에 있어 사실감이 떨어지는 것이 아쉬움으로 남는다.

"절망을 이겨낼 희망의 싹을 키워요"

|걱정거리 하나 없을 것 같은 사람들도 속을 들여다보면 가슴 절절한 사연들이 쏟아져 나오기 마련이다. 왜 나에게 이런 어려운 시련이 닥치는 걸까 하며 원망해 보기도 하지만, 절망의 순간은 누구에게나 있다. 단, 정도의 차이와 그것을 받아들이는 사람의 차이가 있을 뿐이다. 그림책『희망』을 읽고 첫 번째로 해 볼 만한 이야기로는 지금까지 살아오면서 최대의 시련이라고 생각되는 경험을 끄집어 내보는 것이다. 잿더미처럼 모든 것이 사라진 정도가 아니어도 좋다. 가슴이 타들어 가고, 무엇을 어떻게 해야 할 지 난감했던 상황도 좋다. 그리고 그 상황 속에서 나에게 희망이 되어 준 것이 무엇이었는지 나누어 보자. 나에게 따듯하게 위로를 해 준 사람이나 도움을 준 사람이 있을 것이다.

|또한 내가 돌보아야 하는 상대가 될 수도 있다. 물론 사람이 아니어도 좋다.『희망』그림책에서처럼 잿더미 위로 솟아오는 작은 새싹일 수도 있다.

|마지막으로는 미래의 나에게 희망의 편지를 써 보자. 지금은 시련을 견뎌낼 힘이 넉넉하지만 미래의 어느 순간 주저앉았을 나에게 편지를 써 보는 것이다. 그리고 그 편지를 고이 간직했다가 필요한 순간이 왔을 때 읽어보도록 하자. 절망을 이겨내는 결정적인 열쇠가 될 것이다.

까만 산이 희망을 꿈꾸는 이야기

이인 글, 김선규 사진의 그림책 『까만 산의 꿈』은 『희망』과 여러 면에서 닮아 있다. 『까만 산의 꿈』은 1996년 4월 23일 강원도 고성에서 발생한 산불에 대한 이야기다. 사흘간의 화마가 산을 휩쓸고 가고 그 자리엔 「불 탄 면적 3,762ha, 타 죽은 가축 728마리, 집 잃은 사람 142명, 건물 227채, 유실수 21,052그루, 기타 물건 12,133점, 총 227억 1천 700만원의 재산 피해」가 남겨졌다. 고성 산불은 마을 근처의 한 육군 부대 사격장에서 낡은 폭약을 처리하던 중 유탄이 떨어지면서 불씨가 옮겨 붙어 시작되었다.

이 그림책은 그림 대신 사진으로 구성된 사진그림책이다. 자연과 환경에 남다른 애정을 가진 김선규 씨는 산불이 일어난 1996년부터 고성 산불 지역의 변화를 계속적으로 기록하고 있다. 2005년 4월 5일의 강원도 양양 산불에서 모티브를 얻은 『희망』 그림책이 주는 메시지와 아주 흡사하다. 그러나 그림 대신 실제 사진 자료로 구성되어 있어 현실감이 더욱 크다. 타다 만 나무와 청설모의 사진은 불길 속에 죽어가는 생명체들의 고통을 적나라하게 보여 준다. 사진으로 구성되었기에 산불의 피해가 충격적인 반면, 잿더미 속에서 솟아 오른 고사리와 타다 만 나무에서 돋아나는 연둣빛 고운 새순이 전하는 '희망'의 메시지 또한 강렬하다.

15여 년이 지난 지금, 잿빛의 옷을 벗고 푸른 옷으로 갈아입고 있는 산의 모습은 작은 희망이 큰 희망으로 발전함을 깨닫게 해 준다. 뒤표지의 "산은 타도 생명은 타지 않는다"라는 문구가 『희망』 그림책의 작은 새싹만큼 가슴에 꾸욱 새겨진다.

그림으로 구성된 『희망』 그림책과 사진으로 구성된 『까만 산의 꿈』을 비교하면서 읽으면 또 다른 읽는 즐거움을 누릴 수 있을 것이다.

전쟁 속에서 피어난
꿈과 희망 이야기

『내가 만난 꿈의 지도』 유리 슐레비츠 글·그림, 김영선 옮김, 시공주니어(2008)

전쟁으로 모든 것을 잃은 가족은 낯선 나라로 피난을 간다. 아무것도 없던 시절, 먹을 것을 사러 나가신 아버지는 빵 대신 세계지도를 사 오신다. 손톱만한 빵이라도 먹을 것을 기대했던 소년은 아빠가 너무나 원망스러웠다. 그러나 책, 장난감 하나 없던 소년에게 한쪽 벽을 다 덮을 만큼 큰 세계지도는 새로운 희망을 품게 한다. 세계지도를 보며 꿈꿀 수 있는 소년에게는 뜨거운 사막이며 시원한 바닷가, 눈 덮인 산, 신비로운 사원, 파파야와 망고가 있는 야자수 그늘, 높은 건물이 빼곡히 들어선 도시 한복판, 세계 어디든 갈 수 있는 넓은 세상이 있었던 것이다. 배고픈 것도 힘든 것도 잊은 채 마법에 걸린 듯 몇 시간이고 세계지도에 매혹된 소년은 그제야 빵 대신 지도를 사 오신 아빠의 깊은 뜻을 이해하게 된다. 허기진 배를 채우는 것보다 꿈으로 가득한 세계지도를 보며 희망으로 미래를 꿈꾸기를 바라는 아버지의 마음을 보았기 때문이다.

비록 육체의 한계에 갇혀 있지만, 지도를 통해 세계를 품은 소년은 무한

한 꿈과 희망을 갖게 된다. 한 조각의 빵이 줄 수 없는 새 희망과 삶의 무궁무진한 가능성을 발견하게 된 것이다.

살아가면서 가장 절망적인 상황에 처했을 때 오히려 희망을 발견하는 역설적인 상황이 종종 있다. 아무것도 가진 것이 없을지라도 세계를 꿈꿀 수 있는 마음의 보물창고가 있다면 어떤 상황이라도 극복할 수 있는 힘이 생겨난다. 현실적 상황의 한계를 초월할 수 있는 존재가 인간이기도 하다. 힘든 현실에서도 미래에 대한 소망을 가질 때 능히 살아갈 수 있는 에너지의 원천을 얻게 된다는 희망을 말하는 책이다.

유리 슐레비츠는 뛰어난 문학성과 영상미를 자랑하는 작가이다. 단어 하나, 작은 그림 하나도 허투루 쓰는 법이 없다. 그래서 그의 그림책은 여느 예술작품 못지않은 깊이가 있다. 이 책은 특히 작가의 경험을 판타지와 접목시킨 수작이다. 전쟁이라는, 지극히 현실적인 소재로 이야기를 끌어가다가 판타지로 자연스럽게 넘어간다. 자칫 이야기가 끊기거나 동떨어져 보일 수도 있는데, 마지막 장을 넘길 때까지 그런 느낌은 찾아볼 수 없다. 그림책의 대가답게 앞뒤 균형을 잘 유지한 덕이다. 또 전반적인 톤을 이루는 색이 알록달록하기는 해도 차분하고, 글 역시 군더더기 없이 깔끔한 것도 한몫을 한다. 그러니 깊은 감동과 여운이 조용히 밀려오는 것은 당연할 것이다.

"사람이 빵만으로 사는 것은 아니다"

이 책은 아픈 현실을 단순히 피하는 것이 아니라, 내면세계를 들여다봄으로써 이겨 낸다는 점에서 큰 의미를 지니고 있다. 저자는 자신의 경험을 판타지와 접목시켰다. 아이가 발견한 지도 속에 숨어 있는 넓고도 아름다운 세계는 아이가 꿈꾸던 내면세계와 맞닿아 있다. 유리 슐레비츠 특유의 담담한 화법과 그림이 펼치는 이야기가 감동적으로 펼쳐진다.

책을 읽고 나서 먼저 책 속 주인공의 마음이 되어 보자. 전쟁 통에 먹을 것을 구하기 어려운데 아버지가 빵이 아닌 지도를 들고 오셨을 때 주인공의 기분이 어땠을까? 그리고 이와 비슷한 경험을 해 본 적이 있다면 이야기해 보도록 하자. 나의 감각을 즐겁게 해 주는 맛있는 음식이나 화려한 옷, 액세서리 혹은 게임기를 원했는데 아무 쓸모도 없어 보이는 혹은 지루해 보이고 머리 아파 보이는 것을 선물로 받았을 때 기분이 어땠는지 결국에 그러한 것들이 어떤 식으로 도움이 되었는지 생각해 보자.

또한 사람은 빵만으로 사는 것이 아니라는 말에 대해 토론해 보자. 물질이나 육체적인 것 이상의 것이 우리에게 왜 필요하며 그것이 삶에 어떤 의미가 있는지 나누어 보자.

전쟁의 아픔을 이기게 해 준 그림책의 힘, 유리 슐레비츠 이야기

유리 슐레비츠(Uri Shulevitz)는 폴란드 바르샤바에서 태어났다. 슐레비츠가 네 살이던 당시 2차 세계대전으로 인하여 슐레비츠 가족은 폴란드를 탈출해야 했다. 여러 나라를 전전하던 슐레비츠의 가족은 1947년 파리에 정착했는데, 전쟁을 체험한 어린 슐레비츠에게 파리의 책방에서 그림책을 보는 것이 유일한 낙이었다고 전해진다. 슐레비츠의 가족은 다시 1949년 이스라엘로 옮겨 갔고, 그는 그곳에서 텔아비브 예술학교를 다니며 디자인과 회화를 공부하게 된다.

1959년에 슐레비츠는 뉴욕으로 건너가 브루클린 뮤지엄 미술 학교에서 공부하며 책에 그림을 그리기 시작했다. 유리 슐레비츠가 본격적으로 어린이책 작가의 길을 걷게 된 것은 1962년 하퍼앤로(Haper & Row) 출판사 편집자의 눈에 띄어 1963년 첫 그림책 『내 방에 들어온 달님』을 출간하면서부터다.

이후 슐레비츠는 1969년 『세상에 둘도 없는 바보와 하늘을 나는 배』로 칼데콧 상을, 1980년에 『보물』과 1999년에 『눈』으로 각각 칼데콧 아너 상(1980, 1999)을 받았다. 1974년에는 어린이책의 노벨상이라 불리는 한스 크리스티안 안데르센 상을 받았다. 그는 서양의 미술기법을 익힌 데다 동양의 미술과 서예에도 조예가 깊어 그의 그림에는 동서양 미술이 조화를 이룬다고 전해진다.

유리 슐레비츠의 작품은 환상그림책에서 사실주의그림책, 정보그림책에 이르기까지 다양한 장르와 다양한 주제가 나타난다. 특히 국내에서 많은 사랑을 받고 있는 그림책 『새벽』에서는 수채화 기법으로 맑은 물빛이 번지도록 하여 호숫가의 고요한 정경에 신비로움을 더하였는데 이 작품은 중국 시인의 한시를 바탕으로 한 것이라 한다.

세상에 못 그린 그림은 없다

『나의 명원화실』 이수지 글·그림, 비룡소(2008)

언제나 '교실 뒤에 걸릴 그림으로 뽑히는 그림'을 그릴 줄 아는 '나'는 더 훌륭한 화가가 되기 위해 진짜 화가를 만나기로 한다. 그리하여 엄마를 조르고 졸라 찾아간 곳이 바로 명원화실! 상상했던 것과 똑같은 진짜 화가에게 뽑힐 만한 그림을 그려 보여 주어도 화가의 반응은 그저 그렇다. 진짜 화가는 어떤 그림을 그려도 뭐라 하는 법이 없다. 주인공은 학교에서와는 전혀 다른 풍경, 반응, 그리고 새로운 경험에 당황하지만, 칭찬도 질책도 없이 자유롭게 그림을 그리면서 보이기 위한 것이 아닌 진짜 그림을 그리는 것에 대해 조금씩 깨달아 간다. 수채화로 처음 그림을 그리던 날, 붓에서 떨어져 내리는 물로 바닥에 홍수가 난 줄도 모르고 그림을 그리던 주인공은 비로소 어떤 대가를 위해 혹은, 누군가에게 인정받기 위해서가 아니라, 좋아하는 일을 할 때의 순수한 열정과 기쁨을 누리게 된다. 그리고 생일 날 아침, 주인공은 진짜 화가가 손수 만들어 보낸 생일카드를 보며 마음 속에서 무언가 '펑' 하고 터지는 것 같은 느낌을 받게 된다.

나는 생전 처음 느껴 보는 이 마음을 어쩔 줄 몰라 가만히 서 있었습니다. 목이 따끔따끔한 것 같고, 가슴이 막 아프고, 가운데 배가 저릿저릿하는 것 같았지요. 이 작은 그림이 이렇게 나를 아프게 하다니요.(37쪽)

새 학기가 시작되고 이런 저런 일로 주인공이 화실에 나가지 않는 사이 명원화실은 불이나 없어지고, 진짜 화가도 사라진다. 신기루처럼 사라진 명원화실과 진짜 화가의 기억은 주인공에게 가슴 설레는 경험과 추억으로 남고, 주인공은 이제 뽑히는 그림을 그리는 대신 자기 자신만의 그림을 그리게 된다.

절제된 색상과 굵은 붓 터치로 그려진 그림은 작가의 추억 속 한 장면을 화폭에 옮겨 놓은 듯하다. 밝고 따뜻하며 명랑함을 상징하는 노란색, 신비함과 아련한 추억을 나타내는 보라색의 두 가지 색상을 주로 사용하여 아름다우면서도 가슴이 저려오는 어린 시절의 추억을 표현하고 있다. 거기에 굵은 선으로 표현된 인물들의 동작과 표정들은 세밀하지는 않지만 오래된 기억 속에서 중요한 장면들을 포착한 듯 생동감이 넘치면서도 선명하게 살아 움직이고 있다. 마치 작가의 어린 시절을 고백하는 듯 이 이야기는 뽑히는 그림을 그리라고 아이들에게 계속 강요하고 있는 교육현실을 콕 꼬집고 있다. 우리 아이들도 가슴 속에서 무언가가 '펑' 하고 터지는 것을 경험하고, 가슴이 저릿하도록 열망하는 것을 찾고, 뽑히지 않아도 괜찮은 자신만의 그림을 그리며 행복할 수 있기를 기대해 본다.

"타인의 시선이 아니라 나의 진심을 의식하기"

주인공이 학교에서 그린 '뽑히는 그림'과 '화실에서 그린 그림'은 어떻게 다른지 이야기를 나누어 보자. 그리고 나는 학교 미술시간에 주인공처럼 뽑히는 그림을 그리고 싶지는 않았는지, 왜 나의 그림이 뽑히기를 바랐는지에 대해 경험을 나누어 보자. 그림책 속에서 진짜 화가는 왜 주인공의 그림에 아무 말도 하지 않고 지켜보기만 했는지에 대해서도 생각해 보자. 그리고 나에게도 지켜보기만 해 주었으면 하는 것이 있다면 무엇이 있는지 왜 그렇게 생각하는지 이야기를 나누어 보는 것도 의미 있을 것이다.

주인공이 화가에게 생일카드를 받고 '마음 속 어딘가에서 '펑' 하고 무언가 터지는 소리'를 들었다고 했는데 그것이 무엇을 말하는 것인지, 어떤 경험일지 생각해 보자. 그리고 나에게는 그런 경험이 있었는지, 있다면 어떤 순간이었는지 이야기를 나누어 보자.

마지막으로 주인공은 더 이상 그림이 뽑히든 뽑히지 않든 중요하지 않게 되었다고 한다. 왜 그런 생각을 하게 되었을지 생각해 보자. 좀 더 확장해서 누군가에게 칭찬을 받는 것에 대해 생각해 보자. 칭찬을 받으면 어떤 기분이 드는지, 칭찬은 어떤 점에서 좋은지를 먼저 생각해 보자. 그리고 나서 반대로 칭찬이 부정적으로 활용될 수 있는 경우를 생각해 보자. 이와 더불어 '감언이설(甘言利說 달콤한 말과 이로운 이야기)'과 '양약고구(良藥苦口 좋은 약은 입에 쓰다)'에 대해 함께 이야기 나누어 보자.

감성을 표현하는 색채의 세계

색은 사람의 감성을 표현한다. 강렬한 기운을 내뿜는 빨간색은 에너지의 근원이고, 자극의 주체로서 정열을 상징한다고 알려져 있다. 이 밖에도 빨간색은 행복이나 따뜻함, 불, 원기, 명성을 상징하기도 한다. 보라색, 짙은 빨간색, 자주색은 모두 상서로운 색으로 존경을 의미하며 서양에서는 권력, 왕을 상징하기도 했다. 보라색은 일반적으로 고귀, 부유함, 권력과 행운을 나타낸다. 노란색과 황금색은 권력을 상징하기도 한다. 하지만 노란색은 관용과 인내, 그리고 과거의 경험을 통해 얻은 지혜를 상징하는 색이라 할 수 있다. 또 따뜻함과 행복함, 즐거움을 나타내기도 한다. 초록색은 신선함, 평온함, 희망을 상징하고 있다. 그래서 흔히 평화의 상징으로 표현된다. 초록색은 봄의 성장을 의미하고 있어서 자연의 건강함을 표현하는 데 사용하기도 한다. 재미있는 것은 서양에서는 악마의 색으로 생각하기도 했다고 한다. 파란색이나 남색에는 이중의 의미가 담겨져 있다. 파란색은 나무의 푸르름을 연상시키기 때문에 봄과 새로운 탄생, 희망을 상징하기도 하지만 비탄의 뜻을 지닌 차가운 색이기도 하다. 서양에서는 명사 앞에 'blue'를 붙이면 우울함, 암울함을 나타내는 표현으로 생각하기도 한다. 어두운 색이나 검은색의 분위기는 원근감을 더해 주는데, 먹물로 그린 수묵화의 아름답고 관조적인 풍경은 보는 이에게 더 깊이 감상할 수 있는 분위기를 만들어 준다. 하지만 검은색은 또한 '희망 없음'과 '좌절'을 의미하기도 한다.

이렇듯 색의 상징성은 나라와 문화, 개인의 느낌에 따라 다르게 느껴지기 때문에 절대적으로 그렇다고 믿을 필요는 없지만 관습적으로 사용되는 색상을 통해 독자는 그림 작가가 구성하는 의미를 자연스레 해석해 보게 된다.

황무지를 숲으로 바꾼
긍정의 힘

『나무를 심은 사람』 장 지오노 글, 프레데릭 백 그림, 두레아이들(2002)

『나무를 심은 사람』을 처음 만난 것은 양장본 작은 책으로였다. 판화 형식의 삽화와 함께 짧지만 강한 여운을 주는 글이 매우 깊은 인상을 남겼다. 그림책으로 다시 만난 '나무를 심은 사람'은 글의 분량이 거의 그대로여서 그림책으로서는 제법 많은 글을 담고 있다. 그림책의 그림은 캐나다의 프레데릭 백 감독이 제작하여 1987년에 아카데미 단편상을 수상한 애니메이션 〈나무를 심은 사람〉에서 가져왔다. 목탄과 물감, 색연필을 적절히 섞어 그린 것 같은 거친 느낌의 그림들은 볼수록 묘한 매력을 느끼게 한다.

이 이야기는 사람들에게 버려진 황무지에 도토리를 심은 한 사람의 이야기이다. 주인공은 놀랍게도 장 지오노가 고향에서 만난 실존 인물이라고 한다. 책의 첫머리에 등장하는 프로방스의 황무지는 인간의 욕심과 오만함이 만들어 낸 결과이다. 원래 숲이 우거지고, 맑은 개울이 흐르고, 사람들이 마을을 이루고 살았던 지역을 황량한 바람과 흙이 드러난 황무지로 만든 것은 자연을 무분별하게 파괴한 인간이다. 그 곳에서 살아가는 사람들의 삶은 황무지만큼이나 황량하다. 사람들이 사는 평야에서 아들과 부인을 잃고 황무지로 들어온 엘제아르 부피에 노인은 이 황무지를 '조금' 바꾸기로 결심한다. 그의 작업은 오랜 기다림을 필요로 하는 것이고 그 결과도 장담할 수 없는 일이다. 더군다나 그가 도토리를 심는 땅은 자신의 땅도 아니다. 아무도 알아주는 사람도 없고 격려해 주는 사람도 없다. 그토록 외롭고, 성과도 보이지 않는 일을 묵묵히 해나가는 노인의 우직함은 숭고해 보이기까지 한다. 결국 노인의 이러한 노력으로 황무지는 결국 푸른 숲이 되고 그 숲에서 사람들과 자연이 어울려 새로운 삶을 이루어가게 된다. 이는 인간의 창조적인 힘이 얼마나 대단한가를 보여준다. 이타심, 끈기, 인내, 겸손, 미래에 대한 도전 정신 등 인간이 가지고 있는 긍정적인 힘으로 자연과 함께 공존해 나가고 스스로를 행복하게 할 수 있음을 깨닫게 해 준다.

엘제아르 부피에 노인이 도토리와 너도밤나무를 심고 있는 순간에도 인간은 전쟁을 하면서 서로의 것을 빼앗고, 노인의 노력으로 되살아난 숲을 파괴했다. 눈앞의 이익을 위해 파괴를 일삼는 인간들의 이기심은 스스로의 삶을 더욱 황폐하게 만들고 있다. 인간이 가진 힘은 양면성을 가지고 있다. 발전과 개발이라는 이름으로 무분별한 파괴를 하는 것도 인간이고, 사라져가는 자연을 회복시키고 보전하는 것도 인간이다. 이 책은 우리들이 가진 힘을 어떻게 써야 하는지 생각하게 해 준다.

"행복해지기 위해서는 무엇을 선택해야 하는가?"

| 이 책의 배경이 되는 프로방스 지방이 황무지가 된 이유에 대해서 이야기해 보자. 왜 사람들이 자연을 파괴하고 있는지 그 근본적인 이유에 접근하도록 하는 것이 중요하다. 엘제아르 부피에 노인이 황무지에 도토리를 심으며 무엇을 기대했을지 책에 나온 내용을 기준으로 생각해 보고, 만약 자신이 황무지에 도토리를 심는다면 어떤 기대를 할지에 대해 솔직하게 이야기를 나누어 비교해 보는 것도 좋을 것이다.

| 또 노인이 숲을 가꾸고 있을 때 한편에서 인간은 전쟁을 하고 있었는데, 왜 인간들은 전쟁을 벌이고 자연을 파괴하는 것인지 생각을 나누어 보자. 마지막으로 인간이 가진 힘에 대해 생각해 보자. 긍정적인 힘과 부정적인 힘을 모두 이야기해 보고 우리가 행복해지기 위해 어떤 힘을 사용해야 할지 생각해 보자.

| 초등 저학년 학생들은 〈나무를 심은 사람〉 애니메이션을 함께 감상해 보는 것도 좋을 것이다.

| 초등 중학년, 고학년 학생들은 부피에 노인처럼 묵묵하게 나무를 심어 황무지에 생명이 살아나게 한 다른 인물들에 대해 조사해 볼 수 있다. 가까이에 중국의 인위쩐은 황량한 마오우쑤 사막에 나무를 심기 시작했으며, 아프리카의 왕가리 마타이도 그린벨트 운동을 이끈 여성으로 알려져 있다.

애니메이션으로 본 『나무를 심은 사람』

1987년 아카데미상 단편상을 수상한 애니메이션 〈나무를 심은 사람〉은 캐나다의 프레데릭 백(Frederic Back) 감독이 장 지오노의 소설 『나무를 심은 사람』을 원작으로 하여 만들었다. 상영시간은 총 30분이지만, 프레데릭 백 감독은 무려 5년 반에 걸쳐 2만여 장의 그림을 그려 애니메이션을 완성했다.

이 작품을 만드느라 한쪽 눈을 실명했다고 하니 그의 열정과 사명감은 원작의 저자인 장 지오노와 꼭 닮았다. 보통 애니메이션은 이야기가 빠르게 전개되지만, 이 작품은 화면의 변화가 거의 없는 것처럼 보이게 하기 위해 긴 시퀀스를 사용했다고 한다. 또한 원작에서 판화 그림이 사용되었던 것과는 달리, 애니메이션 그림에는 목탄으로 드로잉을 하듯 그려 영화의 느낌보다도 삽화를 연결시킨 듯한 느낌이 든다.

이 애니메이션의 상영 이후 캐나다에서는 나무심기 운동이 일어나 2억5천만 그루의 나무를 심었다고 한다. 또한, 프레데릭 백 감독은 이후 1993년에 〈위대한 강〉을 애니메이션으로 만들어 많은 상을 받았는데, 이 작품 역시 그림 그리기만 4년여의 시간이 걸렸다고 한다. 한편 이 애니메이션과 관련해 재미난 에피소드가 전해진다.

우리에게 〈이웃집의 토토로〉로 유명한 애니메이션 감독 미야쟈키 하야오와 〈빨간 머리 앤〉으로 알려진 다카하다 이사오가 함께 미국에 갔다가 이 영화를 보고 "우린 아직 멀었어!"라고 찬사를 보냈다고 한다.

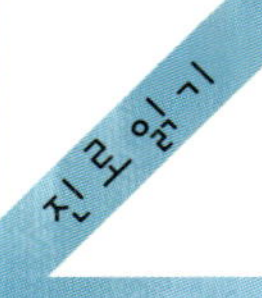

미래의 삶을 꿈꾸지 않는다면 현재의 삶 또한 소중하게 살아가지 못할 것이다. 미래를 계획하고 그 미래를 현실로 실현하기 위해 우리는 지금을 투자하고 노력한다. 미래를 예측하고 계획하기 위해서는 어떤 것들이 필요할까? 미래를 예측하여 미리 준비하고 계획할 수 있도록 도와주고 예비하는 직업에는 어떤 것이 있는지 함께 생각해 보자.

내일을 계획할 수 있도록 도와주는 일기예보관

농경사회에서 날씨를 예측하는 것은 한 해 수확과 연관이 깊어 매우 중요하기 때문에 우리 조상들은 여러 가지 방법으로 날씨를 예측했다. 현대는 위성이나 컴퓨터 등 첨단 장비를 이용하여 데이터를 분석함으로써 좀 더 과학적인 방법으로 좀 더 정확하게 날씨를 예측한다. 일기예보관은 이렇게 일기를 연구·관측하는 일뿐 아니라 기상예보를 알리는 일까지 담당한다. 우리는 이런 일기예보를 통해 미래를 계획할 수 있다. 사람들의 삶이 더욱 풍요로울 수 있도록 도와주는 것이 바로 일기예보관이라고 할 수 있다.

미래의 가치를 예측하여 준비하는 선물중개인

각종 산업에 필요한 원자재나 재화는 앞으로 사용될 수요를 예측하여 미리 구매하는 것이 일반적이다. 이렇게 시장의 가격 변동이나 사용될 수요를 예측하여 일정 기간 후에 물건을 양도할 것을 전제로 현재 가격으로 미리 사거나 파는 일을 하는 것이 선물중개인이다. 때문에 시장변동에 대

한 예측과 분석력이 매우 뛰어나야 하며 국내외 실물경제에 대한 자료를 신속하고 정확하게 이해, 판단할 수 있는 능력이 필요하다. 경제학적 지식은 물론 수학, 통계학 등의 지식도 필요하다.

다채로운 색깔로 세상을 아름답게 채색하는 컬러리스트

시각 이미지 중 색이 미치는 영향은 매우 중요하다. 다양한 색을 통해 따뜻함, 열정, 기쁨, 희망 등을 표현하고 느낄 수 있기 때문이다. 컬러리스트는 사물과 상품에 적절한 색을 배치하고 또 다양한 색을 이용하여 사람들의 마음에 새로운 이미지를 만든다. 컬러를 예측하고 다양한 브랜드에 맞게 색채를 조정하여 변화와 유행을 주도해 가는 사람들이라고 할 수 있다. 색에 대한 예술적 감각과 사람들의 마음을 읽어내는 능력을 필요로 하는 매우 창의적인 직업이다.

미래의 녹색 세상을 만들어 가는 환경컨설턴트

세계는 환경을 지키고 보존하며 인간이 함께 공생하는 길을 찾기에 고심하고 있다. 환경컨설턴트는 기업이나 공공조직이 가지고 있는 환경관리상의 문제점을 진단하고 이에 대한 해결책을 제시하는 일을 한다. 또한 도시를 계획하고 구성할 때 환경과의 조화와 보존에 대한 측정과 평가를 하여 인간과 자연이 공존할 수 있는 길을 제시한다. 무분별한 개발을 막고 숨쉬는 녹색세상을 만들고 지켜 나가는 환경지킴이라고 할 수 있다.

아이들에게는 자기 앞에 놓인 생애가 안개 속을 걷는 것처럼 불투명하고 불안하기만 합니다. 어느 것도 정해진 것이 없으며, 스스로 삶의 목표를 정하고 스스로 헤쳐 나가야 하는 먼 여행길 같은 것이니까요.

7

멘토 찾기

"힘이 들 때 찾아가 마음을 기댈 수 있는 사람, 길을 가다가 막히면 손을 내밀 수 있는 사람, 위로가 필요할 때, 용기가 필요할 때, 그저 생각만 해도 힘이 되는 그런 사람이 곁에 단 한 사람이라도 있다면 어떤 일도 할 수 있는 용기가 나지 않을까요?"

먼 여행길 떠나는 아이들에게
마음속 작은 등불 하나 밝혀 주고 싶습니다

저마다 생애를 살아가다 보면 예측할 수 없는 수많은 고난을 겪게 됩니다. 그것을 견디지 못하고 스스로 세상을 버리는 사람들도 적지 않습니다. 어른도 크게 다를 바가 없겠습니다만 아이들에게는 자기 앞에 놓인 생애가 안개 속을 걷는 것처럼 불투명하고 불안하기만 합니다. 어느 것도 정해진 것이 없으며, 스스로 삶의 목표를 정하고 스스로 헤쳐 나가야 하는 먼 여행길 같은 것이니까요.

먼 여행길을 떠나는 아이들에게 세상을 먼저 살아가고 있는 사람들의 삶을 통해 작은 등불 하나를 밝혀 주려 합니다. 온갖 어려움을 겪고 자기 분야에서 최고가 된 사람이 있습니다. 그렇다고 아이들에게 모두가 최고가 되어야 한다고 하는 것은 아닙니다. 최고는 자기 일에 최선을 다할 때 따라오는 선물 같은 것이라 할 수 있습니다. 세상사람 모두가 최고가 된다면 참 재미없는 세상이 될 것입니다. 다만 최고가 된 사람의 삶의 여정들을 살펴보면서 거기서 자신이 얻을 수 있는 것이 무엇인가를 발견하기를 기대하는 것입니다. 자신의 능력을 누군가에게 나누어주면서 온 생애를 살아간 사람이 있습니다. 이 역시 누구나 할 수 있는 일은 아닙니다. 하지만 어떤 아이는 그런 사람들의 삶속에서 자신의 진정한 목표를 발견하고 눈을 반짝 빛낼 수도 있지 않을까 싶습니다.

이런 삶이 있구나, 이런 사람처럼 살고 싶다. 이렇게 무언가 마음속에 작은 등불 하나가 반짝이는 계기가 될 수 있다면 참 좋겠습니다. 마음으로 이해되고 힘이 되는 누군가를 발견할 수 있다면 어떤 경우에도 엇나가는 일은 없을 것입니다. 힘이 들 때 찾아가 마음을 기댈 수 있는 사람, 길을 가다가 막히면 손을 내밀 수 있는 사람, 위로가 필요할 때, 용기가 필요할 때, 그저 생각만 해도 힘이 되는 그런 사람이 곁에 단 한 사람이라도 있다면 어떤 일도 할 수 있는 용기가 나지 않을까요?

　여기에서 제시한 책들은 아이들이 한번쯤 멘토로 삼아도 좋을 사람들을 주인공으로 한 인물전입니다. 책에서 다루어질 만큼 사회적으로 인정받는 사람들이기는 하지만 그들이 그렇게 되기까지 어떻게 살아왔는지를 살펴보았으면 합니다. 자신의 길을 찾는 과정이 쉽지는 않았지만, 그들은 자신이 하고자 하는 일을 포기하지 않았다는 공통점이 있습니다. 자신의 목표를 향한 열정과 인내를 아이들이 닮아갔으면 좋겠습니다.

　세상의 수많은 사람들이 살아가는 방식은 모두 다르겠지만 분명한 것은 꿈을 가진 사람은 어떤 고난에도 쓰러지지 않는다는 것입니다. 어떤 성과를 이루기 위해서가 아니라 자신이 하고자 하는 일이 옳기 때문에, 자신의 길을 따라서 묵묵히 걸어간 사람들이 결국에는 자신의 꿈을 이루었을 뿐만 아니라 주변을 밝히는 등대 같은 사람이 되었습니다. 아이들에게 본이 될 만한 인물, 손 내밀어 잡아 보라 권하고 싶은 지극히 일부의 사람만을 다루었습니다. 이 인물들이 무엇을 했는지보다 어떻게 자신의 꿈을 향해 나아갔는지 살펴보세요. 우리 아이들에게 자신의 미래를 위해서 자신의 꿈을 위해서 힘이 될 만한 사람을 찾아 손을 내밀 수 있는 지혜를 발휘해 보라고 하고 싶습니다.

음식을 한 나라의 문화로
승화시킨 대가의 삶

『음식연구가 황혜성』 안혜령 글 · 그림, 나무숲(2010)

이 책은 한국 궁중음식의 전통을 지켜 내고자 60여 년의 생애를 바친 대가, 황혜성의 일생을 전기 형식으로 쓴 그림책이다.

황혜성 선생은 궁중음식뿐 아니라 그것을 통해 우리 전통의 멋과 맛을 이은 주인공이기도 하다. "음식을 받는 것은 생명을 받는 거야"라며 음식이 곧 생명이라고 강조했던 황혜성 선생은 음식의 재료를 손질하고 만드는 과정과 먹는 사람의 마음을 헤아리는 요리의 전 과정에 정성과 혼이 깃들도록 평생을 연구하고 가르쳤다. 황혜성 선생은 음식 만드는 일을 여자의 일, 주부의 일로만 보지 않고 한 나라의 문화로 볼 수 있도록 평생을 바쳐 가르치고 실천했다. 낙선재의 마지막 주방 상궁인 한 상궁에게서 궁중음식의 전 과정을 배우며 꼼꼼히 기록하고 재현해가며, 손이 빚어내는 손맛과 음식의 멋을 깨달아 가게 된다. 궁중음식 조리법은 물론 그릇의 쓰임새, 상 차리는 법도 등 조선조 궁중음식의 모든 이야기와 비화까지도 기록하고 정리해 최초 궁중요리책 『이조궁정요리통고』를 발간한다. 또한 잊혀지고 사라져가는 우리 전통문화를 조사하고 정리하는 사업을 통해 각 고장의 다양한 향토음식에 대해 눈뜨게 되고, 우리 음식문화의 폭넓고 깊은 세계를 경험하게 된다.

모든 것이 열악하고 척박한 당시 요리계에서 평생을 바쳐 꾸준히 음식문화를 연구하고 알리고 그 깊이를 더하기 위해 헌신한 황혜성 선생의 삶은 단순히 한 분야의 인간문화재 기능인을 넘어서는 '대가'의 삶이라 하기에 손색이 없다.

어떤 한 분야에 헌신하여 평생을 바치는 것은 쉽지 않다. 더구나 누구도 걸어가지 않은 분야를 헤쳐 나가야 하는 선구자의 삶은 더욱 외롭다. 우리 궁중음식의 전통이 끊어지지 않고 오늘날 세계적으로 인정받는 수준에까지 이르게 된 것은 황혜성 선생과 같은 스승의 헌신과 열정이 있었기 때문이다.

우리는 이러한 대가의 정신을 배워야 한다. 지식과 기능뿐 아니라 대가들이 무엇을 위해 헌신했는지, 평생을 어떻게 살았고 어떻게 노력했는지를 말이다. 그의 삶 전체에 흐르는 한 인간의 올곧은 정신과 기백을 배우고 계승해야 한다. 조선말기 궁녀들과 궁의 모습, 궁중음식과 상차림, 의궤, 고문서 기록, 요리 연구과정 기록노트 등 시대별 고귀한 사진자료들은 고증과 자료 보존 차원에서도 이 책을 한층 더 가치 있게 하고, 그림책의 다양한 가능성을 열었다는 면에서도 의미가 있다.

"스승으로 삼을 멘토를 찾아라!"

요리를 단순히 좋아한다고 해서 그 분야의 대가가 될 수는 없다. 이 책은 한 분야에서 최고가 되려면 무엇이 필요한지 생각해 보게 해 준다. 단순히 지식이나 기능을 가르치고 전수하는 것에 그치지 않고 진정한 '스승'이 되려면 어떤 자질이 필요할까? 책을 읽고 황혜성 선생은 어떻게 하여 궁중요리의 대가가 되었는지 살펴보자. 특히 황혜성 선생은 한희순 상궁을 삶의 스승으로 모시고 멘토로 삼아 요리법을 배웠을 뿐 아니라 많은 조언을 구했다. 나의 꿈은 무엇인지 생각해 보고, 내가 생각하는 분야에서 널리 알려져 있는 인물을 찾아보자.

또한 단지 일을 잘하는 능력뿐만 아니라, 그분의 삶이 나에게 어떤 교훈을 주는지, 그분에게서 내가 배우고자 하고 닮고자 하는 삶의 태도에 대해 생각해 보자. 이미 과거 역사 속의 인물일 수도 있고, 지금 함께 이 시대를 살아가고 있는 인물일 수도 있다. 내가 삶에서 멘토로 삼을 수 있는 사람은 누구일지 찾아보고 멘토로 삼은 인물에 대해 이야기 나누어 보자. 그 인물의 삶이 어떠했는지를 바탕으로 내가 멘토로 삼게 된 이유도 나누어 보자.

초등 중학년들의 경우에는 학생들의 관심 분야에서 멘토로 삼을 만한 인물들의 생애가 담긴 전기책을 추천해 줄 수 있다. 초등 고학년 청소년의 경우에는 스스로 인물들에 대해 조사해 보고, 특히 자신의 관심 분야에 대해 신문기사를 스크랩해 보는 것도 좋을 것이다.

우리나라 발효음식의 우수성

한국의 주요 발효식품으로는 전통장류인 간장·된장·고추장·청국장 등과 채소류 발효식품인 김치·절임류, 수산물 발효식품인 젓갈, 그리고 주류와 식초 등이 주종을 이루고 있다. 발효식품은 식품을 오래 보존하기 위한 방편으로 만들어진 것으로, 유용한 미생물의 작용에 의해 소화되기 쉬운 상태로 변화한 것이다. 발효에 의해 생성된 유기산은 맛도 향상시키고 장내 미생물의 항상성을 유지하며 유해세균의 증식을 억제하는 정장작용을 한다.

발효식품이 미생물에 의한 식품성분 변화라는 제조 원리를 알지 못했던 전통사회에서는 발효식품의 맛이 변하는 것은 귀신의 장난이라 여겨 장과 관련된 각종 금기가 많았고, 장맛이 변하면 집안에 우환이 생긴다고 믿었다. 그렇지만 최근의 발효산업은 과학기술의 발전에 따라 자연발효 방식에서 관리·통제하는 방식으로까지 발전해 왔다. 원하는 최종 제품이 무엇인지에 따라 미생물을 선택하거나 발효조건을 관리하여 목적하는 제품을 생산할 수 있게 된 것이다. 게다가 발효식품의 기능성이 주목받기 시작하면서 청국장 환제품 등과 같은 기능성 식품이나 의약품으로 가공하는 산업도 발전하고 있으며, 발효식품에서 기능성물질을 추출하여 신소재로 개발하는 연구도 활발히 이루어지고 있다.

한국 고유의 발효식품은 한국 식단에서 단일 식품으로서도 큰 비중을 차지할 뿐만 아니라 다른 반찬류의 맛을 좌우하는 조미료로 광범위하게 쓰임으로써 전통적인 맛의 근간을 이룬다. 한국의 대표 발효식품인 김치와 된장은 발효 과정에서 여러 가지 생리활성물질들을 생성해 내 성인병 예방과 항암에 효과가 있다는 연구 결과도 보고되고 있어 한국 음식문화의 우수성이 주목받게 되었다.

세상의 중심에 대한
작은 물음표 하나

『누구나 세상의 중심이다』 김향금 글, 이지수 · 장효주 그림, 웅진주니어(2010)

옛날 사람들은 동·서양을 막론하고 땅은 네모나고 평평하며, 지구를 중심으로 천체가 돌아간다고 생각했다. 이런 생각은 코페르니쿠스와 갈릴레이가 천동설을 주장하기 시작하면서부터 서서히 바뀌게 되었다. 우리나라에도 천동설을 밝혀낸 학자가 있었다. 실질적인 현상들을 연구하는 실학이 인정받지 못했던 시대적 배경 속에서 천문학에 평생을 바친 홍대용이다.

대대로 천문, 기후, 지리에 관련된 일을 맡아서 하던 관상감 벼슬을 한 집안 분위기 때문이었는지 홍대용은 어려서부터 수학과 천문에 관심이 많았고 악기 연주도 매우 잘했다. 당시 양반집 사내아이들은 누구나 유교 경전을 줄줄 외우며 과거 시험공부에 매달렸지만, 홍대용은 시험을 위한 공부가 아닌 '진짜 공부'를 하고자 석실서원에서 유학뿐 아니라 천문학과 박물학 등을 열심히 공부했다. 홍대용은 월식이 이루어질 때 지구 그림자가 둥근 것을 보고 지구가 네모나다는 것에 의심을 품었다. 그래서 나경적, 안처인과 함께 '혼천의'를 만들어 천체를 관측하였다. 이에 만족하지 않고 청나라 사신으로 뽑힌 삼촌을 따라 청나라에 가서 서양과 중국의 다양한 문물을 보고 깨달은 것을 『의산문답』이라는 책으로 남겼다. 이 책은 쭉정이 같은 생각을 하는 '허자'와 실용적인 생각을 하는 '실옹'이라는 두 사람이 대화를 나누는 식으로 기록되어 있는데, 이는 변화하는 세계정세에 따라가지 못하고 있는 조선의 현실을 안타깝게 여기고 있음을 보여준다.

이 책을 통해 홍대용은 중국만이 세상의 중심이 아니라 누구나 자기가 서 있는 곳이 세상의 중심이라 했다. 홍대용은 지구와 우주의 관계를 통해 세상을 새롭게 바라보았다. 그는 과학이 우리 삶과 동떨어진 것이 아니라 우리가 세상을 바라보는 눈과 연결되어 있다는 것을 알려준 과학사상가인 것이다.

이 책은 그림이 매우 독특하다. 붓, 색연필, 아크릴, 콜라주 등 다양한 기법을 이용하여 읽는 내내 그림을 함께 읽어가는 재미를 더해 준다. 실사를 이용하여 과거를 여행하는 듯한 생생한 느낌을 주고, 그 위에 등장인물들을 붓으로 그려 넣어 진실성과 신빙성을 더해 주고 있다. 천문도를 활용한 면지 또한 책의 성격을 잘 보여주고 있고, 사용된 사진을 뒷면에 참고자료로 실어 학습 자료로 활용하기에 좋도록 구성되어 있다.

"너는 어떤 공부를 하고 싶니?"

| 그림책을 읽고 소년 홍대용이 다른 또래들과 어떤 점에서 달랐는지 이야기를 나누어 보자. 초등 중학년의 경우, 책 속에 소개된 홍대용의 생각이나 말 중에서 인상 깊은 구절을 찾아보는 것도 좋을 것이다. 그리고 그 문장을 그림으로 꾸며 책갈피를 만들거나 책상 위에 놓는 말씀 장식품으로 만들어 볼 수 있다.

| 초등 고학년의 경우에는 우주에 대해 품었던 홍대용의 생각과 서양에서 우주를 바라본 관점을 서로 비교해 볼 수 있다. 또 『의산문답』을 통해 홍대용이 하고자 했던 이야기가 무엇이었는지 생각해 보고, 어떤 점이 홍대용을 남과 다른 과학자로 만들었는지 이야기를 나누어 보자.

| 당시 양반집 자제들이 공부하는 것과 지금 학생들이 공부하는 것에 대해 목적, 방법, 인기 있는 직업 등을 서로 비교하여 이야기해 보는 것도 재미있을 것이다.

| 자신의 꿈은 무엇인지 생각해 보고 그 꿈을 이루기 위해 무엇이 필요한지 이야기를 나누어 보자. 외적인 조건뿐 아니라 생각, 태도, 주변의 지지 등 다양한 것들에 대해 이야기를 나누어 보자.

세계인들을 감탄하게 한 우리의 전통과학기술

서양의 과학기술에 비해 우리나라의 전통과학기술이 뒤처졌다는 생각을 하기 쉽다. 증기기관의 발명 이후 서양의 과학기술이 비약적으로 발전한 것은 사실이지만 우리 고유의 과학기술 또한 서양의 과학 못지않게 훌륭한 것이 많다.

신라의 첨성대는 우리 민족이 이미 고대에 천문학적인 지식을 가지고 많은 연구를 하고 있었다는 것을 보여준다. 또 성덕대왕신종(에밀레종)은 기포가 거의 없는 뛰어난 주조술을 자랑하고 있는데, 특히 종을 매달아 놓은 쇠막대는 현대의 기술로 만들 수 없는 놀라운 기술력으로 만들어진 것이라고 한다.

해인사 팔만대장경의 장경각은 계곡과 산에서 불어오는 바람의 방향과 세기를 고려하여 다양한 크기와 위치로 통풍창을 설치하여 천년의 세월 동안 팔만대장경을 지켜와 세계인들을 놀라게 했다.

조선시대의 해시계 앙부일구는 단순한 시계뿐 아니라 안에 새겨진 눈금으로 절기까지 알 수 있도록 제작되어 그 정교함을 자랑하고 있으며, 자격루 또한 현대기술이 밝혀내지 못하는 놀라온 과학기술의 집약체라고 할 수 있다.

이와 같이 고대로부터 중세까지 우리나라의 과학기술은 서양과 이웃나라의 과학기술 못지않게 뛰어난 경지에 도달해 있었다.

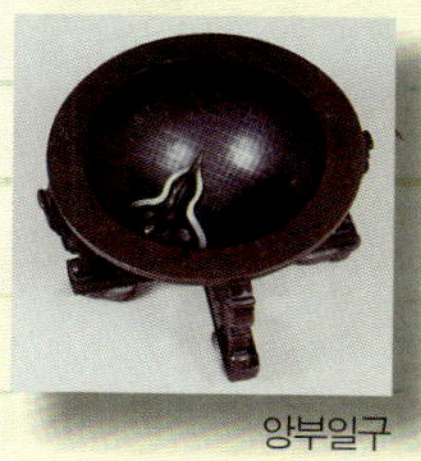

앙부일구

자격루

각각의 다른 모습이 어우러져
더 아름다운 세상

『자연을 담은 건축가 가우디』 레이첼 로드리게스 글, 줄리 패치키스 그림, 송이현 옮김, 아이세움(2010)

안토니오 가우디는 스페인의 대표적인 건축가이다. 그의 건축물은 세계 문화유산에 일곱 개나 등재되었다. 틀에 얽매이지 않는 건축물은 마치 조각품을 보는 듯한 느낌을 준다. 바르셀로나 곳곳에 흩어져 있는 가우디의 작품들은 바르셀로나를 살아있는 미술관으로 만들었다는 평을 받고 있다. 어릴 적 몸이 약해 홀로 자연을 관찰하며 시간을 보냈던 가우디는 자연에서 영감을 받아 이러한 작품을 창작할 수 있었다고 한다.

가우디는 성장하면서 훌륭한 성당을 만들고 싶어 건축을 공부하게 된다. 그는 기존의 건축 형식에서 벗어나 어릴 적 자연에서 관찰한 곡선과 색감, 그리고 다양한 소재들을 건축에 활용하였다. 가우디와 그의 작품이 지금 많은 사람들의 관심을 끌고, 그 아름다움으로 높은 평가를 받고 있지만 당시에는 칭찬과 함께 많은 비난과 논란의 대상이 되었다. 실용성을 고려하지 않고 곡선으로 디자인된 외관은 다른 건축물에 비해 두드러져 보였고, 사람들의 눈에 낯설게 느껴졌다. 하지만 그의 건축물들은 바르셀로나에 색다른 아름다움을 주는 요소가 되었다.

가우디가 그의 건축물을 통해 우리에게 말하고 싶었던 것은 획일적인 틀에서 벗어난 자유로운 생각과 다양성의 아름다움일 것이다. 우리는 똑같은 옷을 입고, 똑같은 모양의 아파트를 짓고, 심지어는 똑같은 직업을 선호하고, 똑같은 가치관을 가지고 살도록 강요받는다. 하지만 사회는 각각이 가지고 있는 다양한 재능과 다양한 모습이 조화를 이루며 만들어진다. 똑같은 것보다 각각의 다른 모습이 자연스럽게 녹아 있는 사회가 더욱 아름답다는 것을 가우디는 깨닫게 해 준다. 또 자신의 생각을 건축물에 표현하기 위한 끊임없는 열정과 신념은 쉽게 지치고 포기하는 지금의 아이들에게 좋은 본이 될 수 있을 것이다.

책을 펼치면서 만나게 되는 화사한 원색은 마치 스페인의 자연을 보는 듯 산뜻하다. 인동덩굴 모양의 곡선을 따라 가우디의 어린 시절과 가우디가 만든 작품들이 그려져 있다. 좀 굵게 표현된 붉은 갈색의 선들은 가우디가 즐겨 사용한 타일의 아름다운 색감과 화려한 건축물들의 곡선이 주는 느낌을 잘 살려 주고 있다. 삽화로 그려진 가우디의 작품과 책 뒤에 실어 놓은 가우디의 건축물 사진을 비교해 보는 것도 색다른 재미를 준다.

고정관념을 깨뜨린 상상력과 창의력의 근원

| 가우디가 어떻게 해서 독특하고 훌륭한 건축물을 만들 수 있었는지 아이들과 함께 이야기를 나누어 보자. 이때 자연 속에서 어린 시절을 보냈다고 모두가 가우디와 같은 창조적 능력을 발휘할 수 있을지에 대해서도 이야기해 볼 수 있다.

| 그리고 가우디가 이런 건축물을 통해 무엇을 말하고 싶었던 것인지에 대해서 생각해 볼 수 있다. 그 밖에 가우디가 훌륭한 건축가가 될 수 있었던 것에는 어떤 영향이 있었을지 생각해 보자. 가족의 힘, 끊임없는 열정 등 가우디를 가우디답게 만든 요소가 무엇인지 생각해 보자.

| 그리고 가우디처럼 성공한 인물이 되기 위해 무엇이 필요한지 이야기를 나누어 보자. 새로운 지평을 열어간 선구자들에게 있는 공통적인 요소가 무엇인지 찾아보는 것도 좋을 것이다.

| 가우디뿐 아니라 기존의 생각에 새로운 생각을 더하여 세상을 바꾼 사람들을 생각해 보고 그들이 가지고 있었던 다른 점이 무엇인지 찾아보는 것도 좋을 것이다.

상상의 세계를 현실에 이루어 놓은 가우디와 그의 건축물

1852년 6월 25일 스페인 카탈루냐에서 태어나 1926년 6월 10일 사망한 천재적 건축가 안토니오 가우디(Antoni Gaudi)는 100여 년 전 독특한 독창성으로 근대 건축계를 흔들어 놓았다. 그는 자신의 건축관을 '자연에는 직선이 없다'는 명언으로 대신 보여준다. 그의 삶과 작품들을 단적으로 잘 표현하고 있는 이 말대로 그는 직선이 없는 자연에서 모티브를 따왔으며, 실제로 가우디의 건축 작품에서 직선을 찾아보기는 매우 힘들다. 그의 작품은 실제로 사용하는 건축물이라기보다는 순수 예술작품 같은 느낌을 준다. 상상의 세계를 현실로 이루어 놓은 그의 창의적인 작품들은 인간의 무한한 능력을 표현해 주는 듯 감탄을 자아내게 한다. 이러한 가우디의 작품들은 바르셀로나와 그 주변에 집중되어 있어 해마다 수백만의 관광객이 가우디의 건축물을 보기 위해 바르셀로나를 찾아온다.

가우디의 건축물 중 총 일곱 개가 유네스코(UNESCO) 세계문화유산으로 등재되어 있다. 그 일곱 개의 작품은 '카사 비센스', '구엘 궁전', '구엘의 지하 예배당', '카사 바트요', '카사 밀라', '구엘 공원', '사그라다 파밀리아 성당의 예수탄생 장면'과 '사그라다 파밀리아 지하 예배당'이다.

"바보가 세상을 바꾼다"

『선생님, 바보의사 선생님』 이상희 글, 김명길 그림, 웅진주니어(2006)

꼬맹이들이 낮추어 내뱉는 말 중에 '바보'라는 말이 있다. 그 소리를 들으면 꼬마는 정말 바보가 된 양 눈물을 보인다. 약삭빠른 아이는 '바보는 바다의 보물이야!'라고 역공을 하기도 한다. 꼬맹이들에게 바보는 무언가 덜떨어지거나 그렇게 행동하는 사람을 의미하나보다.

『선생님, 바보의사 선생님』은 기오라는 어린 환자의 눈으로 바라본 장기려 박사의 이야기이다. 기오는 전쟁 통에 아빠를 잃고 엄마와 가난하게 살아간다. 무릎이 아파도 돈이 없어 병원에 갈 수 없다. 얼른 병원에 가지 않으면 영영 고칠 수 없다. 어느 날 가난한 사람을 돌본다는 복음병원의 소문을 듣는다. 돈 없이도 다리를 고칠 수 있다니 기오는 참 고맙고 신기하기만 하다. 소문대로 장기려 박사는 참 이상하다. 기오의 다리를 수술하기 전에 먼저 기도를 한다. 수술 전 내 손을 잡아 준 그 손이 너무 따뜻해서 무서운 수술인데도 하나도 안 무섭다. 그뿐만 아니라 장기려 박사는 입원비를 못 내는 환자들을 직원 몰래 뒷문으로 내보낸다. 어떤 환자에게는 월급을 통째로 줘서 보내기도 한다. 때로는 무의촌에 가서 무료 진료를 하고 온단다. 장기려 박사는 돈이 많아서 가난한 환자들을 돕나 보다. 그런데 참 이상하다. 선생님의 가운은 소매가 나달나달하고 오두막에서 기오처럼 가난하게 산다. 북한에 있는 가족과 헤어진 채, 세상 곳곳에 있는 가난하고 병든 사람들에게 자신의 모든 것을 내어준다. 장기려 박사에게 감동을 받은 기오는 의사가 되겠다고 결심하고 장기려 박사처럼 바보같이 따뜻한 의사가 된다.

이 그림책의 그림은 누런 종이에 연필로 그려 있고, 보일 듯 말 듯 파스텔톤으로 채색되어 있다. 검은 연필 선 속에 담겨진 색채가 가난하고 아픈 사람들이 장기려 박사에게 느끼는 감사함을 조용히 드러내는 듯하다. 또한 등장인물의 표정이 가난하고 병든 환자임에도 불구하고 편안해 보인다.

웹툰 만화 강풀의 '바보'와 김수환 추기경의 다큐멘터리 '바보야'는 사람들의 마음을 울리는 작품이다. 어른들에게 바보는 덜 떨어진 사람을 의미하지 않나 보다. 약삭빠른 꼬맹이가 되받아친 '바보는 바다의 보물이야'라는 말을 증명이라도 하듯, 바보처럼 살고자 하는 사람들이 늘어가고 있다. 장기려 박사와 기오처럼 큰 바보를 따라하는 작은 바보들의 물결이 이 세상을 바꿀 수 있다는 희망을 느끼게 해 주는 그림책이다.

"바보 아닌 바보의 놀라운 사랑"

『선생님, 바보의사 선생님』에서 바보는 역설적인 의미로 사용되었다. 무언가 덜 떨어진 사람을 의미하기보다 자신의 욕심을 채우지 않는 사람이다. 안락함, 풍요로움, 명예보다는 부족하고 아픈 사람들을 위해 자신을 아낌없이 내놓는 바보의 모습을 그려낸 작품이다. 책을 읽은 후, 장기려 박사처럼 자신을 버리고 다른 사람을 위해 살아가는 바보를 찾아보는 활동을 해 보면 좋겠다. 좁게는 교실 안과 이웃, 넓게는 한국을 비롯한 세계적인 인물 중에서 찾아볼 수 있다.

어린 기오가 장기려 박사를 좇아 의사가 되기로 결심하는 장면은 매우 인상적이다. 가난하고 병든 사람을 돕는 의사가 되기로 결심하고 평생을 그 뜻대로 살아간 장기려 박사가 놀랍기만 하다. 초심은 굳건할지라도 살아가다 보면 안주하는 것이 사람의 본성인데, 장기려 박사는 죽음 직전까지 그 모습을 잃지 않는다. 그가 그렇게 살아갈 수 있었던 원동력은 무엇이었을까 생각해 보자. 세상이 점점 경제논리와 감각적 쾌락을 좇아가기에 장기려 박사처럼 살아가는 것은 더욱 어렵게 느껴진다. 반대로 그 말은 좇기 어려운 만큼 가치 있다는 뜻이기도 하다.

자칫 내 삶을 흘려보내기 쉬운 세상이기에 장기려 박사와 같은 멘토를 찾는 것은 더욱 중요해졌다. 주변의 인물이든 매체 속의 인물이든 멘토를 찾는 작업은 내 삶을 가치 있게 만드는 발판이 됨을 잊지 않았으면 좋겠다.

자신의 삶을 아낌없이 내어준 장기려 박사

장기려는 1911년 기독교 집안에서 태어나 기독교 학교에 다녔으며 어릴 때부터 아버지께서 종종 읽어주시는 성경 이야기를 듣고 자랐다고 한다. 어린 장기려는 친구의 10원짜리 팽이를 훔치고 교회에 가서 눈물로 회개할 정도로 착하면서도 소심한 아이였다. 성적이 좋지 않았던 그는 원하던 대학에 가지 못하고 성적에 맞춰 경성의전에 들어가게 된다.

당시에는 의학박사 학위를 취득한 사람이 열 명도 채 되지 않아 장기려 박사는 경성의전 교수와 대전 도립병원장의 제안을 받지만, 모두 뿌리치고 치료비가 없어 평생 병원을 찾지 못하고 죽어가는 환자들을 찾아다녔다. 병원 운영이 되지 않을 정도로 적은 진료비를 받으면서도 그는 환자들에게 미안해 하고, 무엇보다도 먹는 게 중요한 환자에게는 '이 환자에게 닭 2마리 값을 내어주시오'라는 처방전을 써 주기도 하였다. 치료비가 없는 환자를 직원 몰래 뒷문으로 내보내는 장기려 박사는 급기야 '바보'로 불리게 된다. 그러나 장기려 박사는 '바보라는 말을 들으면 그 인생은 성공이다. 인생의 승리는 사랑하는 자에게 있다'고 되받는다.

장기려 박사는 1968년 가난한 환자들을 위한 한국 최초의 의료보험조합인 '청십자의료보험조합'을 설립하고, 평생 가난하고 병든 사람들을 위해 살았다. 정부에서 이산가족상봉 우선권을 주었으나 특혜라고 당당히 거부했던 장기려 박사는 뇌경색으로 반신불수가 되기 직전까지 무의촌 진료를 다니다 1955년 12월 25일 눈을 감는다.

의사생활 60년에 남은 재산은 달랑 1000만원, 그마저도 자신을 돌보아 준 간호인에게 기증하였다. 1979년에는 헌신적인 아시아인에게 주어지는 막사이사이상을 수상했다.

나의 꿈을 이루어 나가기 위해서 멘토는 구체적인 모델이 되어 준다. 물론 멘토가 없더라도 노력과 열정으로 꿈을 이룰 수 있지만 이미 자신의 꿈을 이룬 멘토들의 삶은 분명 힘과 비전을 제시해 준다. 사회를 바로 보고, 구체적인 목표를 설정하고 꿈을 이루어 나가기 위해 비전을 제시해 주는 멘토가 되어 줄 수 있는 직업에는 어떤 것이 있을지 제시해 보았다. 과연 나의 삶의 멘토는 누구일까 함께 생각해 보자.

드넓은 우주를 향해 꿈을 펼쳐가는 항공우주공학기술자

하늘을 향한 인간의 꿈은 신화시대부터 지금까지 계속되고 있다. 하늘을 날아 먼 우주를 탐사하고자 하는 원대한 꿈을 기술적으로 도전하는 것이 항공우주공학기술자이다. 다목적 인공위성, 로켓 등을 개발하는 것은 물론, 항공기의 제작이나 항공관련 시스템에 관한 일도 한다. 항공우주공학은 최첨단의 기술이 집약되는 산업기술이기 때문에 군사적인 목적으로도 사용될 수 있다. 때문에 인류의 평화와 공존을 위해 일한다는 마음과 자세가 무엇보다 필요하다.

아름답고 살기 좋은 도시를 건설하는 도시계획가

무분별한 도시의 난개발은 도시 전체의 기능을 떨어뜨리고 각종 공해와 환경파괴를 일으킬 수 있다. 때문에 도시를 계획하고 건설하는 초기 단계부터 도시의 기능을 살림과 동시에 아름다운 도시를 건설하기 위해 설계하고 계획해야 한다. 도시를 편리하고 아름답게 건설하는 일, 이것이 도시계획가의 일이다. 도시계획가는 전체를 볼 수 있는 폭넓은 안목과 미래

의 산업과 교통, 인구의 변동 등을 예측하고 준비할 수 있는 능력이 필요하다. 무엇보다 자연과 인간이 조화롭게 공존하는 친환경적인 도시를 설계하는 것이 미래 도시계획의 가장 중요한 부분이라고 할 수 있다.

학생 하나하나를 정성과 사랑으로 보듬는 교사

인류가 지금의 문명을 이룰 수 있었던 것은 지식의 체계적인 전달이 있었기 때문이다. 이 선봉에 선 것은 당연히 교사이다. 하지만 교사는 단순한 지식의 전달자가 아닌 학생들의 인격과 진로를 올바르게 이끌어 주는 삶의 스승이어야 한다. 요즘엔 가정과 사회로부터 받는 심리적인 상처까지 돌보아야 하는 매우 어렵고도 중요한 일이다. 담당과목의 전문적인 지식은 물론이고 행정업무의 처리를 위한 사무능력, 아이들을 보듬기 위한 상담자로서의 자질, 그리고 육체적인 강인함과 인내심도 필요하다. 무엇보다 학생을 사랑하는 마음이 가장 중요한 자질이라고 할 수 있다.

공정함과 엄격함으로 평등한 세상을 지켜 나가는 판사

사회가 복잡하고 다양화되면서 여러 종류의 법률분쟁이 늘어나고 있으며 법률분쟁의 내용 또한 세분화, 전문화되어 가고 있다. 이런 분쟁을 조정하고 공평하게 판결하는 것이 판사이다. 판사는 각종 법률에 관한 해박한 지식은 물론, 상황을 냉철하고 객관적으로 판단할 수 있는 공정심과 판단력이 필요하다.

사람에게 일은 놀이이자, 경제활동이자 자신의 존재감을 확인하게 하는 활동입니다. 경제적인 문제 때문이 아니라, 어떤 책임 때문이 아니라, 즐겁고 신나는 놀이로서의 일을 어떻게 찾아낼 수 있을까요? 오늘날 우리 아이들에게 주어진 큰 숙제이기도 합니다.

8

일의 세계

"자신의 삶의 일부가 되어 있는 일, 무엇인가를 성
취하기 위해서 하는 일, 그 일이 있기 때문에 내가
살아가는 이유가 되는 그런 일을 찾는 기회가 된
다면 참 좋겠습니다."

오래도록 즐겁고 신나는
놀이로서의 일을 찾아 나서는 길

사람에게 일은 놀이이자, 경제활동이자 자신의 존재감을 확인하게 하는 활동입니다. 일에 따라 지위가 달라지기도 하고, 개개인의 위상이 달라지기도 합니다. 하지만 그 어떤 것보다 자신이 가장 즐겁게 할 수 있는 것이 일이 될 때 가장 의미 있는 활동이 될 것입니다. 옛 사람들에게 일은 가업을 이어가는 중요한 활동이었고, 자녀를 훈육하는 수단이기도 했습니다. 여러 사람과 어울리는 사회 활동의 기본이 되는가 하면 힘든 상황을 이겨내는 기회이기도 했습니다. 현대 사회에 들어서면서 일은 오로지 경제활동의 가치로만 인식되는 경향이 있지만 자신이 하는 직업으로서의 일이 놀이처럼 즐겁다면 가장 이상적인 활동이 될 것입니다. 이것은 누구나 꿈꾸고 바라는 바입니다. 경제적인 문제 때문이 아니라, 어떤 책임 때문이 아니라, 즐겁고 신나는 놀이로서의 일을 어떻게 찾아낼 수 있을까요? 오늘날 우리 아이들에게 주어진 큰 숙제이기도 합니다.

이번에 제시된 책 읽기는 잘할 수 있는 일이 있고, 좋아하는 일이 있으며, 하고 싶은 일을 하는 사람들을 만나보는 기회가 될 것입니다. 고통스럽지만 버릴 수 없는 일, 그것이 있어야 살아있음을 느끼게 하는 일, 끊임없이 마음속에서 일어나는 열망 때문에 어떤 경우에도 포기할 수 없는 일, 누구에게나 그러한 일이 있습니다. 가는 길이 다르고, 방법이 다르겠지만 말입니다. 그런가 하면 좋아하는 일을 좇아서 조금씩 발을 내딛다 보니 천직이 되는 사람들도 있습니다. 더할 나위 없이 바람직하게 자기 일을 찾은 사람들입니다. 자신의 삶의 일부가 되어 있는 일, 무엇인가를 성취하기 위해서 하는 일, 그 일이 있기 때문에 살아가는 이유가 되는 그런 일을 찾는 기회가 된다면 참 좋겠습니다.

그런 일을 어디서 어떻게 찾을 수 있을까요? 놀이에서도 찾고, 책을 읽으면서도 찾고, 여행을 하면서도 찾고, 길을 가다가도 찾을 수 있습니다. 어떤 잣대로 보느냐에 따라 자기가 좋아하는 일이 사방에 널려 있다고 여길 수도 있고, 아무것도 할 일이 없다고 여길 수도 있습니다. 책이 반드시 어떻게 살아갈 것인가, 어떤 일을 할 것인가에 대한 정답을 주지는 않습니다. 그러나 책은 자신이 가고자 하는 길을 찾는 수많은 방법 가운데 하나일 수 있습니다. 헌 책을 고치는 사람, 사람들 사이의 분쟁을 공정하게 판결해주는 사람, 짜장면을 만드는 사람, 그림자 극장에서 그림자극을 하는 사람을 다루어 보았습니다. 우리 주변에 살아가고 있는 사람들의 이야기입니다. 경제적 지위나 사회적 지위 때문이 아니라 자신이 하는 일에 뜻을 두고 있는 사람들 이야기입니다. 그들이 하는 일이 자신을 성취하는 방법이기도 하고, 놀이이기도 하고, 생활의 한 수단이기도 한 사람들입니다.

일은 살아있는 동안 끊임없이 해야 하는 것이기 때문에 오래오래 즐기면서 할 수 있다면 좋겠지요. 성취감을 느낄 수 있는 일, 자기에게 꼭 맞는 옷을 입은 것처럼 편안하고 즐거우며 의미 있는 놀이로서의 일을 하는 사람들의 이야기를 들어 보세요. 우리 아이들이 즐거운 일의 세계를 발견할 수 있었으면 참 좋겠습니다.

강하면서도 부드러운
느리면서도 날렵한
진정한 장인 , 를리외르

『나의 를리외르 아저씨』 이세 히데코 글 · 그림, 김정화 옮김, 청어람미디어(2007)

우리에게 '를리외르'라는 말은 생소하나, 예술제본이 발달한 프랑스에서 는 지금도 예술의 한 부분으로 자리하고 있다. 를리외르는 한마디로 책 의사이다. 필사본이나 낱장의 그림, 이미 인쇄된 책들을 분해하여 보수한 후 책 표지를 아름답게 꾸미는 일을 한다. 이 그림책은 한 소녀의 눈을 통해 노장 를리외르가 뿜어내는 장인정신을 그려내었다.

파리에 사는 소피는 식물도감이 망가질 정도로 즐겨 본다. 소피에게 있어 모든 궁금증을 풀어 주는 식물도감은 그 무엇과도 대신할 수 없다. 소피 는 식물도감을 수선하기 위해 골목골목 를리외르를 찾아 헤매다가 를리 외르 할아버지의 가게에 들어선다. 오래된 기계와 갖가지 물건들이 여기 저기 엉망으로 놓여 있다. 그러나 신기하게도 를리외르 할아버지는 그 물 건들의 쓰임과 위치를 모두 알고 있다. 뿐만 아니라 소피가 식물도감을 얼마나 아끼는지도 잘 알고 있다. 를리외르 할아버지는 낱장을 뜯어내는 작업부터 시작한다. 할아버지의 거칠고 굵은 손가락은 마치 나무옹이 같다. 그러나 그 나무옹이 손은 절대로 서두르지 않는다. 아주 작은 소녀의 식물도감일지언정 그 손길에는 정성이 배어 있다.

를리외르의 공정은 60가지가 넘으며 이틀이라는 긴 시간이 소요된다. 뜯어낸 책장의 크기를 맞추어 자르고, 땀땀이 다시 꿰맨다. 책등에 풀칠을 하고 풀이 마르도록 기다려야 한다. 다 마른 책등을 둥글려 주고 앞뒤 판지와 책등을 꿰맨 후 면지를 붙인다. 또한 책등에 세양사를 붙이고 종이를 두 번이나 더 붙인다. 그 다음 양가죽이나 천으로 전체를 씌우는 과정을 거쳐야 한다. 그런데 할아버지의 나무옹이 손에는 신비한 힘이 어리어 있다. 때론 강하면서도 부드럽고, 느리면서도 날렵하다. 굳이 필요 없을 것 같은 과정도 하나하나 빼놓지 않고 혼을 다한다.

를리외르 할아버지 덕분에 소피의 책은 새 생명을 얻는다. 훗날 식물학자가 된 소피의 가슴속에는 를리외르 할아버지의 장인정신이 고스란히 흐르게 된다.

를리외르 할아버지는 고운 손보다는 새 생명을 불어넣어 주는 손을 원한다. 자신의 명예보다는 를리외르라는 장인으로 불리고 싶어한다. 그의 간절한 소망은 나무옹이 손을 그린 표지에서 강하게 드러난다. 를리외르 일을 단순한 직업을 넘어서 사명으로 받아들였던 할아버지의 모습은 삶의 목표와 이유가 경제적인 부에 뿌리박혀 있는 우리들에게 일의 가치를 알려 주는 귀감이 된다.

"생명과 희망을 불어넣는 숭고한 일"

이 그림책을 통해 우리는 앞으로 어떤 일을 선택해야 하고, 선택한 일에 대해 어떤 자세로 임해야 하는지 생각해 볼 수 있다. 먼저 를리외르 할아버지의 작업공정 중에서 진정한 프로정신을 느끼게 해 주는 부분을 찾아서 말해 보자. 책에 생명을 불어넣기 위한 작업과정이나 어린 소피를 대하는 태도에서도 찾아볼 수 있고, 일에 임하는 자세나 직업관 등에서도 찾아볼 수 있을 것이다. 즉, 일을 통해 감동을 불러일으킬 만한 모습들이 바로 그러한 프로정신일 것이다.

그리고 새 생명을 불어넣어 주는 일에는 무엇이 있을지 조사해 보자. 를리외르처럼 책이라는 사물에 새 생명을 불어넣어 줄 수도 있지만, 사람에게 희망을 줄 수 있는 일도 있다는 것을 잊지 말아야 한다. 사물, 사람, 동물, 식물 등 다양한 측면에서 접근해 보는 것이 좋다.

마지막으로 나의 장래희망 직업과 를리외르 아저씨를 비교해 보자. 아직 희망사항이기는 하지만 그 직업을 선택한 동기나 이유, 그 일을 통해 이루어 내고 싶은 것, 제일 중요하게 여기는 것들 등 첫 번째 질문에 대한 답을 고려하여 비교해 보면 좋다. 생계수단으로서의 직업보다도 그 일 자체가 지닌 가치를 생각해 보는 좋은 기회가 될 것이다.

나만의 책으로 재창조하는 메이킹 북

를리외르 아저씨처럼 책을 만드는 과정을 간단하게나마 체험해 볼 수 있는 방법으로 메이킹 북(Making Book) 활동을 해 볼 수 있다.

메이킹 북에는 모양별, 주제별, 재료별로 다양한 활동이 있지만 여기에서는 아이들과 손쉽게 만들어 볼 수 있는 '두루마리 책'을 소개하겠다. '두루마리 책'은 두루마리 종이에 직접 글을 쓸 수도 있고, 써 놓은 글을 직접 오려 붙일 수도 있다. 준비물도 매우 간단하다. 두루마리에 해당되는 긴 종이, 나무막대나 봉 2개, 끈만 있으면 폼 나는 책을 직접 만들어 볼 수 있다.

만드는 방법 또한 매우 간단하다. 만들고자 하는 길이의 긴 종이에 책의 내용을 쓰거나 붙인 후 양쪽에 봉을 붙이면 된다. 봉은 막대나 백업을 사용하면 좋다. 위의 사진처럼 붙인 봉을 양쪽에서 돌돌 만 후, 예쁜 끈으로 묶으면 완성이다.

자신의 글을 유일무이한 자기만의 책으로 만들어 보관한다는 데 큰 의미를 갖고 있다. 만들기가 쉽고 보기도 좋아 아이들에게 큰 호응을 얻은 작품이다.

 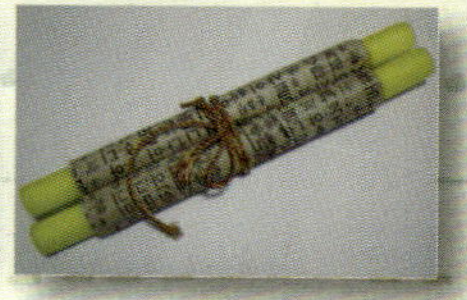 

해학과 풍자로 풀어낸
'정의' 이야기

『샌지와 빵집 주인』 로빈 자네스 글, 코키 폴 그림, 김중철 역, 비룡소(2000)

『샌지와 빵집 주인』은 첫 페이지부터 펼쳐지는 재미있고 독특한 그림이 매혹적인 책이다. 마치 베니스의 상인에 등장하는 '샤일록'을 연상하게 하는 탐욕스런 빵집 주인과 천진하고 순해 보이는 주인공 샌지의 이야기는 옛이야기의 구조에서 쉽게 찾아볼 수 있는 내용으로 구성되어 있다.

여행가 샌지는 전설의 도시 후라치아에 머물게 되는데, 아래층 빵집에서 올라오는 맛있는 빵 냄새를 좋아하여 아침저녁으로 빵 냄새에 심취한다. 욕심 많은 빵집 주인은 샌지에게 빵 냄새 값을 요구하며 재판장에게 끌고 간다. 재판장은 샌지에게 은화 다섯 닢을 가져오라고 하였고 샌지는 친구들에게 돈을 빌려 재판장에게 가져간다. 재판장은 은화를 그릇에 넣게 하고 빵집 주인에게 돈 떨어지는 소리를 들었으니 그것으로 빵 냄새 값은 다 지불한 것이라는 명 판결을 내린다. 지나친 욕심은 오히려 화를 가져온다는, 그리고 세상에는 정의가 살아 있다는 교훈을 주는 이야기이다.

어찌 보면 평범해 보일 수 있는 이 이야기는 화가의 그림으로 아주 특별하게 살아나고 있다. 흘러가는 장면 장면에 숨겨 놓은 재미있는 표현들은 마치 숨은그림찾기를 하는 듯한 즐거움을 준다. 웹툰 만화를 연상시키는 그림은 사물의 세세한 표현과 인물들의 표정과 특징을 세밀하게 표현하여 책 속의 주인공들에게 푹 빠져들게 해 준다. 샌지가 여행을 하는 동안 배멀미를 하는 모습, 사막을 건널 때의 지친 모습은 보기만 해도 웃음을 자아내고 빵 냄새를 맡기 위해 코에 걸고 있는 기계는 해학적이다 못해 매우 기발하게 보인다. 그리고 재판이 끝난 후 샌지에게 돈을 돌려받기 위해 벽에 쭉 서서 손을 내밀고 있는 샌지 친구들의 모습은 마지막 순간까지 놓치지 않는 화가의 재치를 엿볼 수 있는 부분들이다. 때로는 코믹하게 때로는 위압적으로 묘사되는 그림이 작가의 글과 결합되어 이 책을 아주 특별한 그림책으로 만들고 있다.

그림 속 인물의 표정과 표현들이 너무 생생하여 어린 연령의 아동에게는 다소 무섭게 느껴지는 부분도 있을 수 있겠다. 초등 저학년 아이들이나 취학 전후의 아이들은 재미있게 묘사된 부분을 함께 찾아가며 색다른 그림책을 읽는 즐거움을 함께 느껴 볼 수 있을 것 같다. 평범하고 그저 그런 내용의 그림책에 싫증이 난 아이들과 엄마들, 그리고 엉뚱한 부분에 집중하여 글의 내용을 잘 읽지 않는 아이들과 함께 읽으면 좋을 것 같다.

"책 속 등장인물이라면 어떻게 했을까?"

혹 샌지처럼 길거리를 지나가다가 빵 냄새를 맡고 끌린 적이 있었는지 이야기해 보자. 좋아하는 빵이 무엇인지 이야기를 나누어 보면 아이들은 무척 활발하게 답을 할 것이다.

그리고 샌지와 주인의 행동에 대해서 이야기를 나누어 보자. 책의 세세한 부분을 놓치지 않고 읽어내도록 하며 샌지의 행동이 올바른지 주인의 행동이 나쁘기만 한지, 왜 그런 일이 일어나게 되었는지에 대하여 원인과 상황을 잘 살펴보도록 하자.

또 자신이 재판관이라면 이러한 상황에서 어떤 판결을 내렸을지 생각해 보자. 이 책의 내용을 패러디하여 이야기를 새로 꾸미거나 상황극을 해 보는 것도 재미있는 활동이 될 수 있다.

이와 유사한 주제를 다루고 있는 옛이야기나 동화를 살펴보고 유사점과 차이점을 찾아보는 것도 좋다. 셰익스피어의 『베니스의 상인』이나 한 아이를 서로 자신의 아이라 주장했던 두 여인에게 지혜로운 판결을 내렸던 솔로몬의 이야기가 좋은 예가 될 것이다.

고소한 빵 냄새 폴폴 나는 빵에 대한 그림책

동서양을 막론하고 큰 사랑을 받고 있는 빵은 인기 있는 그림책의 주제로 종종 사용된다. 모리스 센닥의 3부작 중 하나로 알려져 있는 『깊은 밤 부엌에서』는 TV 애니메이션을 보는 듯한 귀여운 그림 스타일이 매력적이다. 한밤중에 시끄러운 소리에 잠이 깬 미키는 환한 부엌의 빵 만드는 밀가루 반죽 통 속으로 떨어진다. 그리고 우유가 없어 빵을 만들지 못하고 있는 요리사들에게 밀키웨이에서 밀크를 가져다 준다. 한밤의 도시 풍경을 바탕으로 하는 부엌의 배경을 보면 잼통이나 케이크 상자들이 건물로 그려져 그림 읽기의 즐거움을 준다.

또 다른 빵 그림책으로 『구리와 구라의 빵 만들기』를 들 수 있다. 구리와 구라는 전 세계적으로 사랑받는 그림책 캐릭터인데, 언니인 나카가와 리에코가 글을 쓰고, 동생인 오무라 유리코가 그림을 그린 자매의 작품으로 알려져 있다. 요리하고 먹는 것을 좋아하는 구리와 구라는 요리재료를 구하러 숲으로 갔다가 커다란 알을 발견한다. 그리고 알이 너무 무거워 집으로 옮기지 못하고 숲에서 요리를 한다. 구리와 구라가 만든 고소한 빵 냄새에 숲속 동물들이 모두 모여 카스텔라 빵을 함께 나눠 먹고, 구리와 구라는 깨진 알껍데기를 자동차로 만들어 집으로 타고 간다는 이야기다. 소꿉놀이가 연상되는 이 그림책은 아기자기한 즐거움이 있다.

최근에는 한국의 백희나 작가가 지은 그림책 『구름빵』이 어린이 독자에게 큰 인기를 끌고 있다. 비오는 날 낮게 걸린 구름으로 빵을 만들어 두둥실 떠오른다는 아이디어가 참신한 즐거움을 준다. 구름빵은 TV 애니메이션으로 만들졌는가 하면 어플리케이션 전자책으로 다운로드 받을 수 있어 상호작용성이 풍부한 읽기를 할 수 있다.

마지막으로 오딜 리무쟁 글, 아네스 마티외 그림의 『달콤하고 고소한 빵』은 사진처럼 사실적이고 세밀한 그림과 풍부한 정보로 빵이 만들어지는 과정과 세계 각국의 빵을 소개하고 있으며, 독자들도 직접 빵을 만들어 볼 수 있도록 안내하고 있다.

짜장면집 딸이 본
짜장면집의 일상

『짜장면 더 주세요!』 이혜란 글 · 그림, 사계절(2010)

짜장면집 딸이 본 짜장면집 하루는 어떨까? 이 그림책에는 가족 구성원을 중심으로 짜장면집의 하루 일과가 고스란히 풍부하게 담겨 있다. 특히 오랫동안 짜장면집을 운영하신 부모님과 살아온 작가의 체험을 바탕으로 짜장면집의 주방이 실감나게 묘사되었다. 싱싱한 재료를 사기 위해 아침 장을 보는 요령부터 중국집 부엌의 구성과 배치, 장사 준비과정, 마수손님의 유형, 맛있는 국수를 뽑는 법과 짜장 양념 만드는 비법, 중국요리 메뉴 설명, 중국집에 온 이웃들의 풍경, 동네 배달지도, 장사 마무리 및 청소, 불과 칼을 다루는 방법, 짜장면의 역사와 중국요리 등 동네 짜장면집에 대한 다양하고 자세한 정보와 볼거리가 풍부하다. 북적거리는 손님들과 바쁘게 요리하고 배달하고 주문받는 가족들, 짜장면집의 소란스러움, 손님들이 나누는 대화가 그림 속에서 살아나듯 생생하게 묘사되어 있다. 맛있는 요리를 주문하여 가족이 둘러앉아 먹으며 나누는 일상적인 대화, 우리 주변에서 흔히 볼 수 있는 인물들의 살아있는 표정과 행동들은 이 책을 더욱 재미있게 만들어 주는 요소다.

마지막 손님들이 간 후 설거지하고 청소하고 마감하며 얼마를 벌었는지 장부를 정리하는 짜장면집 가족들, 그들이 열심히 일하고 느끼는 하루의 보상과 가족 간의 결속력은 우리가 열심히 살아야 하는 이유 중의 하나를 발견하게 해 준다. 일이라는 것은 힘들기도 하지만, 즐거워야 오래 할 수 있다. 내가 찾은 직업, 일에서 즐거움이 없다면 그 사람의 삶은 늘 고단하고 힘들기만 할 것이다. 누가 뭐라 해도 나만이 누릴 수 있고, 또한 가족과 이웃이 함께 즐거움을 만들어가는 일이라면 그것이 바로 최고의 직업이 될 것이다.

작가는 짜장면집에서 태어나고 자라 짜장면집 요리사인 아빠 손이 가장 '이쁜 손'이라고 말한다. 일하는 순간순간 최선을 다하는 삶에 대한 성실한 태도가 작가의 그림에서 배어 나온다.

본문 뒤에 덧붙여 있는 정보 페이지는 중국 요리 도구의 특징을 소개하고, 지역마다 다르게 발달한 중국 요리들과 재미있는 짜장면 이야기를 들려준다. 또한 음식 만드는 일을 하는 다른 이웃들도 소개하고 있다. 빵 굽는 사람, 커피를 만드는 사람, 영양사, 한식 요리사, 일식 요리사, 분식집, 반찬 가게 요리사, 떡 만드는 사람들이 무슨 일을 하는지도 살펴볼 수 있는 이 책은 지식정보 그림책이기도 하다.

"일과 사람을 통해 바라보는 세상"

| 동네에서 늘 마주치는 이웃이지만 무슨 일을 하는지, 어떻게 사는지 잘 모르는 경우가 많다. 사람과 일을 관찰할 때에는 무엇을 주의 깊게 보고 들어야 하는지를 이 책을 통해 알 수 있다. 우리가 쉽게 지나치는 일상들 속에 재미있는 이야기가 들어 있고, 감동이 숨어 있다.

| 일이란 무엇이며 어떤 의미가 있는지, 사람들은 일을 통해 무얼 얻는지, 어떤 마음가짐으로 일을 하는지를 가까운 이웃의 이야기를 통해 알아보는 것은 어떨까? 어린이들이 '일과 사람'을 통해서 세상을 바라보는 눈을 가지며, 자신의 체험에 빗대어서 주변의 이웃과 직업에 대한 생각을 가질 수 있는 능력을 키워가야 할 것이다. 우리 이웃의 일과 생활에 관심을 갖는 태도를 갖는 것도 필요하다.

| 책을 읽고 나서 초등 저학년과 중학년 학생들은 실제 우리 이웃에 어떤 사람들이 살아가는지 동네 지도를 자세하게 그려 보는 활동을 할 수 있다. 길은 어떻게 나 있고, 어떤 나무가 있는지, 어떤 골목에 어떤 가게가 있는지 이웃에 대해 관심을 가져 볼 수 있다.

| 초등 고학년 학생들은 평소 관심 있었던 동네의 가게를 방문하여 이웃을 인터뷰하고 신문 기사로 만들어 볼 수 있다.

한 사람 한 사람의 맡은 일과 사람, 그리고 공동체

사람들의 일을 다룬 그림책은 많이 있다. 그러나 대부분은 '일'을 돈을 벌기 위한 하나의 직업으로서 접근하는 데 그친다. 사람에게 일은 단순한 돈벌이가 아니다. 사람들은 자신의 일을 선택하지만 때로 그 일이 사람을 선택하기도 한다. 때로는 내가 좋아하는 일을, 혹은 내가 잘하는 일을, 또 어떤 때는 여러 과정과 경로를 거쳐서, 어쨌든 사람들은 일을 하게 되는데 그 일을 통해 먹을 것을 사고 잠잘 곳을 마련하며 가족을 부양하고 가정을 꾸린다.

그러나 더 나아가서 사람들은 일을 통해 자신의 재능을 발휘하고 삶의 기쁨을 나눈다. 일을 통해 먹을 것을 사지만 동시에 일을 통해 먹을 것을 주기도 하는 것처럼, 우리의 일은 생계를 넘어 '삶'과 밀접하게 연관되어 있다. 그러한 점에서 사계절출판사에서 나온 〈일과 사람〉 그림책 시리즈에 주목할 필요가 있다. 일은 나의 필요를 채우기 위해 하는 것이기도 하지만 나의 삶의 의미가 되기도 한다. 그리고 내 삶에 국한되지 않고 내 이웃의 삶에 영향을 주며, 서로의 일이 모여 사람이 모이고 삶이 이루어진다.

〈일과 사람〉 시리즈는 어떤 '일'을 맡은 그 '사람'이 바로 우리 마을의 일부이고 우리 마을 사람들의 삶을 함께 이루어나간다는 공통점을 가지고 있다. 직업으로서보다는 삶의 일부로서 유기체적인 관점으로 일을 바라보기에 나는 의대를 졸업하고 자격을 취득하여 일하는 '의사'가 아니라, 우리 마을의 주치의로서의 '의사'이다. 또한 전국의 우편물이 수합되고 분리되는 과정을 거쳐 우편물을 전달하는 '집배원'이 아니라, 이웃집의 소식을 속속들이 알고 있고 우편물을 전하며 마음도 함께 전하는 '집배원'인 것이다. 이처럼 직업 너머 사람들 사이에서의 역할로 일에 접근하기에, 이 그림책 시리즈는 어린이 독자로 하여금 일을 삶과 분리하지 않고 내 삶의 의미를 찾을 수 있는 일로서 바라보고 탐색하게 해 줄 것이다.

빛과 그림자가 함께하는
아름다운 삶

『오필리아의 그림자 극장』 미하엘 엔데 글, 프리드리히 헤헬만 그림, 문성원 옮김, 베틀북(2001)

오필리아는 연극배우가 되고 싶었지만 목소리가 작아 배우가 되지 못한다. 그러나 오필리아는 자신의 작은 목소리를 장점으로 살릴 수 있는 직업을 선택한다. 무대에서 보이지 않는 작은 상자에 들어가 배우들이 대사를 잊어버리지 않도록 말해 주는 것. 아무도 알아주지 않는 일이었지만 오필리아는 행복했다. 비록 스포트라이트를 받을 수는 없지만 자신이 좋아하는 연극과 관련된 일을 할 수 있었기 때문이다. 세상이 변하고 연극이 인기가 없어지자 극장은 문을 닫게 되었다. 오필리아의 일도 끝이 났다. 모든 것이 끝난 것 같은 순간에 오필리아는 그림자들을 만난다. 그림자들은 '외로움', '덧없음', '밤앓이'처럼 사람들에게 환영받지 못하는 것들이다. 그야말로 어둠의 세계에 속한 것들이다. 하지만 오필리아는 인생 끝자락에서 만난 이 그림자들을 기꺼이 받아들인다.

우리는 살아가면서 '기쁨', '성공', '희망'처럼 삶을 환하게 해 주는 것들만 생각한다. 하지만 빛 뒤에 존재하는 그림자를 인정하고 친구 삼아 함께

하는 오필리아의 모습은 쓸쓸하기보다 아름다워 보인다. 오필리아는 그림자들 덕분에 살던 집에서 쫓겨나게 되었지만 그림자들과 여행을 하면서 그림자극단을 만들어 연극을 한다. 초원에서도, 거리에서도, 관객이 한 사람이든 여러 사람이든. 오필리아는 그림자들로 인해 삶의 마지막을 즐겁고 아름답게 보낼 수 있었다. 가장 감동적인 것은 오필리아가 죽음을 만났을 때이다. 오필리아는 죽음을 담담히 받아들인다. 인생을 열심히, 아름답게 살아낸 후, 마지막 순간에 죽음 또한 삶의 하나로 받아들일 수 있는 모습은 자신의 삶을 후회 없이 살아온 사람만이 가질 수 있는 넉넉함이 아닐까? 작가는 그림자와 빛이라는 항상 공존하는 상반된 존재를 통해, 삶 속에서 만날 수 있는 어두움과 밝음의 순간들을 보여준다. 오필리아가 천국에 마련된 '오필리아의 빛 극장'에서 그림자들과 공연을 하는 장면은 마지막이 곧 새로운 시작을 위한 하나의 과정임을 보여주는 것 같다.

이 책은 작가의 글을 그림으로도 잘 표현해 주고 있다. 그림자가 가지고 있는 어두운 느낌을 모노톤의 색감과 괴기스러운 그림자들의 모습으로 표현하면서도 그 이면에 존재하는 빛의 느낌을 잘 표현해 놓고 있다. 또 오필리아의 주름진 얼굴과 표정 속에서 세월이 남긴 성찰의 아름다움과 넉넉함을 느낄 수 있다. 글과 그림이 만들어 낸 그림자와 빛의 세계를 넘나들면서 어떻게 살아가는 것이 아름다운 삶인지 생각해 보게 해 주는 책이다.

진로나침반, 이렇게 얘기해요

"내 삶의 그림자가 찾아왔을 때 나는 어떻게 할까?"

| 오필리아는 연극배우가 되고 싶었지만 목소리가 작아 할 수 없었다. 오필리아처럼 자신이 하고 싶은 일을 할 수 없다면 나는 어떤 선택을 하게 될 지 이야기를 나누어 보자.

| 또 나에게 그림자가 찾아온다면 어떻게 할지 생각해 보자. 그림자를 받아들인다면 왜인지 이유를 생각해 보고, 아니라면 또 왜 아닌지 그 이유를 생각해 보자. 또, 죽음의 그림자가 찾아온다면 어떻게 할지 생각해 보고, 오필리아처럼 죽음의 그림자를 담담히 맞이하기 위해서는 어떻게 살아야 할지 이야기해 보자.

| 마지막으로 직업을 선택할 때 가장 중요한 것이 무엇이라고 생각하는지 이야기 나눠 보자. 내가 갖고 싶은 직업과 그 직업을 갖기 위해서 내가 준비해야 하는 것에 대해서도 이야기해 보자.

환상과 꿈을 선사하는 마술사 같은 작가, 미하엘 엔데

미하엘 엔데(Michael Ende)는 1923년 독일에서 태어났다. 미하엘 엔데의 부모님은 두 분 모두 화가였는데, 특히 아버지 에드가 엔데는 초현실주의 화가였다고 한다. 미하엘 엔데의 아버지가 당시 나치 정부로부터 예술활동 금지처분을 받아 가족 모두 어려움을 겪기도 했지만, 미하엘 엔데는 부모님의 예술가적 유산을 물려받은 셈이다.

미하엘 엔데는 발도르프 학교에서 공부하다가 아버지에게 징집 영장이 나오자 학업을 그만두고 가족과 함께 나치를 피해 도망했다. 전쟁이 끝난 후, 뮌헨의 오토 팔켄베르크 드라마학교에서 공부한 후 배우, 극작가, 연출가, 비평가로 다양하게 활동했다. 특히 동양 문화에 심취했던 미하엘 엔데는 자신의 책을 통해 기계 중심의 현대 문명과 돈과 시간의 노예가 된 현대인을 비판하고, 인간 본연의 정신세계를 추구한다.

미하엘 엔데는 1960년 첫 작품인 『짐크노프와 기관사 루카스』를 시작으로 『모모』, 『끝없는 이야기』 등 많은 작품을 남겼는데 독일청소년문학상과 한스 크리스티안 안데르센 상을 여러 차례 받았고, 그의 작품들은 40개 이상의 언어로 번역되었으며, 그의 책은 전 세계적으로 2천만 부 이상 팔렸다고 한다.

미하엘 엔데는 현실 속에 존재할 법한 환상의 세계를 통해 삶의 본질을 들여다보게 해 주는 작가다. 그의 대표작 『모모』는 사람들에게서 시간을 빼앗는 회색 신사들과 그에 대항하는 모모라는 작은 소녀에 대한 이야기다. 『모모』, 『마법의 수프』 등 그의 작품은 언제나 초현실의 세계를 현실세계와 버무려 놓아 마치 살바도르 달리의 그림을 보는 듯한 묘한 느낌을 준다. 『오필리아의 그림자 극장』에서도 그림자들의 세상이라는 현실 속에 존재하는 환상의 세계를 보여준다.

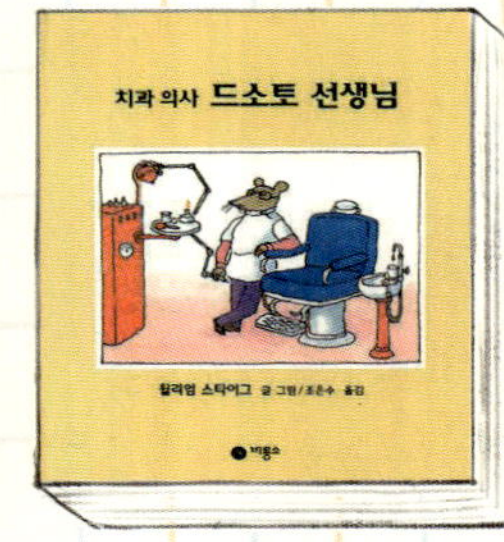

따뜻함과 정성으로
치료해 주는 선생님

『치과의사 드소토 선생님』 윌리엄 스타이그 글·그림, 조은수 옮김, 비룡소(1995)

치과의사 드소토 선생님은 작은 쥐다. 하지만 솜씨가 좋아 많은 동물들이 찾아온다. 큰 동물들은 바닥에 앉히고 사다리를 이용하거나 도르래에 몸을 묶고 매달려 치료한다. 무척 힘든 일일 텐데, 드소토 선생님과 부인은 아픈 동물들을 정성을 다해 돌본다. 때로는 큰 동물들의 입 속으로 들어가 치료를 하기 때문에 위험한 육식 동물은 사절이다.

그러던 어느 날, 이가 너무도 아픈 여우가 드소토 선생님께 통사정을 한다. 여우의 고통을 그저 넘길 수 없었던 선생님은 여우를 정성껏 치료해 준다. 그런데 이 교활한 여우는 치료가 끝나면 드소토 선생님을 잡아먹을 생각을 한다. 드소토 선생님은 여우의 생각을 알아채고 괘씸하기 그지없지만, 치료를 멈출 수 없어 고민하다가 꾀를 생각해 낸다. 치료가 끝난 후 충치방지제라고 속여 여우의 이에 접착제를 발라 입을 벌리지 못하게 만들어 위기를 넘긴다.

월리엄 스타이그는 그의 책 속 주인공에 쥐를 등장시키는 경우가 많다. 쥐는 주변에 많이 있으면서 그다지 주목받지 못하고 때로는 소탕의 대상이 되기도 하는 평범한 민중을 상징하고 있다. 더욱 재미있는 것은 이런 쥐와 큰 동물들의 사귐을 많이 다루고 있는 것이다. 여기에서도 소나 돼지, 당나귀 등 커다란 동물들과 쥐가 환자와 의사로서 좋은 교제를 나누고 있는 모습을 보여준다.

또 다른 그의 작품 『아모스와 보리스』에서도 월리엄 스타이그는 결코 만나지 못할 것 같은 두 존재, 즉 쥐와 고래의 만남을 통해 아름다운 우정을 그려내고 있다. 이는 세상에 서로 어울리지 못할 사람은 없으며, 환경과 조건이 달라도 서로를 향한 진정 어린 마음만 있다면 누구나 친구가 될 수 있다는 작가의 생각이 반영된 것이라고 볼 수 있다. 특히 상대가 이 책에 등장하는 여우처럼 때로는 교활하고 위험한 존재라 하더라도 끝까지 자신의 본분을 다하고 마지막에 평화적인 방법으로 지혜롭게 문제를 해결하는 모습은 어린이들에게 폭력과 편 가르기가 문제의 해결방법이 될 수 없음을 가르쳐 주고 있다.

이처럼 작가의 따뜻하고도 포근한 정서는 책 속 인물들의 표정과 부드러운 파스텔 톤의 색감에서도 잘 표현되고 있다.

서로 도움을 주고받는 우리들 이야기

ㅣ그림책에서 크고 작은 다양한 동물들은 이가 아팠을 때 드소토 선생님을 찾아가 도움을 받았다. 살아가면서 우리 역시 여러 가지 어려움에 처할 수 있는데, 내가 힘들고 어려웠을 때 도움을 받았던 경험에 대해 생각해 보자. 그때 어떤 도움을 받았는지, 도움을 받으며 어떤 마음이 들었는지, 또 어떻게 감사의 표시를 했는지에 대해 이야기를 나누어 보자.

ㅣ우리 주변에서 이와 같이 남을 돕는 일을 하고 있는 사람들에 대해서도 이야기를 해 볼 수 있다. 반대로 내가 도움을 줄 수 있는 일이나 사람을 떠올려 볼 수도 있다.

ㅣ만일 내가 드소토 선생님이라면 여우처럼 위험한 동물이 도움을 청했을 때 어떻게 할 것인지에 대해서도 생각해 보자. 드소토 선생님은 여우의 이에 본드를 발라 턱을 붙이는 기지를 발휘했는데, 나는 어떤 방법을 재치 있게 사용할 수 있을지 서로 아이디어를 나누어 보자.

ㅣ드소토 선생님처럼 위험에 처했을 때 끝까지 상대를 도울 수 있을지에 대해서도 이야기해 보자. 이것은 사람들 간의 믿음과 신뢰와 같은 관계성으로 확장시켜 생각해 볼 수도 있다.

오직 어려운 사람들만을 생각하며 헌신하는 '국경없는의사회'

국경없는의사회(Medecins Sans Frontieres, MSF)는 '중립·공평·자원'의 3대 원칙과 '정치·종교·경제적 권력으로부터의 자유'라는 기치 아래 전쟁·기아·질병·자연재해 등으로 고통 받는 세계 각지 주민들을 구호하기 위해 설립한 국제 민간의료구호단체다. 1968년 나이지리아 내전에 파견되어 기아로 숨져가는 현지인들의 참상을 목격했던 프랑스 의사들과 1970년 방글라데시의 대홍수에 자원봉사로 구호활동에 참여했던 의사들이 뜻을 합쳐 1971년 '국경없는의사회'를 만들었다. 국제적십자사 또한 국제 구호단체이지만 국가 간 협정의 틀에 묶여 있어 활동의 한계가 있다. 이를 극복하기 위해 만들어진 이 단체는 어떤 정부나 이념단체로부터 도움이나 영향력을 받지 않는 순수 민간 자원봉사기구로서, 오직 인류애에 헌신한다는 사명감 하나로 국경과 이념, 종교, 인종의 벽을 넘어 활동해 오고 있다.

세계 45개국에서 모인 3000여 명의 자원봉사자들이 세계의 여러 분쟁지역에서 난민들을 지원하는 활동을 주로 하고 있으며, 전 세계 300만 명의 회원과 일반인들로부터 받은 기부금만으로 독자적인 재정을 운영하고 있다.

지난 1996년에는 제 3회 서울평화상을 수상했으며, 1999년에는 노벨평화상을 수상했다.

세상에는 2000가지가 넘는 직업이 있다고 한다. 또 직업은 산업구조와 사회의 요구에 따라 사라지기도 하고 새로 생겨나기도 한다. 이런 다양한 직업 중에 나에게 맞는 직업을 찾기 위해서는 어떤 일들이 있는지 알아보는 것이 필요하다. 모든 직업을 다 찾아볼 수는 없지만 우리 주변에서 만날 수 있는 몇 가지 직업에 대해 함께 알아보도록 하자.

책의 가치를 한층 업그레이드시켜 주는 북디자이너

북디자이너는 출판물들의 특징에 따라 겉표지뿐 아니라 제본, 활자, 구성 등 책을 총체적으로 기획하고 디자인하는 사람을 말한다. 책의 주제와 특징이 잘 드러나도록 표현하는 예술적인 감각은 물론이고 소비자의 다양한 욕구와 시장의 경향을 잘 파악하는 능력이 필요하다. 책의 상품 경쟁력이 북디자인에 따라 달라지기도 하기 때문에 북디자이너는 책을 세상에 올바르게 알리는 매우 중요한 일을 하고 있는 셈이다.

눈으로 먹는 즐거움을 더해 주는 푸드스타일리스트

예로부터 음식은 눈으로 먹고, 냄새로 먹고, 맛으로 먹는다고 했다. 맛있는 음식을 더욱 맛깔스럽게 표현해 눈으로 먹는 즐거움을 더해 주는 것이 푸드스타일리스트이다. 테이블 세팅과 음식과 소품의 배치 등에 필요한 색채감각과 코디능력은 물론이고 음식에 대한 전문적인 지식과 요리능력도 필요하다. 요리를 하고 무거운 그릇이나 세팅도구를 함께 운반하며, 오랫동안 서서 일하는 경우가 많기 때문에 요리에 대한 애정뿐 아니라 강한 집중력과 체력 등이 요구된다.

자신의 일에 대한 열정으로 뭉친 CEO

CEO(chief executive officer)는 한마디로 '사장님'이다. 대기업의 대표이사는 물론이고 작은 가게를 경영하는 사장도 CEO이다. CEO가 되는 길은 그 종류만큼이나 다양하다. 규모가 중요한 것이 아니라 한 업체를 운영하는 데에는 한결같은 열정과 집중력과 사회 변화에 능동적으로 대처하는 능력이 필요하다.

각종 행사를 성공으로 이끄는 이벤트기획자

이제 관광산업이 단순히 문화재나 자연경관을 감상하는 것이 아니라 지역의 독특한 문화를 체험하고 즐기는 레저산업으로 발전하고 있다. 문화행사, 지역축제, 컨벤션, 엑스포, 전시회, 국제회의 등 각종 행사를 기획하고 준비 실행하는 일을 하는 사람이 이벤트 기획자이다. 관광산업을 창출하고 우리 문화를 알리는 일뿐만 아니라 창의성과 예술성으로 일상 속에 소소한 모임이나 행사를 특별하게 만들어 주는 문화개발자라고 할 수 있다.

풍요로운 미래를 꿈꾸게 해 주는 펀드매니저

자산증식을 하고자 하나 직접 투자하기 어려운 사람들을 위해 여러 금융상품에 적절히 투자해 수익을 창출해 주는 일을 하는 사람이 펀드매니저이다. 여러 금융상품에 대한 전문적인 지식과 경제, 정치, 사회적인 흐름을 잘 파악해 적재적소에 투자하는 판단력과 결단력이 있어야 하고 무엇보다 고객의 자산을 소중하게 생각하는 투철한 직업정신이 필요하다.

사람들은 평화로운 세상을 바랍니다. 강자가 약자를 억누르지 않는 세상, 겉으로 보이는 모습으로 사람을 판단하지 않고, 저마다 자기 능력을 발휘하면서 갈등과 분쟁이 없는 세상에서 살아가는 것을 꿈꾸겠지요.

9

평화로운 세상을 꿈꿔요

"보이지 않는 수많은 갈등과 분쟁을 겪으며 살아가는 현실에서 서로의 존재를 있는 그대로 존중하는 것만으로도 평화는 한 발짝 다가올 수 있다는 것을 조금이나마 알게 되었으면 합니다. 평화는 거저 주어지는 것이 아니라 우리가 힘써 노력해야만 누릴 수 있는 것입니다."

서로의 존재를 있는 그대로 존중하는 것만으로도
평화는 한 발짝 다가옵니다

사람들은 평화로운 세상을 바랍니다. 강자가 약자를 억누르지 않는 세상, 겉으로 보이는 모습으로 사람을 판단하지 않고 저마다 자기 능력을 발휘하면서 갈등과 분쟁이 없는 세상에서 살아가는 것을 꿈꾸지요.

하지만 인류 역사가 시작된 이래로 지구상 곳곳에서는 분쟁이 그치지 않고 있습니다. 국가 간에, 집단 간에, 개인 간에 더 많은 것을 차지하기 위한 갈등이 멈추지 않고 있습니다.

누구나 평화로운 세상을 꿈꾸지만, 한순간도 평화롭지 않은 세상에 살고 있는 것이 지금의 현실입니다. 전쟁 때문에 가족을 잃고 부모형제를 잃은 아이들의 고통스런 신음이 끊이지 않고 있습니다. 일제 강점기 때 꽃다운 나이에 위안부로 끌려갔던 할머니들의 고통스런 삶이 지금도 계속되고 있습니다. 그리고 6·25전쟁 때 희생당한 어린 군인들의 아픔을 딛고 이 땅에 살고 있는 우리는 아직도 분단의 아픔을 극복하지 못하고 있습니다. 지금도 거의 날마다 북한에서 탈출을 시도했다가 실패한 사람들의 이야기가 뉴스를 타고 전해집니다. 위안부 할머니들이 일본 수상의 사과를 요구하며 시위를 벌이고 있습니다. 중동, 아프리카 곳곳에서 어른들이 벌이는 전쟁 때문에 고통을 겪는 아이들의 이야기가 끊이지 않고 전해집니다. 이런 이야기가 지금 풍요로움과 자유를 누리고 있는 우리 아이들에게는 먼 나라 이야기처럼 들릴지도 모르겠습니다. 하지만 엄연히 지금도 어디에선가 진행되고 있는 일이라는 사실이 우리 모두에게 평화로운 세상을 향한 노력을 멈출 수 없음을 다시 한 번 생각하게 합니다.

내전으로 고통 받는 유고슬라비아 어린이들의 글과 그림으로 생생하게 전해지는 전쟁의 참상을 그린 책을 통해서 평화의 의미를 깨닫기를 바랍니다. 나치 독일의 폭력으로 인해 천사처럼 착한 아이들이, 그 아이들을 사랑하는 사람들이 받은 고통을 생각할 수 있었으면 합니다. 위안부 할머니들의 고통을 조금이라도 느낄 수 있었으면 합니다. 6·25전쟁으로 이름 모를 어느 산에 버려진 영혼이 되어야 했던 어린 군인의 아픔을 조금이나마 느낄 수 있기를 바랍니다. 그들의 아픔을 딛고 지금 우리가 평화를 누릴 수 있는 것이니까요.

세계 곳곳에서는 지금도 우리가 먼 나라 이야기처럼 말하고 있는 '전쟁'이 일어나고 있으며 그 때문에 수많은 사람들이 고통 속에 있습니다.

이렇게 분쟁과 갈등이 끊이지 않는 것은 더 많이 갖고자 하는 욕심에서 시작됩니다. 강자만이 살아남는다는 경쟁의 논리가 작용하는 데서부터 시작됩니다. 또, 겉으로 보이는 모습으로 사람을 판단하는 데서부터 시작되기도 합니다.

돈이 최고의 힘과 가치가 되어버린 세상에서, 편리한 과학문명이 지배하는 사회에서, 보이지 않는 수많은 갈등과 분쟁을 겪으며 살아가는 현실에서, 서로의 존재를 있는 그대로 존중하는 것만으로도 평화는 한 발짝 다가올 수 있다는 것을 조금이나마 알게 되었으면 합니다. 평화는 거저 주어지는 것이 아니라 우리가 힘써 노력해야만 누릴 수 있는 것입니다.

『나는 평화를 꿈꿔요』 유니세프 엮음, 김영무 옮김, 비룡소(1994)

전쟁이 일어나게
내버려 두지 마세요

한마디로, 충격적이다. 그림책을 보는 내내 자꾸만 울음이 터지려고 한다. 그림책을 읽으면 읽을수록 제목의 '평화'라는 단어는 점점 더 강렬하게 마음을 울린다. 이 책은 옛 유고슬라비아 어린이들이 직접 글을 쓰고 그림을 그린 작품들을 엮어 만든 책이다. 이 책이 출판된 지 벌써 20년이 다 되어가지만 세계 곳곳에서는 여전히 총성이 울리고 있다. 그리고 총성이 울리는 곳곳에는 어린이들도 함께 있다.

지금도 생각나요. 공습경보 때였어요. 우리 아파트로 들어가서 복도에 들어섰어요.

문들이 모두 닫혀 있었어요. 천천히 어둠 속을 걸어서 안방 문을 열었어요.

갑자기 햇빛이 환하게 나한테 비쳐 왔어요. 슬픔과 두려움이 완전히 사라졌어요.

이렇게 신나서 좋아하고 있는데, 이런 행복을 누릴 권리가 나에겐 없다는 생각이 들었어요.

- 이반/13살, 투즐라 지역 난민

‘나는 고통을 받으러 태어났어요’라는 제목의 그림(자나, 12살, 브르츠코 지역 난민)과 함께 실려 있는 이 글은 평화와 희망은 조금도 찾아볼 수 없는 현실을 있는 그대로 보여주고 있다. 아이들의 많은 글과 그림에는 피투성이의 환자들, 총부리를 겨누는 군인들, 폭격을 받는 마을, 울고 있는 자신들의 모습이 담겨 있다.

하지만 아이들은 포기하지 않는다. 부서진 집 그림 옆에 다시 말짱해진 집을 그리고, 탱크가 지나가는 그림 옆에는 화사한 꽃이 피어난 들판을 그린다. 아이들은 여전히 평화를 기다리고 꿈꾸면서 평화를 지키는 데 동참해 달라고 호소한다.

열두 살의 에디나는 ‘세상의 모든 어린이들에게’라는 편지글을 남겼는데, 다른 아이들의 마음을 상하게 하고 싶지는 않지만 이 책을 통해 다른 아이들도 이 일을 알고 보스니아 어린이들의 고통을 알았으면 좋겠다고 말한다. 그리고 제발 이런 일이 너희들에게, 또는 어떤 다른 사람들에게도 일어나게 내버려 두지 말라고 간청한다.

평범한 청바지와 운동화를 갖는 것이 소원인 아이들. 물 한 모금 마실 수 있도록 비가 내려 주길 기도하는 아이들. 보스니아의 어린이들은 ‘평화’가 올 것이라 믿고 꿈꾸고 있다.

"무엇이 평화를 방해하고 있는가?"

| '평화'하면 떠오르는 생각, 이미지에 대해 이야기를 나누어 보자. 그림으로 표현해 볼 수도 있고, 한 문장의 글로 적어 볼 수도 있다. 주변 환경에서 평화의 이미지라고 생각되는 것을 사진으로 직접 찍어 와서 함께 사진을 소개하며 내가 생각하는 평화에 대해 이야기를 나누어 볼 수 있다. 이를 통해 평화를 일상의 가까운 곳에서 찾아보고 실천해 볼 수 있을 것이다.

| 교실에서 혹은 사회에서 평화가 깨어지는 것들을 찾아볼 수 있다. 특히 학교폭력이 이슈화되고 있는 만큼, 교실 속에서 평화를 지켜 나가는 방법에 대해 구체적으로 이야기 나누어 보자. 내가 가볍게 여기고, 장난으로 했던 행동이라도 다른 사람에게는 평화를 깨뜨리는 아픔이 될 수 있음을 생각해 보도록 도와주자. 좀 더 확장시켜 세계의 여러 분쟁지역에 대해 알아보고 세계지도에 표시해 보는 것도 좋을 것이다.

| 어떻게 하면 평화가 찾아올지에 대해서 이야기를 해 보고, 구체적으로 무엇을 할 수 있는지 목록을 만들어 이야기를 나누어 보자.

| 마지막으로 이 모든 평화를 방해하는 것이 무엇이라고 생각하는지 이야기를 나누어 보고 그 원인과 해결책에 대해서도 생각해 보자.

독립을 명분으로 내세운 처절한 민족 간의 전쟁, 보스니아 내전

1991년 유고연방으로부터 보스니아계와 크로아티아계가 연계하여 분리 독립할 것을 선언하고 1992년 국민투표를 실시했다. 이후 EU가 보스니아의 독립을 인정하게 되었다. 보스니아로부터 분리 독립을 하고자 했던 세르비아에서 본격적인 내전이 일어나고 3년 동안 계속되면서 많은 희생자를 냈다. 이 과정에서 보스니아는 세르비아인들을 상대로 소위 '인종청소'라는 만행을 저질러 민족 간의 갈등의 골은 더욱 깊어졌다. 1995년 12월 평화 협정이 체결되면서 20만 명 이상의 희생자와 230만 명의 난민을 초래한 내전은 끝났다. 하지만 내전의 후유증이 계속되면서 민족 간, 종교 간 갈등이 지속되고 있다.

세계 곳곳에는 이처럼 민족 간, 국가 간의 전쟁이 끊임없이 일어나고 있다. 자신들의 종교적 신념을 지키기 위해, 또는 민족의 분리 독립을 위해, 아니면 자유를 얻기 위해 전쟁을 한다. 평화를 얻기 위해 전쟁을 선택하는 모순을 저지르고 있는 것이다. 전쟁은 인간이 저지르는 가장 흉포한 만행이다. 특히 전쟁의 최대 피해자는 어린이들이다. 이들은 전쟁에 대한 선택권도, 저항력도 상실한 채 그저 전쟁의 현장에 노출되어 그 참혹함을 고스란히 겪어내고 있다.

 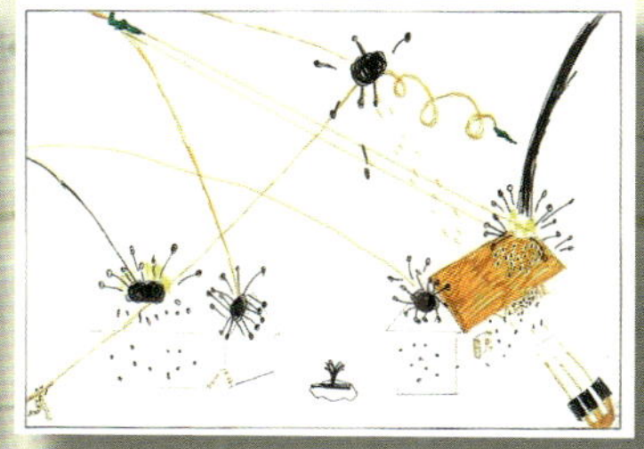

『나는 평화를 꿈꿔요』 중에서

『천사들의 행진』 강무홍 글, 최혜영 그림, 양철북(2008)

전쟁 속에서도
평화를 지켜 낸 코르착

전쟁 통에 부모를 잃고 버려진 가여운 고아들이 있다. 제대로 먹지도 못하고 씻지도 못하고 잠도 못 잔다. 갖가지 병에 걸려 거리를 헤매고 있다. 누가 이 아이들의 부모를 죽였을까? 이 아이들은 무슨 잘못을 했기에 끝이 보이지 않는 벌을 받고 있는 걸까? 자기 식구 건사하기도 힘든 이 전쟁 통에 버려진 고아들에게 헌신을 다한 사람이 있었다. 이 그림책은 바로 고아들의 아버지, 야누스 코르착에 관한 이야기이다.

야누스 코르착은 폴란드 의사다. 그는 질병만 고치는 의사가 아니라 전쟁이 남기고 간 마음의 상처까지 헤아려 주는 착한 의사였다. 일과 후에는 진료 가방을 들고 거리로 나가 버려진 아이들을 돌보아 주었다. 그러나 이는 '밑 빠진 독에 물 붓기'라는 것을 알고 있었던 그는 결국 버려진 고아들의 아버지가 되기로 결심한다. 또다시 버려질 것을 불안해 하는 고아들에게 코르착은 바로 믿음 그 자체였다. 다시는 절대로 이들에게 버려지는 아픔을 주지 않겠다고 약속한다. 코르착의 날개 속에 숨은 고아들은 서로를 배려해가며 진정한 평화와 웃음을 되찾아간다. 그러나 독일군이 폴란드를 점령하면서 그들에게 죽음의 그림자가 또다시 다가온다. 고아원이 게토지역으로 이주당하며, 이들도 유태인 말살정책을 피해갈 수 없었다. 마침내 코르착은 죽음을 준비한다. 이유도 모른 채 죽음을 앞두고 있는 아이들에게만큼은 평화롭게 죽음을 맞이하게 하고 싶어 준비를 한다. 깨끗한 옷으로 갈아입고 물병을 들고 배낭을 둘러멘다. 코르착과 아이들은 초록 깃발을 들고 평화로운 숲으로 나들이를 간다. 죽음의 기차에 오르기 전 코르착은 죽음을 피해갈 수 있다는 전갈을 받는다. 그러나 자신의 도움만을 기다리고 있는 어린 천사들을 버릴 수 없었다. 결국 코르착은 자신의 날개 속에 어린 천사들을 품고 죽음의 기차에 오른다. 평상시와 다름없는 평화로운 대화를 나누며 아이들과 함께 64세의 생을 마감한다.

전쟁은 욕심 많은 어른들이 시작한다. 그러나 전쟁의 피해자는 단지 그 어른들뿐만이 아니다. 특히 아이들은 영문도 모른 채 두려움에 떨다 죽음을 맞이한다. 야누스 코르착은 공포 속에서 떨고 있던 고아들에게 짧게나마 평화의 의미를 가르쳐 준 천사라 할 수 있다. 가난과 총탄을 막아내며 가르친 평화의 의미는 더없이 값지다.
어두운 흑백의 배경에 등장인물들의 얼굴을 오려 붙인 콜라주 기법의 그림은 이 이야기에 사실성을 더해 준다.

"죽음보다 더 큰 야누스 코르착의 사랑"

야누스 코르착은 전쟁 중에도 풍요롭게 지낼 수 있는 의사였다. 그러나 그는 남들이 부러워하는 길로 가지 않았다. 버려진 고아들을 챙기느라 끼니를 거르는 것이 일상이었다. 그것이 과연 단순한 측은지심이었을까?

야누스 코르착은 가스실로 향하는 기차를 타기 전에 저명인사로서 죽음을 피할 수 있는 기회를 얻었다. 그러나 그는 고아들과 함께 죽는 것을 선택한다. 야누스 코르착이 무엇을 위해 죽음을 받아들였을까 생각해 보자. 만약 고아들만 기차에 올랐다면 그들은 그 순간부터 죽음보다 더한 두려움에 떨었을 것이다. 코르착은 불행하게 죽어가는 아이들의 마지막 순간까지 작게나마 평화로움을 지켜 주고 싶었던 것이다. 고아들을 향한 측은지심이라기보다 전쟁으로 죽어가던 가련한 아이들에게 작은 평화를 지켜 주고 싶은 신념이었던 것이다. 초록 깃발을 앞세우고 기차로 행진하는 아이들은 죽음행 기차를 탈 것이라는 예감을 하지 못했을까? 분명 알았을 것이다. 그러나 그들의 천사 코르착의 신념을 믿었던 것이다.

어떤 전쟁도 일어나야만 하는 이유는 없다. 적어도 한 사람 한 사람의 존엄성을 생각한다면 전쟁은 일어나서는 안 된다는 다짐도 함께 해 보면 좋을 것이다.

버려진 아이들의 아버지, 야누스 코르착

1879년 폴란드의 바르샤바에서 태어난 야누스 코르착의 본명은 헨리크 골드슈미트다. 그는 부유한 가정에서 태어난 유태인계로서 의사이자 작가, 교육가, 철학자였으며 어린이인권운동가였다.

그는 평생 가난하고 거리에 버려진 어린이들을 헌신적으로 돌보며 지냈다. 야누스 코르착은 당시 유럽에서 교육 개혁자들이 추구하던 어린이공화국제도를 고아원에 도입하여 아이들이 스스로를 존중하며 공동체를 위해 규칙을 만들어 지켜 나갈 수 있게 했다. 아이들에게 '존중과 믿음'을 가르칠 수 있는 독창적인 교육법이라고 할 수 있다.

특히 나치가 유대인 거주 지역을 소탕하기 시작할 때 그를 사랑하고 존경했던 많은 친구들이 그를 구하려고 노력했지만 야누스 코르착은 고아들의 곁에서 마지막을 보냈다. 수용소에서 그는 일기 마지막 장에 이렇게 적었다고 한다. "나는 누구에게도 화가 나지 않는다. 어느 누구도 저주하고 싶지 않다. 나는 그럴 수가 없다. 그렇게 하는 방법을 모른다."

야누스 코르착 박사의 일생과 그의 헌신은 2차 세계대전이 끝나고 점차 세계적으로 알려졌다. 그리고 1979년 유엔은 야누스 박사 탄생 100주년을 기념하여 "세계 어린이의 해"를 제정하였고, 다시 10년 뒤인 1989년 야누스 박사의 모국인 폴란드가 발의한 "어린이권리협약"이 유엔국제조약으로 제정되었다.

냉대받던 아이들의 아버지로서, 아이들과 운명을 함께 하며 전 인류 앞에 '새로운 믿음'을 몸소 실천해 온 야누스 코르착은 오늘날 고아들의 아버지로, 어린이 인권의 주창자로 추앙받고 있다.

전쟁이 앗아간
한 여자의 일생

『꽃할머니』 권윤덕 글·그림, 사계절(2010)

일본이 한국을 지배하고 태평양전쟁이 벌어지던 1940년 무렵, 꽃할머니는 열세 살 나이에 언니와 함께 나물 캐러 갔다가 일본군에게 끌려갔다. 트럭에서 배로 옮겨져 며칠을 걸려 도착한 곳은 대만이었고, 그 곳에서 지속적이고 반복적으로 성폭력을 당했다. 꽃할머니는 일본군 '위안부'였다. 꽃할머니의 몸은 엉망이 되어갔고, 한 번 당할 때마다 마음도 한 번씩 그렇게 죽어갔고 점점 정신을 놓아버렸다. 군대가 이동할 때마다 끌려 다니다 전쟁이 끝나자 버려졌다. 만신창이가 된 꽃할머니를 누군가가 고국으로 데려와 절에 맡겼다. 그 곳에서 마치 소설처럼 동생을 만나고, 온갖 정성을 다해 돌봐주던 동생이 먼저 세상을 뜨고서야 꽃할머니는 정신이 돌아왔다. 홀로 남은 꽃할머니는 집 밖을 나서면 사람들이 손가락질하는 것 같아 일본군 '위안부'였다는 사실을 가슴속에 묻어 두었다. 50년 세월이 흐른 어느 날, 꽃할머니의 아픔을 나누고 싶어하는 사람들이 찾아왔고 그제야 묻어두었던 이야기를 세상에 꺼내 놓았다.

꽃을 좋아하고 꽃누르미 일을 하는 할머니의 여리고 곱디고운 마음을 누가 짓밟았는가? 살면서 크게 웃을 일 없이 평생 응어리진 마음으로 살도록 누가 만든 것인가? 군국주의 일본의 대동아 전쟁 야욕과 식민지 지배로 수많은 사람들의 삶이 짓밟혔고 일생이 무너졌다. 가족과 동족, 나라를 잃은 일반 백성들의 삶과 행복이 송두리째 빼앗긴 것이다. 그러나 그들의 삶을 책임지는 사람은 아무도 없다.

작가는 그림에서 전체 화면마다 전쟁 속 군인들의 얼굴을 드러내지 않고 군화와 제복만을 그렸다. 제국주의, 국가라는 이데올로기로 집단 정신병에 걸린 것처럼 폭력과 살인을 일삼은 군인들을 얼굴 없는 제복으로 표현한 것이다. 반면에 위안부 할머니들의 몸은 여리디 여린 꽃잎으로 덮었다. 그리고 고향 땅을 그리는 마음을 황갈색으로, 할머니들의 아프고 순순했던 마음과 영혼은 진분홍색의 꽃으로 표현하고 있다. 총칼과 제복, 군화 앞에 엎드러져 있는 꽃잎처럼 힘없이 떨어지는 위안부의 삶은 군국주의의 폭력 앞에 무참하게 쓰러질 수밖에 없었던 인간의 존엄성이 상실되는 것으로 대비되어 그려지고 있다. 같은 여성으로서 위안부 할머니들에게 깊은 동질감과 유대감을 가지고 작업을 한 작가의 애쓴 흔적과 노력이 돋보인다.

이 그림책을 본 어린이들이 단순히 일본을 미워하고 증오하게 되는 것이 아니라, 정직한 역사교육을 바탕으로 다시는 이런 일이 반복되지 않도록 평화를 지켜내는 노력으로 이어져야 함을 깨달았으면 한다.

평화를 위해 잊지 말아야 할 과거

이 세상에는 가진 자와 가지지 못한 자, 권력과 부를 소유한 자와 힘도 재물도 아무 것도 없는 사회적 약자와 소외된 자들이 있다. 총칼 앞에 힘없이 자신의 삶을 내주어야 했던 꽃할머니와 같은 사람들의 일생은 누가 보상해 주어야 하는가? 아직까지도 일본은 과거의 잘못을 인정하거나 보상하지 않고 있다. 우리 사회에서조차 이들의 삶은 잊혀가고 있다.

우리 주변에 꽃할머니와 같은 분들이 있다면 그분들을 위해 우리가 할 수 있는 일은 과연 무엇일까? 더 나아가 인간의 존엄과 가치, 평화를 깨뜨리는 전쟁이라는 불상사가 두 번 다시 일어나지 않도록 하려면 우리는 지금 어떻게 행동해야 하는지 생각해 보자.

실제로 현재 절실한 마음으로 집회를 갖고 있는 위안부 할머니들의 모임에 대해 조사해 보자. 뉴스 기사를 찾아보아도 좋고, 초등 고학년의 경우에는 어른들과 함께 실제 위안부 할머니들의 수요 집회에 참여해 볼 수 있겠다. 이때 이러한 참여가 이벤트처럼 일회적인 경험이 되지 않도록 주의해야 한다.

위안부 문제에 대해 너무 감정적으로 치닫지 않도록 하고, 이러한 토론과 참여가 일본에 대한 일방적인 반감으로 나아가지 않도록 해야 한다.

일본군 위안부 할머니와 수요집회

2011년 12월 14일 일본군 위안부 할머니들의 수요집회 시위가 1000회차를 맞이했다. 비공식적이지만 단일 사안으로 최장 시위의 기록이라고 한다. 어둠에 묻혀 있던 위안부의 존재는 1991년 고 김학순 할머니의 첫 증언과 고 문옥주 할머니의 두 번째 공개 증언에 의해 세상에 드러나게 되었다. 그 뒤 1993년 빈 세계인권회의 결의문에 일본군 위안부 문제가 포함되고, 1998년 UN 인권소위원회에서 위안부 문제에 대한 일본 정부의 법적 배상 및 손해 배상 내용을 담은 맥두걸 보고서가 채택되는 등 위안부 문제 해결을 권고하는 국제사회의 움직임이 일어나기 시작했다. 일본군 위안부 할머니의 수요집회는 1992년 1월 8일 수요일 처음 시작되어 벌써 20년이라는 세월을 훌쩍 뛰어넘었다. 수요집회를 통해 위안부 할머니들이 세상 밖으로 나오게 되었고, 위안부 문제에 대하여 평화와 여성, 인권 문제로의 인식이 생겨나게 되었다. 그러나 아직도 일본 정부에서는 공식적인 사죄나 배상을 하지 않고 있어 수요집회는 끝이 보이지 않는다. 더욱 안타까운 것은 역사의 증인인 위안부 피해 할머니 238명(정부 등록) 가운데 이미 190명이 세상을 떠났으며 고령으로 인해 점차 생존자가 줄어들고 있다는 점이다. 깨어진 평화를 위해서도 그리고 미래의 안정된 평화를 위해서도 일본군 위안부 문제에 대한 지속적이고 적극적인 세상의 관심과 무엇보다도 일본의 진정한 반성이 필요하다.

어떤 공식적인 기록도 문서도 자취도 없다. 직업을 열을 수 없었다.

눈물 가득한 방에 갇혀 있었다.

우리에게 남은 것들, 지워지지 않은 충격, 자식도 집도 없는 텅 빈 자궁.

우리에게 붙여진 이름들, 위안부, 타락한 여자들.

우리는 지금 팔십삼 세, 구십사 세, 매주 수요일 일본 대사관 앞에서

우리가 원하는 것, 당장 우리의 이야기가 사라지기 전에 말하라!

- 1000번째 수요집회에서 연극 '버자이너 모놀로그' 배우들이 낭독한 시 중에서

"누구를 위한 전쟁인가"

『곰이와 오푼돌이 아저씨』 권정생 글, 이담 그림, 보리(2009)

첫 장을 넘기면 펼쳐지는 달밤의 치악산은 어떤 비밀을 말하려는 것 같다. 유화 물감을 나이프로 긁어 스크래치를 살린 삽화는 빛바랜 흑백영화를 보는 듯한 느낌을 줌으로써 두 사람이 과거를 회상하는 장면과 어스름한 달밤의 장면이 교차되는 글의 분위기를 잘 살려 준다. 전쟁과 관련된 기억은 갈색 모노톤을, 전래동화의 부분은 흑색 모노톤을 사용하여 장면을 구분해 놓고, 현재나 과거의 기억 중 전쟁과 관련 없는 부분들은 색감을 넣었다. 현재와 과거, 그리고 상상의 장면이 마구 교차하는 글의 전개를 적절히 구분하여 독자들이 시간과 상황의 변화에 혼란스럽지 않게 따라갈 수 있도록 배려하고 있다.

한밤중 치악산의 달빛 아래에서 깨어난 곰이와 오푼돌이 아저씨의 대화를 듣다보면 이들이 이미 60여 년 전 전쟁당시 폭격으로, 또는 전투 중에 사망한 사람들이라는 것을 알 수 있다. 곰이는 전쟁을 피해 피난을 가다가 폭격으로 죽고 만다. 오푼돌이 아저씨는 인민을 위한 전쟁에 참가하여 왜 싸우는지도 모르고 국군과 싸우다가 총에 맞아 죽는다. 이 두 사람은 왜 자신이 죽었는지도 모르고 치악산 골짜기에서 삼십 년이 넘는 세월을 밤마다 고향을 그리워하고 엄마를 그리워하며 보냈다. 작가는 '해님 달님' 전래동화를 각색하여 왜 이런 일이 벌어졌는지를 이야기해 준다. 두 마리의 호랑이에게 산 채로 잡아먹힌 엄마의 참혹한 상황은 열강의 힘 앞에 휘둘릴 수밖에 없었던 우리나라의 처지를 나타내고 있다. 어려움이 닥치면 서로 싸우지 말고 힘을 합쳐 이겨내라는 엄마의 부탁을 잊고, 서로 옳다고 싸우다 두 호랑이에게 잡혀간 오누이는 남·북한의 동포들이다. 지금이라도 힘을 합해야 하는데 아직도 서로 싸우고 있는 현실을 작가는 곰이와 오푼돌이 아저씨의 눈을 통해 아프게 바라보고 있다.

"인민을 위해 싸운 건데, 죽은 건 모두가 가엾은 인민들뿐이었어."

오푼돌이 아저씨의 독백은 전쟁을 일으킨 자들의 욕심 때문에 상처와 아픔을 고스란히 안고 살아가야 하는 백성들의 처지를 말해준다.

아이들에게 전쟁이란 이미 나의 일이 아니다. 언젠가는 통일이 될 것이라는 막연한 생각만 가지고 있다. 그러나 아직 전쟁은 끝나지 않았다. 연평도를 비롯하여 서해상에서는 잊을 만하면 한 번씩 서로를 향해 총을 쏘고 군인들이 죽어가는 전투가 일어난다. 일본 압제로부터 해방 후 계속 이어지는 정치적 이념 갈등, 그리고 분단과 전쟁이라는 격동의 근대사가 지금까지 이어져 오고 있는 것이다. 이 책은 우리가 처한 현실을 다시 한 번 되새기게 해 준다. 그리고 곰이와 오푼돌이 아저씨의 기억을 통해 전쟁의 어리석음과 참혹함도 알 수 있도록 해 준다.

"남북한은 왜 통일을 해야 할까?"

| 곰이와 오푼돌이 아저씨는 왜 죽은 후에도 밤마다 깨어나 고향을 그리워하는 것인지 생각해 보자. 남한과 북한이 전쟁을 하게 된 이유에 대해서도 생각해 보고 이 둘을 연결시켜 이야기를 나누어 보는 것도 좋겠다.

| 남북한 통일에 대한 찬반토론을 해 보아도 좋을 것이다. 토론을 할 때에는 반드시 상대방을 납득시킬 수 있는 근거를 가지고 이야기하도록 해야 한다. 이 때 주의해야 할 것은 의도적으로 토론의 방향을 유도해서는 안 되지만 통일이 필요하지 않다는 방향으로 쏠리지 않도록 적절하게 조절하는 것이 필요하다.

| 마지막으로 남북한이 통일을 하기 위해서는 무엇이 필요한지 생각해 보도록 한다. 유아나 초등 저학년의 경우에는 통일에 대한 생각을 그림으로 그려 볼 수 있고, 초등 중학년의 경우에는 통일에 대비하는 우리에게 필요한 것을 물질적인 것이든 자세와 같은 것이든 목록을 만들어 서로 이야기를 나누어 볼 수도 있다.

| 초등 고학년의 경우 독일이 동독과 서독으로 분단되었다가 베를린장벽이 무너지며 통일을 이루기까지 서로 어떤 노력이 있었는지에 대해 조사하고 발표해 볼 수 있다. 독일의 사례를 바탕으로 하여, 현재 남북한에 어떻게 적용할 수 있을지 생각해 보자.

세월이 지나도 우리를 아프게 하는 한국전쟁 관련 영화

전 세계 영화감독들을 매료시키는 소재 중 하나가 전쟁이다. 인간이 할 수 있는 가장 잔혹한 행위이며 오랫동안 그 아픔을 남겨두기에 휴머니즘을 강조하는 많은 영화가 전쟁이라는 소재를 통해 만들어졌다. 그 중 한국전쟁은 우리에게 특별하다. 아직 끝나지 않은 전쟁이라는 것, 같은 민족끼리 총부리를 겨누었다는 것, 무엇보다 우리가 원해서라기보다 주변국들의 이권 때문에 전쟁이 일어났고 승자도 패자도 없이 상처만 남았다는 것, 분단의 아픔이 남아 있는 유일한 나라라는 것이 더욱 우리의 감성을 울린다. 우리는 많은 전쟁영화를 통해 전쟁의 무의미함, 인간의 존엄성, 전쟁의 광포함을 보아왔다. 최근 다양한 전쟁영화가 소개되어 우리의 현실과 당면과제를 다시 한 번 생각하게 해 주고 있다.

이들 영화는 한국전쟁이 누구를 위한 전쟁인지, 무엇 때문에 그토록 많은 상처를 남기면서도 지금까지 계속되고 있는지에 대하여 우리에게 물음을 던지고 있다.

세계 곳곳에서 늘 전쟁이 벌어지고 있다. 자유를 위해, 독립을 위해, 국가의 이익을 위해, 종교적 신념을 위해 사람들은 끊임없이 싸운다. 하지만 이런 명분들 속에서 전쟁은 사람들을 피폐하게 하고 전쟁 속에서 인간의 존엄성은 사라지고 만다. 사람들은 평화를 원한다. 평화롭게 서로 살아가기 위해서 무엇이 필요할까? 건강하고 평화로운 세상을 만들어가기 위한 일, 마음의 평안을 찾는 데 도움을 주고 있는 직업에 대해 알아보고자 한다.

전쟁으로부터 평화를 지켜 내는 **직업군인**

일정기간 복무를 하고 제대하는 것과 달리 군 생활을 직업적으로 수행하는 사람이 직업군인이다. 직업군인은 지휘관 또는 참모로서 활동을 하는데, 지휘관으로서는 일반병사를 지휘 통솔하며, 참모로서는 지휘관을 보좌하며 전문 업무를 수행한다. 통제된 생활을 이겨낼 수 있는 절도 있는 생활 자세와 인내심이 필요하며, 올바른 국가관, 책임감, 동료들과 원만한 관계를 유지할 수 있는 능력이 있어야 한다. 세계 유일의 분단국가라는 위협적인 상황 속에서 나라를 위해 봉사하며 절제된 삶을 살아간다는 것은 그 자체만으로도 의미있는 직업이라 할 수 있다.

선율로 마음의 평화를 찾아주는 **음악치료사**

음악치료사는 음악을 이용해 사람의 신체와 정신을 치료하는 일을 한다. 환자들에게 악기를 연주하게 하거나, 적합한 음악을 듣게 함으로써 신체, 정신, 심리의 긍정적 변화를 유도한다. 음악에 대한 재능과 관심이 있어야 하고, 몸과 마음이 지친 환자들을 대하는 일이기에 배려심이 필요하다. 아울러 심리치료에 대한 전문적인 지식도 요구된다. 대체의학의 한 분야

로서 음악치료에 대한 관심과 수요가 증가하고 있는 가운데, 신체적, 정신적으로 고통받고 있는 사람들이 건강한 삶을 유지할 수 있도록 돕는 의미있는 직업이다.

국익을 위해 세계 곳곳에서 활동하는 외교관

반기문 유엔사무총장의 등장으로 더욱 관심을 받게 된 외교관은 나라를 대표하여 외국에 파견되어 국가의 이익을 수호하는 임무를 수행한다. 우리나라의 정치적·경제적·상업적 이익을 보호하고 증진시키며, 해외 동포와 해외 여행을 하는 국민을 보호하고, 우리나라를 세계에 알린다. 국가를 대표하는 일이니만큼 확고한 국가관과 책임 의식이 있어야 하며, 탁월한 언어구사 능력과 각 분야에 관한 전문적인 능력도 필요하다. 글로벌 시대에 세계로 향한 꿈이 있다면 도전해 볼 만한 직업 중의 하나이다.

건강하고 평등한 사회를 만들어가는 사회단체활동가

사회단체활동가는 어려가지 사회문제를 연구하고 평가하여 해결하기 위한 방법 및 정책을 제안하고, 이를 관철시키기 위한 사회운동을 전개한다. 우리가 흔히 알고 있는 시민운동가, 인권운동가, 환경운동가, 사회운동가들이 이에 속한다. 이를 위해서는 사회의 문제를 정확하게 파악할 수 있는 능력과 소외된 사람들을 돌아보는 따뜻한 시선과 마음이 있어야 한다. 또한 사회의 한 구성원으로서 건강하고 평등한 사회를 만든다는 자부심을 가져야 한다.

아이들 입장에서 세상은 수많은 사람들과 함께 살아가야 할 미지의 삶의 공간입니다. 인
생이라는 바다를 홀로 헤엄쳐 도달해야 할 공간입니다. 그러나 그곳은 두려움의 공간이
기도 하지만 꿈의 공간이기도 하다는 것을 알려주었으면 합니다.

10

넓은 세상을 꿈꿔요

High Holborn
Covent Garden
London School of Economics and Political Science
Aldwych
King's College London
Victoria Embankment
Blackfriars
Moorgate
London Wall
Beech St
Chiswell St
Worship St
Dysart St
City Rd
A501
A201
A1
A1211
A46
A4
A400
A3211
A4200
A4208
B400
B500
B501
B521
B100

"수많은 어려움과 경험들은 자신의 인생에 대한 밑그림을 그리는 시기에 꼭 필요한 것이라 할 수 있습니다. 돈을 최고의 가치로 여기는 현대사회를 살아가면서 남들과 똑같은 목표를 향해 맹목적으로 달려가는 아이들에게 눈을 좀 더 크게 뜨고 자신의 삶에 대한 밑그림을 크게 그려 볼 수 있는 기회를 경험할 수 있게 해 주어야 할 것입니다."

눈을 좀 더 크게 뜨고
삶의 밑그림을 크게 그려 보는 경험

한 남자가 하늘의 제왕으로 불리는 어린 독수리를 데려다 닭장에 넣고 닭모이를 주며 키웠습니다. 몇 년이 지나자 독수리는 자기가 원래 하늘을 호령하는 제왕이었다는 사실도 모른 채 닭의 무리 속에서 낱알 하나에 온 몸을 던지는 한 마리의 닭이 되고 말았습니다. 하늘을 날아가는 자기 무리를 보고도 자기가 하늘의 제왕 독수리라는 사실을 전혀 알지 못한 채 말이지요.

이 동화를 읽으며 우리 아이들도 독수리의 날개를 가진 닭으로 키워지는 건 아닌가 하는 생각이 들 때가 많습니다. 원대한 꿈을 가진 능력 있는 아이들이 수능을 위해 스펙 쌓기에 어린 시절을 모두 보내버리는 현실을 보면서 문득 그런 생각이 들었습니다. 아이들은 가르치기에 따라 무엇이라도 될 수 있는 가능성의 덩어리들입니다. 그 아이들에게 자신의 능력을 발휘해서 저마다 가장 알맞은 자리를 찾아 자신의 꿈을 펼칠 수 있도록 하는 것이 어른들 몫이겠지요. 자기가 독수리인 줄도 모르고 닭의 모이에 목숨을 거는 것이 아니라 독수리는 독수리답게 닭은 닭답게 저마다 자기에게 주어진 삶을 후회 없이 살아갈 수 있어야 하기 때문입니다.

지구상에 수억 명의 사람들이 살아가고 있습니다. 저마다 형편이 다르고 능력이 다르고 꿈꾸는 것이 다릅니다. 아이들 입장에서 세상은 수많은 사람들과 함께 살아가야 할 미지의 공간입니다. 인생이라는 바다를 홀로 헤엄쳐 도달해야 할 공간입니다. 그러나 그곳은 두려움의 공간이기도 하지만 꿈의 공간이기도 하다는 것을 알려주었으면 합니다. 그 과정에서 감당하기 어려운 순간들도 맞이하겠지요. 생의 마지막 순간이 다가온 것처럼 절대절명의 순간들도 맞게 될 것입니다. 그러나 그런 경험들이 쌓이고 쌓여 한 사람의 인격체가 완성되어가는 거겠지요. 수많은 어려움과 경험들은 자신의 인생에 대한 밑그림을 그리는 시기에 꼭 필요한 것이라 할 수 있습니다. 돈을 최고의 가치로 여기는 현대사회를 살아가면서 남들과 똑같은 목표를 향해 맹목적으로 달려가는 아이들에게 눈을 좀 더 크게 뜨고 자신의 삶에 대한 밑그림을 크게 그려 볼 수 있는 기회를 경험할 수 있게 해 주어야 할 것입니다.

지금은 마음대로 가 볼 수 없는 땅이지만 우리 겨레의 웅대한 기상을 품은 백두산 이야기는 만주벌판을 호령했던 우리의 조상 고구려인들의 힘찬 기상을 느끼게 해 줍니다. 인생의 막바지에서 한없이 넓은 들판을 바라보며 삶을 관조하는 새 쫓는 할아버지의 삶은 인생이 단거리 경주가 아닌 먼 길을 달리는 마라톤처럼 좀처럼 보이지 않는 결승점을 향해 인내와 끈기로 한 발, 한 발 쌓아가야 할 길임을 보여 줍니다. 때로는 세상의 모순과 불의에 온 몸을 내던질 수 있는 홍길동 같은 인물을 필요로 할지도 모르겠습니다.

우리 아이들이 어디서 어떤 모습으로 어떻게 살아갈지는 모르겠지만 시대가 달라져도 보통 사람들이 꿈꾸는 일은 크게 다르지 않습니다. 한 사람 한 사람이 닭장에서 벗어나 하늘을 호령하는 독수리의 기상을 품고 넓은 세상을 향해 날아갈 때 비로소 삶이 의미 있게 다가오리라 믿습니다.

운이 아닌
노력과 실력으로 얻어낸 승리

『축구선수 윌리』 앤서니 브라운 글·그림, 허은미 옮김, 웅진주니어(2003)

윌리는 축구를 무척이나 좋아하는 침팬지다. 매일 축구 연습을 하러가지만 덩치 큰 고릴라들 사이에서 윌리는 전혀 눈에 띄지 않는다. 게다가 축구화를 살 돈이 없을 정도로 가난하다. 하지만 윌리는 축구를 좋아한다. 어느 날 우연히 낯선 인물로부터 아주 낡은 축구화를 선물 받는다. 그 후 윌리는 굉장한 축구 실력을 나타내게 되고 축구 시합에 선수로 뽑힌다. 윌리는 이 모든 것이 낡은 축구화 덕분이라고 생각한다. 그런데 너무 긴장한 나머지 축구 시합 날 아침 윌리는 늦잠을 자고 만다. 축구장에 도착해 경기가 시작되려 할 때야 행운의 낡은 축구화를 가져오지 않았다는 것을 깨닫는다. 할 수 없이 다른 축구화를 신고 경기에 나간 윌리는 모든 사람들이 깜짝 놀랄 축구 솜씨로 축구 신동이라는 명칭을 얻게 된다.

다소 뻔한 성공스토리로 보일 수 있다. 하지만 작가는 신체적, 사회적 제약 속에서도 끝까지 축구를 포기하지 않는 윌리를 통해 아이들에게 자신의 꿈을 이루기 위해 가장 중요한 것이 무엇인지 분명하게 알려주고 있다. 운이나 우연이 아니라 꾸준히 노력하면 그만큼 성장하고 그 노력의 결과가 언젠가는 발휘된다는 것을 말하는 것이다.

그림 속에 숨겨둔 복선을 찾아보는 것도 재미있다. 윌리에게 축구화를 준 낯선 인물과 윌리의 부모님 사진 속 인물이 무척 닮았다는 것, 그리고 그 인물이 축구를 무척 잘한다는 것 등은 윌리의 주변 환경을 그림으로 보여주고 있는 것이라 할 수 있다. 또 흔히 징크스로 여기는 행동들은 심리적인 것일 뿐이라는 점도 말해준다. 금을 밟지 않기 위해 조심조심 걷는 윌리의 모습이나 매일 똑같은 일을 흐트러짐 없이 반복하는 모습은 성장기 아이들이 흔히 가질 수 있는 일종의 징크스를 윌리도 가지고 있음을 보여준다. 그러나 축구시합 날, 윌리는 이런 금기사항을 모두 어기고도 훌륭한 시합을 해낸다.

모든 징조나 운은 생각이 만들어낸 것일 뿐이고 자신을 성공하게 하는 것은 노력과 실력뿐이라는 것을 보여주는 그림책이다.

"꿈을 위해 지금 무엇을 하고 있니?"

| 월리처럼 외적인 환경 때문에 자신이 하고자 하는 일에서 어려움을 겪었던 예가 있으면 서로 이야기를 나누어 보자. 그리고 그때 그것을 어떻게 극복해 냈는지, 또 극복하지 못했다면 무엇 때문이었는지 이야기해 보자. 만일 또다시 도전의 기회가 주어진다면 어떻게 할 지 생각해 보도록 하는 것도 좋을 것이다. 이때 추상적이거나 너무 포괄적이지 않게, 구체적으로 이야기를 나누어 보도록 하는 것이 좋다.

| 또 혹시 월리와 같이 자신이 금기시하며 지키는 징크스가 있다면 무엇인지 이야기 나누어 보자. 그 징크스를 깨기 위해 무엇이 필요한지, 또 깨졌다면 어떤 상황에서인지도 이야기해 보자.

| 그리고 현재 자신이 가장 하고 싶은 일이 무엇인지 생각해 보고 그 일을 하기 위해 어떤 노력들을 하고 있는지 이야기를 나누어 보자. 자신의 꿈을 위해 할 일들을 목록으로 만들어 적어 보는 것도 좋을 것이다. 어린아이들은 자신의 꿈을 그림으로 그려 보도록 해도 좋겠다.

한국을 빛낸 스포츠 스타들

세계에 우리나라를 널리 알리고 있는 스포츠 스타들은 누구일까?

먼저 독일 분데스리가에 진출하여 성실함과 철저한 자기관리로 많은 유럽 팬들에게 감동을 준 차범근 선수를 들 수 있다. 지금도 유럽에서는 '한국=차붐'의 공식이 통할 만큼 많은 인정을 받고 있다. 최근 들어 영국 맨체스터 유나이티드에서 활약했던 박지성 선수 역시 부지런하고 성실한 이미지로 많은 축구팬들에게 사랑과 인정을 받고 있다.

올림픽 스타로는 수영 400m 금메달리스트 박태환과 피겨스케이팅에서 금메달을 목에 건 김연아를 빼놓을 수 없다. 또 펜싱의 남현희 선수도 세계무대에 이름을 널리 알리고 있다. 이 밖에 프로야구의 박찬호, 추신수, 프로 골프의 박세리, 최경주 선수도 우리나라의 위상을 높인 선수들이다.

이런 스포츠 스타들이 우리에게 더욱 존경과 사랑을 받는 것은 이들이 여러 가지 어려움을 극복하고 최고의 자리에 오르도록 끊임없이 노력했다는 점 때문이다. 이들의 도전 정신은 우리에게 많은 귀감이 된다.

세월을 담은 할배의 웃음

『새 보는 할배』 김장성 글, 한수임 그림, 사계절(2010)

공자는 나이 60이면 이순(耳順)의 경지에 이른다고 말한다. 세상의 어떤 일도 귀에 거슬리지 않고 이해되는 나이라는 뜻이다.『새 보는 할배』의 얼굴은 바로 이순(耳順)의 모습 그 자체다. 햇볕에 그을린 얼굴에 검버섯이 피어오른 모습은 투박하고 허름하기 짝이 없다. 그러나 허름함은 잠시, 할배는 세상사에 얽매이지 않아 보이면서도 아이다운 함박웃음을 짓는다. 주름이 골골이 잡힌 할배의 그 함박웃음의 의미는 무엇일까?

할배네 젊은이들은 들에 나가 일하느라 눈코 뜰 새 없이 바쁘다. 반면 집에 남겨진 할배는 그다지 크게 할 일이 없다. 그러나 결코 자리에 누워 시간을 죽이지는 않는다. 젊은이들이 미처 챙기지 못한 빈자리를 살핀다. 집안의 소, 돼지, 닭들의 먹이를 챙기고 여기저기 놓여 있는 농기구들을 정리한다. 그러다 문득 울타리 너머의 참새 떼를 발견하고는 또 다른 할 일을 깨닫는다. 할배는 젊은이들은 너무 바쁘기에 조밭의 참새를 걱정할 틈이 없다는 것을 잘 안다. 팽개를 손에 들고 조밭으로 향한다. 그러나 할배는 전혀 조급하지 않다. 새참을 먹던 천 서방이 지나가던 할배를 부른다. 할배는 한 식구 한 밥상에 앉듯 천 서방과 자연스레 하나가 된다. 할배는 김치 한 조각에 탁배기 한 잔도 족하다. 탁배기 한 잔 먹을 동안 조밭이 크게 상하지 않는다는 것을 이미 알고 있다. 설사 참새 떼가 조밭을 습격하더라도 참새가 허기를 면한 것이라고 생각하면 그 또한 거슬릴 게 없다. 탁배기 한 잔을 걸치고 조밭에 당도한 할배는 여전히 여유롭다. 얼근한 술기운에 졸음을 이기지 못한다. 새는 좁쌀을 먹고, 할배는 마냥 존다. 새는 홀쭉해진 배를 채워서 좋고, 할배는 주린 정을 채워서 행복하다. 별거 아닌 좁쌀과 손가락으로 저은 탁배기 한 잔일 뿐인데.

할배는 세상의 이런 순리를 익히 알고 있기에 조바심내지 않고 함박웃음으로 살아갈 수 있다. 비록 세월에 못 이겨 주름살은 깊어지고 몸에 힘은 없으나 가슴속에 품고 있는 연륜과 지혜는 그 누구보다 깊다. 그러기에 어른으로서 소리 없이 젊은이들의 빈자리를 채운다. 할배의 웃음은 어른으로서 자리해야 할 지혜를 담고 있다. 잔잔하게 그려진 수묵화가 할배의 웃음을 더욱 깊이 있게 느끼게 한다.

"진한 미소에 스며 있는 세상의 지혜와 연륜"

|주변의 어르신들에게서 할배의 웃음과 비슷한 느낌을 받은 적이 있는가? 세상의 순리를 깨달은 여유로운 웃음 말이다. 먼저 어르신들에게서 여유로운 지혜가 느껴졌던 경험을 나누어 보자. 비척거리는 걸음 뒤에 분명 내가 깨닫지 못한 무엇이 있으리라.

|여건이 된다면 '살면서 가장 중요한 것이 무엇입니까?'라고 직접 인터뷰를 해 보자. 『새 보는 할배』에서 할배 웃음의 정체를 주변 어르신들에게서 들어보는 것도 의미 있다. 친할아버지나 친할머니, 외할아버지, 할머니도 좋다. 그 세월을 살아오신 분들의 대답 속에는 좀 더 넓은 세상이 담겨있다.

|마지막으로 나는 어떤 할아버지 할머니가 되고 싶은지 생각해 보자. 세월이 흐른 후 무슨 일을 하고 싶으며, 후대를 위해 소리 없이 채워 줄 자리는 무엇이 있을까? 어른으로서 담당해야 할 역할은 무엇일까? 한마디로 '나는 이러이러한 할아버지가, 할머니가 되고 싶어요'라고 다짐해 보자. 할아버지, 할머니는 더 이상 죽음을 기다리는 대기자가 아니라 세상을 아는 지혜의 보고라 할 수 있다.

양면성을 지닌 흑백 그림책

『새 보는 할배』는 할아버지의 발개진 볼 이외에는 모두 흑백으로 그려져 있다. 먹의 강약과 농담을 조절해 농촌의 풍경이며 할아버지의 모습을 정겹게 나타냈다. 다양한 색깔을 채색한 그림책과는 사뭇 다른 느낌이다.

흑백그림책은 부드러움과 강렬함을 모두 주는 것이 가장 큰 특징이다. 흑과 백의 대조로 검은색의 강렬한 이미지를 표현하기도 하나, 반대로 편안하고 잔잔한 느낌을 자아내기도 한다. 흑백그림책은 연필, 목탄, 펜, 먹을 주로 사용하는데, 펜은 정밀묘사나 크로키에 사용된다. 연필이나 목탄, 먹은 번짐의 효과와 더불어 경계가 뚜렷하지 않아 전반적으로 부드러운 느낌을 준다. 흑과 백의 두 가지 색이기에 단조롭게 느껴질 수도 있으나 반대로 혼자만의 상상의 색깔을 입힐 수 있다는 것이 큰 장점이기도 하다. 『새 보는 할배』의 할아버지의 천진한 웃음은 흑백이기에 그 가치를 발한다. 인생의 연륜이 그대로 배어 있어 독자로 하여금 할아버지만의 인생색깔을 추측하게 해 준다.

흑백 그림책으로 유명한 작가로는 가브리엘 뱅상이 있다. 그는 흑백의 데생으로 『어느 개 이야기』와 『꼬마 인형』, 『거대한 알』에서 순간적인 표정에 감정을 담고 급박하게 일어난 사건을 속도감 있게 그려내고 있다. 한국의 김혜리 작가도 대표적인 흑백 그림책 작가라 할 수 있는데, 『비가 오는 날에…』에서는 시원하게 떨어지는 빗줄기가 비오는 날을 지루하지 않게 만들어 주고, 『달려』에서는 빠르게 달려가는 동물들의 속도감을 흑백의 선으로 잘 표현해 내고 있다. 그밖에도 이형진의 『뻐꾸기 엄마』, 이수지의 『검은 새』, 유주연의 『어느 날』 등 국내 작품과 크리스반 알스버그의 『압둘 가사지의 정원』, 데보라 코간 레이 그림의 『내게는 소리를 듣지 못하는 여동생이 있습니다』 등의 흑백 그림책을 감상해 볼 수 있다. 한편, 『곰사냥을 떠나자』, 『잘 자요, 달님』과 같이 흑백 그림과 컬러 그림을 번갈아가며 제시함으로써 특유의 리듬감을 형성하고 서로 다른 세계를 표현하는 듯한 즐거움을 주는 그림책도 있다.

부당함을 바로잡고
새로운 시대를 열어가는
소년 홍길동

『홍길동』 홍영우 글·그림, 보리(2006)

허균의 홍길동전은 양반의 서자로 태어나 어머니가 천민인 이유로 아버지를 아버지라 부르지 못하고 형을 형이라 부르지 못했던 당시의 사회상을 고발하는 이야기다.

홍길동이 이루고자 했던 "헐벗고 굶주리는 백성들이 활개치고 살 수 있는 세상", 그것은 봉건적 지배와 속박을 받던 시대에 우리 민족이 늘 꿈꾸어 왔던 새로운 시대상이었고, 자유와 평등이 실현된 오늘날에도 여전히 일반 서민들의 이상향이다. 자신을 둘러싼 모순을 깨닫고, 나쁜 양반과 벼슬아치들을 혼내주고 잘못된 세상을 바로잡으러 나선 홍길동의 모습에서 새로운 시대를 여는 개척정신과 부당함에 맞서는 민중의 힘을 느낄 수 있다. 여전히 우리 사회 곳곳에는 부당한 모순이 존재하고 있으며 제도적 개혁을 필요로 하는 부분이 존재한다. 사회 모순에 저항하며 더 나은 사회, 새로운 시대를 여는 데 자신을 던지는 홍길동의 존재는 21세기를 사는 이 시대에도 필요한 존재이다. 주인공 홍길동은 마지막까지 소년 홍길동의 모습을 하고 있다. 새로운 땅과 새로운 세상을 염원하는 소년 홍길동의 기상이 어린이들로 하여금 큰 꿈을 품게 하고, 캐릭터에 빠져들게 하는 요소로 작용한다. 이는 그림책 독자인 어린이들을 고려한 작가의 연구와 해석을 통해 이루어 낸 결과라고 볼 수 있다.

작가는 일본에서 나서 자란 재일동포 2세 출신이다. 그래서인지 재일동포 어린이들에게 우리 말과 글을 가르쳐 주고 민족의 얼을 심어 주기 위해 『조선명작그림책』을 꾸리면서, 시리즈를 여는 첫 이야기로 꼽은 것이 바로 '홍길동'이다. 원작 중 알맹이만 추려 핵심적이면서도 시적인 언어가 돋보이는 문장으로 다듬었다. 수묵화와 채색화를 번갈아 사용한 그림에서 우리나라 산천의 아름다움과 수려함을 잘 표현하려고 애쓴 흔적이 엿보인다. 어떤 장면은 한 편의 서정적인 산수화 그림으로, 어떤 장면은 홍길동과 활빈당의 활약이 역동적이고 박진감 넘치는 만화적인 표현과 해학적인 표정이 함께 어우러진 그림으로, 조선의 모습과 시대상, 백성들의 삶을 충분히 느낄 수 있도록 볼거리를 제공하고 있다. 또한 이 그림책은 오른쪽에서 왼쪽으로 읽는 흔하지 않은 세로쓰기 방식으로 출판되었다. 아이들에게는 낯설 수 있겠지만 그림의 배치나 글의 짜임새 등을 고려하여 원작을 훼손할 염려가 있어서 옛 우리 선조들이 글 읽던 방식 그대로 출판했다고 한다. 오히려 그 점이 색다르게 느껴진다. 익숙지는 않지만 글 읽기의 새로운 방법을 체험해 볼 수 있다는 점에서 의미있는 시도로 보인다.

"21세기의 홍길동은 어떤 모습일까?"

|자유와 평등, 정의가 실현되고 법치주의가 이루어진 오늘날에도 부당하게 차별대우를 받거나 억울함을 호소하는 사람들은 여전히 존재한다. 이러한 사회의 부조리를 없애려면 어떤 노력을 해야 할까? 과연 우리가 필요로 하는 21세기 영웅, 홍길동은 어떤 모습일지 상상해 보자.

|또한 홍길동의 행동에 대해서도 새롭게 비판적으로 생각해 보자. 즉, 권력을 가진 자와 부자들 중에서 옳지 못한 행동을 한 사람들의 재산을 빼앗아 가난한 자들에게 나누어준 홍길동의 행동이 과연 오늘날에도 허용될 수 있는 행동일지 토론해 보자. 그 행동이 옳은 것이라면 왜 그런지, 옳지 않은 것이라면 왜 그렇게 생각하는지 근거를 들어 논리적으로 자신의 주장을 펼쳐 보도록 하자.

|실제 우리의 삶 속에서 이와 비슷한 행동을 했던 인물들을 떠올려 볼 수 있다. 그들의 행적에 대해서도 함께 토론해 보자. 홍길동의 행동에 대한 대안이 있다면 더 좋은 방법을 떠올려 보는 것도 좋다.

재일작가 홍영우

『정신없는 도깨비』와 『신기한 독』, 『생쥐 신랑』 등 여러 옛이야기 그림책과 『전래 놀이』, 『탈춤』 등 전통문화에 대한 그림책을 주로 작업한 그림 작가 홍영우는 1939년 일본 아이치 현에서 태어난 재일작가이다.

"이 할아버지는 우리가 익살스럽고 따뜻한 탈과 탈춤을 문화유산으로 가지고 있는 것을 겨레의 자랑으로 여기고 있어요. 나이 칠십이 넘도록 남의 땅 일본에서 살아오면서 민족의 얼을 긍지로 간직하지 않고서는 온갖 민족적 차별을 이겨 낼 수 없다는 것을 몸으로 사무치게 느껴 보았기 때문이에요. 우리는 이처럼 귀중한 민족의 문화유산을 소중히 간직할 뿐만 아니라 잘 가꾸어서 다음 세대한테 고스란히 넘겨주어야 해요. 그 뜻 있는 일에 이 책이 조금이라도 도움이 되기를 바라는 마음으로 열심히 그림을 그렸답니다."(『탈춤』에서)

그림책 『탈춤』에서 이렇게 자신의 마음을 전한 홍영우 작가는 고향을 떠나 다른 나라에서 살면서 더욱 한국 고유의 이야기와 정신, 전통문화에 관심을 가져온 것이다. 그는 어린 시절 몸이 약해 그림 그리는 일을 동무 삼아 보냈고, 스물네 살이 되어 우리말을 처음 배웠다. 그 뒤로 일본에서 자라나는 재일 동포 어린이들에게 우리말과 글을 전해 주고 민족의 얼을 심어 주기 위해 어린이책에 그림을 그리기 시작했다.

그림책 『홍길동』의 초판은 1982년 일본 도쿄의 조선청년사에서 출판되었다. 홍영우 작가는 우리 정서가 듬뿍 묻어나는 조선화로 이야기의 숨은 뜻을 거스르지 않게 짚어낸다. 눈에 익어 친숙하면서도 강렬한 색채와 오밀조밀 아기자기하면서도 담대한 움직임을 묘사하는 그의 그림은 시원시원하면서 한국의 옛이야기처럼 해학이 넘친다. 그의 작품은 2010년 5월 서울 인사아트센터에서 〈홍영우 그림책 원화전〉을 통해 소개되었고, 2011년에는 5월부터 8월까지 파주 아시아출판문화정보센터에서 초대전으로 〈홍영우 옛이야기 그림전〉이 개최되어 큰 관심을 끌었다.

공평과 신뢰를 담은
공정무역 이야기

『파란 티셔츠의 여행』 바르기트 프라더 글, 바르기트 안토니 그림, 엄혜숙 옮김, 담푸스(2009)

얼마 전 한 TV프로그램을 통해 네팔의 공정무역 커피에 관한 이야기를 보았다. 커피나무를 심고 그 나무를 보며 희망을 갖는 사람들의 이야기, 커피가 자라고 수확되어 우리나라에 들어오기까지의 여정을 담은 이야기들은 정당한 노력의 대가를 받고 그 노력의 대가로 새로운 미래를 꿈꾸는 사람들의 흐뭇한 이야기들이었다.

이 책에서는 인도의 한 작은 마을에서 피어난 목화가 사람들의 손에 의해 솜이 되고, 실이 되어 옷감으로 탄생하기까지의 과정들, 그리고 다시 파란색이 더해져 옷으로 만들어지고 먼 길을 여행하여 한 아이의 몸에 입혀질 때까지의 과정을 자세하게 설명해 주고 있다. 지식정보책으로의 역할을 톡톡히 해 주고 있는 것이다. 그런데 이 과정에 등장하는 사람들의 얼굴표정은 한결같이 즐겁다. 목화를 가꾸고 공장에서 하루 종일 일하는 것이 쉽지만은 않을 터인데 모두가 행복한 표정이다. 공정한 노력의 대가를 받고 있기 때문이다.

"엄마, 이 예쁜 파란 티셔츠 사도 되요?"
"글쎄다, 얘야, 그건 상당히 비싸구나."
여자 아이의 엄마가 말했어. 점원이 웃으면서 다가왔어.
"네, 맞아요. 하지만 이 티셔츠는 보증할 수 있어요. 우리 몸에 해롭지 않은 좋은 물감을 쓰고, 이 옷을 만든 모든 사람에게 품삯을 제대로 주었지요. 그래서 이 옷을 만든 사람들은 가족을 부양하고 아이들을 학교에 보낼 수가 있어요. 그래서 그 옷이 좀 비싼 거예요."
"당신 말이 맞아요!"
엄마는 예쁜 파란 티셔츠를 샀어. 여자 아이는 기뻐서 팔짝팔짝 뛰고 환한 얼굴로 웃었지.

책의 뒷면에 소개되고 있는 공정무역에 대한 소개와 여러 단체들에 관한 정보도 아이들에게 이해의 폭을 넓히는 데 도움이 될 수 있다.
이 책의 삽화는 아주 독특한 느낌을 준다. 면화나 솜, 옷감의 질감은 콜라주 형태로 제작하여 잘 살려주고 있으면서 그 위에 선을 덧입혀 회화적인 느낌도 살려주고 있다. 이런 두 가지 기법으로 그려진 그림을 다시 오려 바탕 위에 붙이는 방식으로 입체감과 사실감을 잘 살려내고 있다.

"일한 것에 대한 공정한 대가"

｜이 책을 통해 공정무역에 대해서 새로 알게 된 지식이 무엇인지 이야기 나누어 보자. 또한 공정무역으로 우리나라에 들어온 물건을 보았거나 구입해 본 경험이 있다면 함께 이야기해 보자. 만일 물건을 사야 하는데 공정무역을 통하지 않은 값싼 제품과 값이 비싸도 공정거래를 통해 만들어진 제품이 있다면 둘 중에서 무엇을 선택할지, 그리고 그 이유는 무엇인지에 대해서도 이야기를 나누어 보자.

｜인도에서는 많은 아이들이 노동을 한다. 왜 나이가 어린 아이들까지 일을 해야 하는지에 대해서도 생각해 보자. 또 다른 나라의 다양한 예를 통해 노동과 공정함에 대하여 확장하여 생각해 볼 수 있다. 정당한 노동력의 대가를 주고 물건을 산다는 것이 왜 중요한 일인지 우리 주변에서 예를 찾아 이야기해 보자.

｜만약 가족이나 주변에 아는 사람이 일을 하고도 정당한 대가를 받지 못한다면 어떨지에 대해서도 이야기를 나누어 보자. 공정무역을 해야 하는 열 가지 이유를 리스트로 적어 보는 것도 좋은 활동이 될 수 있다.

일한 만큼 행복해지는 세계, 공정무역

공정무역이란 대화와 투명성, 상호존중에 입각한 무역협력으로, 한마디로 국가 간 동등한 위치에서 이루어지는 무역을 말한다. 최근 다양한 상품을 생산하는 데 있어 공정한 가격을 지불토록 촉진하기 위한 국제적 사회운동이 추진되고 있는데, 공정무역은 생산자와 소비자 간의 직거래, 공정한 가격, 건강한 노동, 환경 보전, 생산자의 경제적 독립 등을 포함하는 개념이다. 이 운동은 윤리적 소비 운동의 일환으로 제 3세계의 소외된 생산자와 노동자가 만든 친환경적 상품을 공정한 가격으로 직거래하여 보다 좋은 무역 조건을 제공하고 그들의 권리를 보장해 줌으로써 가난 극복에 도움을 주고 지속가능한 발전에 기여하는 것을 목적으로 하고 있다.

1997년 21개국이 참여한 세계공정무역 상표기구(FLO)가 발족되어 공정무역 제품의 표준, 규격설정, 생산자 단체 지원, 검열 등의 일을 시작했고 2002년부터 공정무역 인증제도가 시행되었다. 1994년 공정무역 인증 상품은 3종이었는데, 2008년에는 3천여 종으로 늘어났으며, 공정무역 제품으로는 커피와 차, 설탕, 카카오, 쌀이나 포도, 양봉 등 농산물이 주종을 이루고 있다. 이렇게 1990년대 이래, 기존의 국제무역 체계로는 세계의 가난을 해결하는 데 한계가 있다는 인식으로 공정무역이 시작되면서 소비자들의 의식과 행동이 변화하고 윤리적 구매가 늘어나기 시작했다. 이에 따라 공정무역 판매량도 해마다 늘어나 2007년에는 23억8천 유로에 이르게 되었다. 그럼에도 불구하고 전 세계적으로 공정무역은 세계 교역 규모의 0.01%에 그치고 있다. 1964년 영국의 옥스팜이 최초의 공정무역 기구인 '옥스팜 트레이딩'을 설립했고, 여기에 소개된 것은 '아시시 가먼츠'라는 인도의 공정무역을 추진하는 단체이다. 한국에서는 아름다운가게, 두레생협, YMCA, 울림, 그루 등에서 공정무역 제품을 취급하고 있다.

공정무역 인증마크 FAIRTRADE

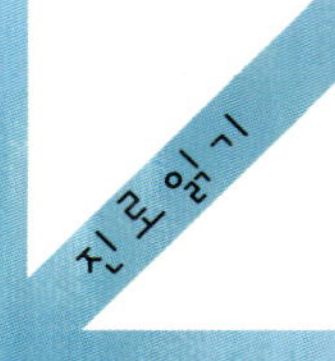

진취적인 사람이라면 내가 사는 지역이나 나라 밖의 세상에 호기심을 가지고 있을 것이다. 이런 궁금증과 호기심을 충족시키기 위해 고대 사람들도 위험을 무릅쓰고 바다를 건너 새로운 세상을 탐험했다. 교통과 통신의 발달로 세계가 빠르게 하나가 되어 가는 지금, 나의 삶을 세계로 넓혀 가는 것은 정말 멋진 일이 아닐 수 없다. 세계 속에서 나의 존재를 찾아가는 일, 세계에 나와 우리 문화를 알리는 일에는 어떤 것이 있을까 찾아보도록 하자.

세계인을 한 마음으로 만드는 프로 축구선수

가장 많은 세계인들이 열광하는 국제스포츠대회는 올림픽이 아니라 월드컵이라고 한다. 그만큼 축구는 국제적으로 인기가 높다. 단순히 취미로 축구를 즐기는 것이 아니라 선수로 활동하면서 실력에 상응하는 연봉을 받는 직업이 프로 축구선수이다. 축구선수는 자신이 좋아하는 운동을 하면서도 국가대표가 되거나 해외 프로팀에 진출하여 국위를 선양할 수 있다. 하지만 이런 기회는 누구에게나 오는 것은 아니다. 어릴 적부터 튼튼한 기본기를 익히고 기량을 닦기 위해 피나는 노력을 해야 한다. 축구에 대한 열정, 끊임없는 노력과 인내심, 그리고 철저한 자기관리가 필요한 직업이다.

문화와 역사, 예술을 소개하는 큐레이터

큐레이터는 박물관이나 미술관에서 유물이나 예술 작품의 전시를 기획하고 실행하는 사람을 말한다. 전시를 잘 기획하기 위해서는 창의적이고 혁신적인 사고가 필요하고, 예술작품이나 문화재를 다루는 일이므로 문화재에 대한 이해와 예술적인 안목이 있어야 한다. 전시는 일반인을 대상으로 하는 것이니 만큼 사람에 대해 이해, 배려하는 마음을 가지고 있어야

좋은 전시를 할 수 있다. 그리고 문화와 역사 등 사회 전반에 걸친 흥미와 관심을 가지고 연구해야만 좋은 큐레이터가 될 수 있다.

세계인과 소통의 길을 여는 통역사

세계에는 수많은 언어가 있다. 국제행사나 국제회의에서 다른 언어를 서로의 말로 바꾸어 전달하며 소통의 통로가 되어 주는 직업이 통역사이다. 통역을 올바르게 하기 위해서는 우수한 어학 능력이 요구되며 대화에 대한 집중력과 순발력을 갖추어야 한다. 언어 외에도 해당 국가의 풍습과 문화에 대한 충분한 지식을 갖추고 있어야 한다. 국가들 간의 정치적, 경제적, 문화적 교류가 활발해지고, 국제회의나 전시 등이 늘어나고 있는 오늘날 언어를 통해 세계인들에게 소통의 길을 열어 주는 직업이라고 할 수 있다.

우리 옷의 아름다움을 세계에 전파하는 패션디자이너

패션 산업은 고 부가가치 산업으로, 각 나라를 대표하는 유명한 디자이너나 브랜드들이 자국의 명예를 걸고 선의의 경쟁을 하고 있다. 우리나라의 디자이너들도 유럽이나 미국 등 국제무대에서 활발하게 활동하고 있다. 이미 패션 디자인은 의상과 액세서리를 통해 자국의 문화를 수출하는 첨병이 되고 있다. 우리나라의 전통 문양이나 색채를 이용하거나 전통 의상의 선을 살리거나 천연 소재를 응용한 작품을 선보이는 디자이너들이 국내뿐 아니라 국제적으로도 인정받고 있다. 패션을 통해 자신의 예술적 능력을 표현하면서 우리의 것을 세계에 소개하는 문화 전달자인 셈이다.

인간의 역사는 앞 세대가 쌓아놓은 지식의 기반 위에서 새로운 길을 열어가면서 나아가
는 것이라 할 수 있습니다. 우리 아이들이 만들어 가는 세상은 우리가 사는 세상보다
더 나은 삶을 살아갈 수 있는 세상이 되었으면 좋겠습니다.

11

세상을 아는 지식

"세상을 움직이는 힘, 세상의 질서를 형성하는 원동력이 결국은 사람
으로부터 나온다는 진리를 알아갈 수 있었으면 합니다. 욕심을 버리
고 따뜻한 시선으로 세상의 사람들을 품을 수 있기를 기대합니다."

세상을 움직이는 힘은 결국
사람으로부터 나온다는 진리를 알아가는

세상을 안다는 것은 무엇일까요? 또 사람들은 얼마나 세상을 알까요? 간단한 듯하지만 쉽게 답을 낼 수 없는 문제입니다. 아이들은 오늘도 세상의 수많은 지식을 얻기 위해 고군분투하고 있습니다만, 그것이 아이들의 삶을 얼마나 풍요롭게 하는지, 의미 있게 하는지는 알 수 없습니다. 그렇지만 세상을 향한 관심과 호기심을 충족하기 위해서 지식을 좇아가는 것은 당연할 지도 모릅니다. 다만 아이들이 살아가면서 세상의 질서를 이해하는 데 도움이 되는 지식을 발견하기를 바라는 마음으로 이 책들을 소개하려 합니다.

한 마리의 대구가 인간의 역사가 형성되는 데 엄청난 영향을 끼친 과정을 알 수 있다면 우리 삶의 크고 작은 현상들을 이해하는 데 좀 더 마음의 눈을 열고 세상을 바라볼 수 있을 것입니다. 대구를 통한 힘의 이동이 세계사를 보는 관점 자체를 바꿀 수도 있다는 사실을 알게 되는 것은 지식의 또 다른 체계를 세우는 과정이랄 수 있겠습니다.

세계 곳곳에서 저마다 자기 색깔을 발휘하며 밝고 맑은 모습으로 살아가는 아이들이 보내오는 따뜻한 웃음 속에서 그 나라의 문화와 역사, 그리고 사람들이 살아가는 다양한 모습을 만날 수 있습니다. 그것은 세상의 질서를 이해하는 지식으로서 큰 의미가 있다 하겠습니다. 우리는 그들과 어떤 식으로든 연결되어 있으며 행복이라는 공동의 가치를 추구하고, 그것을 실현해 가는 과정을 함께 나누는 지구촌의 한 식구이니까요. 지구촌이라는 공간에서 함께 살아가는 각기 다른 구성원들의 삶에 대하여 이해하는 것과 어떤 식으로든 그들과 소통하며 살아가고 있으며 그래야 한다는 것, 그것이 지금 여기에서 살아가고 있는 우리들의 삶을 돌아보는 계기가 되겠지요. 세상을 알아가는 지식은 넓은 의미에서 세계관을 형성해 가는 과정이라 할 수 있습니다. 세상을 아는 지식은 건강한 세계관 형성이 기반이 되어야 하기 때문입니다.

　스펙의 시대, 과학문명의 시대를 살아가고 있는 아이들입니다. 사람보다 앞서는 기계문화에 노출된 채 주변과의 소통이 단절되어 가고, 단편적 지식을 습득하기에 바쁜 아이들에게 좀 더 넓은 세상을 향한 꿈을 가져볼 수 있도록 해 주었으면 좋겠습니다. 세상을 움직이는 힘, 세상의 질서를 형성하는 원동력이 결국은 사람으로부터 나온다는 진리를 알아갈 수 있었으면 합니다. 욕심을 버리고 따뜻한 시선으로 세상의 사람들을 품을 수 있기를 기대합니다.

　인간의 역사는 앞 세대가 쌓아 놓은 지식의 기반 위에서 새로운 길을 열어가면서 나아가는 것이라 할 수 있습니다. 우리 아이들이 만들어 가는 세상은 우리가 사는 세상보다 너 나은 삶을 살아갈 수 있는 세상이 되었으면 좋겠습니다. 먼 옛 사람들이 먹을거리를 찾아 옮겨 다니며 길을 잃지 않기 위해 나뭇가지나 돌멩이를 세워 두었던 것이 지도의 기초가 되었던 것처럼 지금 여기서 살아가고 있는 우리 삶의 흔적들이 다음 세대를 살아가는 아이들의 캄캄한 밤길을 비추는 작은 촛불이 되어 그들의 세상을 열어가는 작은 힘이 되었으면 참 좋겠습니다.

옛사람들의 삶과
지혜가 담겨 있는 한옥

『집짓기』 강영환 글, 홍성찬 그림, 보림(1996)

그동안 개선의 대상처럼 여겨져 왔던 우리 한옥이 그 우수성과 아름다움
으로 세계 사람들의 극찬 속에 다시 그 가치를 되찾고 있다. 한옥은 사
계절이 뚜렷한 기후와 농경문화가 발달한 우리나라에 적합하게끔 진화
에 진화를 거듭하여 만들어진 전통과학의 총 집합체라고 할 수 있다. 집
을 앉히는 방향, 집의 개방성의 정도, 구들과 창문의 배치 등 통풍과 난
방, 그리고 일조량을 모두 고려한 조상들의 지혜가 가득 담긴 집이다. 이
런 집을 짓고, 만지고, 고치며 살아온 조상들의 발자취를 더듬어 우리 한
옥의 모든 것을 담아 놓은 책이 『집짓기』이다.

이 책은 아주 먼 옛날 동굴 생활을 하던 선사주거문화에서부터 시작된
다. 동굴문화가 지나고 농경사회가 시작되면서 사람들은 산에서 들로 내
려온다. 이때 만들어진 것이 움집이다. 움집에 살던 사람들은 땅의 습기를
피하기 위해 땅 위에 집을 짓기 시작했다. 그러다가 점차 그 규모와 건축

자재가 발전하고 기후에 맞게 집의 구조가 변하여 기와집이 등장하게 된다. 이 책은 집이 지어진 건축방법과 집을 이루고 있는 부분들의 용어, 그리고 그 속에서 살아가는 사람들의 모습까지 자세히 보여준다. 뒷부분에는 전통가옥을 짓는 과정이 소개되어 있다. 터를 닦고, 기둥을 세우고, 집의 뼈대를 세운 다음 기와를 얹고 구들을 앉혀 집을 완성하기까지의 과정을 상세하게 설명해주고 있다. 마지막으로 민가와 그 속에서 살아가는 사람들의 모습, 그리고 사용했던 물건들까지 자세한 설명을 달아 소개하고 있다. 사대부들의 집과 각 지방에 따른 주거형태가 어떻게 달랐는지에 대해서도 나와 있다.

이 책은 지식정보책으로서의 역할을 훌륭히 해내고 있다. 이 많은 지식들을 모두 글로 풀어 놓았다면 전문적인 용어와 방대한 양으로 지쳐서 읽어내지 못했을 것이다. 하지만 세밀한 삽화를 이용해 주거의 형태와 집을 짓는 과정 과정을 한눈에 볼 수 있도록 해 주어 아이들도 흥미 있게 읽을 수 있다. 그렇다고 책에 소개된 내용이 결코 허술하지 않다. 정확한 용어와 설명을 덧붙여 매우 전문적인 부분까지 소개하고 있어 학년 수준에 따라 다양한 읽기가 가능하다.

이미 산업화 사회가 되어버린 우리 사회에 아직도 한옥이 최선이라고 할 수는 없다. 그러나 농경문화를 통해 발전되어 온 한옥의 우수성을 다시 한 번 되새기며 우리 것의 소중함을 깨닫고 우리 전통문화에 자부심을 느낄 수 있도록 해 주는 책이다.

전통가옥이 사랑받는 몇 가지 이유

│자신이 방문해 본 한옥이나 전통가옥이 있다면 그것에 대해 이야기를 나누어 보자. 집의 형태와 재료, 그곳에서 살았던 사람들의 이야기도 함께 나누어 보면 좋을 것이다. 또 한옥과 현대 주거형태의 차이점을 비교해 보고 편리한 점과 개선해야 할 점들을 생각해 목록으로 만들어 보면서 우리 한옥이 좀 더 사랑받기 위해 어떤 노력이 필요할지에 대해서도 이야기를 나누어 보자. 그리고 이 과정에서 나온 개선점을 보완한 한옥을 설계해 보고 그림으로 그려 친구들과 서로 발표해 보는 것도 좋다.

│책을 이용한 용어 맞추기 게임을 하면서 전통가옥을 구성하고 있는 것들을 익혀 보는 것도 좋을 것이다. 직접 전통가옥을 방문하여 살펴볼 수 있다면 가장 좋은 활동이 될 것이다.

│우리나라 전통 가옥인 한옥을 다른 나라의 전통 가옥과 비교해 보는 것도 재미있을 것이다. 각 나라의 날씨와 환경, 문화에 따라 집의 구조나 집을 지은 재료가 어떻게 달라지는지 살펴볼 수 있다. 혹은 오늘날 우리나라 사람들이 살고 있는 실제 집의 형태는 한옥과 어떻게 다른지 생각해 보고, 그것의 의미에 대해서도 이야기 나누어 보자.

옛 사람들의 삶을 체험할 수 있는 한옥마을

지금은 시골 농가도 새로 개량하여 한옥을 쉽게 찾아보기 힘들다. 하지만 곳곳에 아직도 한옥을 유지하며 살아가는 한옥마을이 있다. 남산골 한옥마을과 용인 한국민속촌, 제주 성읍 민속촌 등은 사대부와 민간인들의 주거 형태를 고루 살펴볼 수 있도록 조성해 놓은 곳이다. 이곳에서는 전통놀이나 생활 풍속 등을 체험할 수 있도록 프로그램을 운영하거나 가옥이 개방되어 있는 곳이 많아 자세히 둘러볼 수 있다는 장점이 있다.

이 외에 아직 주민들이 주거하고 있지만 일반인들에게 개방되어 한옥의 아름다움을 살펴볼 수 있는 곳이 곳곳에 남아 있다. 서울 북촌 한옥마을, 경주 양동 민속마을, 안동 하회마을, 전주 한옥마을, 보성 강골마을 등이 널리 알려져 있다. 주민들의 사생활 보호 차원에서 집안을 들여다보거나 할 수는 없지만 숙박을 하면서 한옥을 체험할 수 있는 프로그램이 마련된 곳이 많다.

경남 거창, 동계 정온 종택

북대서양의 역사를 만든 대구 이야기

『대구 이야기』 마크 쿨란스키 글, S. D. 쉰들러 그림, 이선오 옮김, 미래아이(2006)

대구포, 대구탕 정도로만 알려져 있는 대구가 '세계 역사를 바꾼 물고기'라는 부제를 달고 소개된 인문 그림책이다. 입이 커서 대구(大口)가 된 물고기가 어떻게 세계 역사를 바꿔 놓았을까? 이 그림책에는 유럽과 북아메리카 역사 속에서 대구가 어떤 결정적인 역할을 해내었는지에 대해 자세하게 소개되어 있다.

대구라는 물고기는 번식력과 먹성이 매우 좋아 북대서양을 가득 메울 정도로 많았던 물고기다. 육질 또한 단백질로 구성되어 있어 식량으로서의 역할을 해내기에 충분하다. 이러한 까닭에 일찍이 바이킹족은 대구를 식량 삼아 종횡무진 북대서양을 누볐다. 이어 고래 사냥으로 근근이 살아가던 바스크족은 염장 대구를 유럽인들에게 팔아가며 큰 부자가 된다. 이후 탐험가들의 대구 쟁탈전이 미국의 승리로 마무리되면서 이제 대구는 미국 역사의 한가운데에 자리 잡게 된다. 영국의 순례자들이 미국 땅에서 살아남게 되는 과정, 당시 성행했던 노예무역과 미국의 독립전쟁 속에서 대구는 큰 원동력이 되었음을 잘 보여준다.

그러나 천년이 넘도록 북대서양의 역사 속에서 지대한 공을 세웠던 대구가 산업혁명을 거치면서 멸종 위기에 처해진다. 그 이유는 무엇일까? 거대한 강철 배와 여러 가지 대구 가공법이 그 이유이다. 대구를 향한 인간의 끝없는 욕심에 대구는 바닥까지 훑어오는 그물망을 피할 수 없다.

『대구 이야기』는 언뜻 대구에 관한 생물학적, 역사적인 지식을 담고 있는 것처럼 보이나, 그 고마움을 모르는 인간에 대한 질책을 담고 있다. '만약에 바다의 물고기가 모두 사라진다면 어떤 일이 벌어질까요?'로 끝나는 이 그림책은 바다를 가지려고만 하는 우리를 절로 반성하게 만든다.

이 그림책에는 대구에 대한 역사적인 사건뿐만 아니라 다양한 요리법까지 소개되어 있는 것이 특징이다. 지은이 마크 쿨란스키가 대구전문요리사로 활동하고 있어서인지 진귀한 대구 요리법들을 찾아 읽는 맛 또한 쏠쏠하다. 아울러 북대서양을 둘러싼 역사적 사건을 이해하는 데 도움이 되는 그림책이다.

"정보책 읽기가 주는 새로운 지식의 즐거움"

|먼저 탕과 전의 재료 정도로만 알고 있던 대구에 대한 정보들을 정리해 보자. 종이를 가로로 세 줄로 나누고 첫 번째 줄에 내가 대구에 대해 미리 알고 있었던 사실을 적어 본다. 두 번째 줄에는 이 책을 읽으면서 새롭게 알게 된 사실을 적고, 마지막 줄에는 더 알고 싶은 내용을 적어 보자. 이것이 『대구 이야기』와 같은 정보책을 효과적으로 읽어가는 전략이다.

|다음은 바스크족의 비밀어장의 탄로와 미국의 노예무역 과정에서 '대구'를 빼놓고 생각해 보자. 과연 결과는 어떻게 달라졌을까? 대구의 경우처럼 새로운 발견은 역사상 큰 영향을 미친다. 새로운 발견이 원인이 되어 나타난 결과에 초점을 맞추어 이야기하는 것이 좋을 것이다.

|마지막으로 내가 앞으로 새로 발견하고 싶은 것에는 무엇이 있는지 말해 보자. 일상생활, 인문사회, 사회과학, 자연과학 등 어떤 분야이든 좋다. 내가 열의를 갖고 도전해 볼 만한 과제를 찾아보는 것이 목적이다. 아울러 그 과제에 대한 실천의지를 다지면 더욱 좋을 것이다. 나의 이 첫걸음이 세계 역사를 바꿀 대 발견이 될지 어찌 아는가?

지식정보책을 읽는 네 가지 전략

지식정보책은 문학책과는 달리 어렵고 지루하게 느껴질 수 있다. 그러나 몇 가지 전략을 사용하여 읽는다면 책 읽는 재미와 얻어내는 정보는 더욱 많아질 것이다.

먼저 첫 번째 전략은 글의 형식을 살펴보는 방법이다. 표지 그림, 소제목, 여러 선전문구 등을 훑어보고 작가나 번역가에 대한 소개를 읽는다. 그리고 책을 듬성듬성 넘겨가며 그림과 사진을 대략 훑어보면 이 책이 어떤 장르인지, 어떤 방식으로 구성되어 있는지 맛볼 수 있게 된다.

두 번째 전략은 글의 화제를 찾는 방법이다. 무엇에 대한 책인지 제목만 보아도 알 수는 있지만, 머리글과 차례를 읽으면 더욱 잘 알 수 있다. 머리글을 읽으면서 저자가 무엇에 대하여 썼는지, 그리고 왜 썼는지 찾도록 한다. 차례에 나온 소제목을 훑어보면 글이 실린 순서와 대략의 내용을 알 수 있는 장점이 있다.

세 번째 전략은 글을 읽는 목적을 알고 읽는 방법이다. 자신이 이 책을 왜 읽고 있는지, 어떤 정보를 얻으려고 읽는 것인지 생각하면서 읽으면 정보에 대한 인식도 명확하고 이해도 빨라질 것이다.

네 번째 전략은 미리 알고 있는 사실, 읽으면서 알게 된 사실, 더 알고 싶은 사실을 정리하면서 읽는 방법이다.

이밖에도 주제와 관련하여 알고 싶은 것 질문하기, 가설 세우고 근거 말하기, 새롭게 알게 된 정보 조직하기 등 다양한 전략이 있다.

넓고도 아름다운 세상,
세계 어린이들과의 만남

『얘들아, 안녕』 소피 퓌로 · 피에르 베르부 글, 우버 오메르 사진, 장석훈 옮김, 비룡소(2004)

세상에는 참 많은 아이들이 있다. 이 책은 아이들이 가진 저마다의 색깔이 얼마나 다채로운지를 보여준다. 생김새도, 살아가는 모습도, 마치 백만 송이 꽃이 저마다의 빛깔을 내며 세상을 향해 웃고 있는 듯하다. 프랑스 여행 사진작가 우버 오메르는 1996년부터 2000년까지 4년 동안 130여 개 나라, 1200여 가족에게 카메라 앵글을 맞췄다. 작가가 눈을 맞춘 아이들 웃음과 세상 이야기가 사진 속에 따뜻하게 녹아 있다.

한 가족을 배경으로 찍은 사진 한 장 한 장에는 각 나라의 삶과 문화를 읽을 수 있다. 각 나라를 가보지 않아도 다양한 나라의 문화와 삶을 느낄 수 있는 문화 백과 사진집이다. 이 책은 특별한 순서 없이 아무 장이나 펼치면 그 나라의 전통 인사말로 시작하는 편지글과 그 편지를 쓴 어린이 가족사진이 펼쳐진다. 사진은 각 나라의 가족 구성원 특징, 일상생활, 전통, 자연환경 등에 대해 알려주고, 편지는 각 나라의 독특한 문화, 역사 및 지리적 환경을 자연스럽게 익힐 수 있게 해 주는 한편 그 가족이 살아가는 일상생활의 한 측면도 알게 해 준다. 또한 편지글 옆에는 그 나라의 면적, 인구, 종족, 종교, 언어, 통화, 기후 및 자연환경, 천연 및 농산자원 등이 정리되어 있으며 그 나라의 지도와 국기까지 수록하여, 어린이가 다른 나라를 알아가는 데 필요한 정보와 지식 등 많은 도움을 얻을 수 있는 그림책이다. 어느 페이지를 펼쳐 보아도 자유롭게 전 세계를 여행하듯 문화적 다양성을 엿볼 수 있는 형식으로 되어 있다.

각자가 처한 다양한 문화와 환경 속에 순응하고 자족하며 살아가는 가족들, 그 안에 우리 또래의 친구들은 어떤 삶을 살고 있는지를 생생한 컬러사진과 함께 볼 수 있는 독특한 형태의 그림책이다. 어린이와 가족들이 입고 있는 옷과 인사말, 부모의 직업, 부족들이 추구하는 삶의 가치와 자연환경 등 가보지 않고도 많은 정보를 얻을 수 있다. 각국의 유명한 문화유적, 산업형태, 일상생활의 모습을 환한 표정의 사진과 함께 담고 있다. 만약 교과서도 이처럼 재미있게 구성되어 있다면 아이들이 즐겁게 공부할 수 있을 거라는 생각이 든다.

바다를 배경으로 갈대집 앞에서 환하게 웃으며 찍은 페루의 아홉 살 소녀 줄리, 남아공 데벨레족의 전통복식을 입고 목과 발목에 고리장식을 한 엄마와 찍은 모리아를 보며 다양한 가치관과 문화를 가진 사람들을 만날 수 있다. 백과사전처럼 지루하지 않으면서 나라마다의 독특한 생활방식과 세계 여러 나라의 지리와 유적 등을 소개하고 있어서 아이들이 친근하게 접근할 수 있다.

"다양한 모습 그러나 우리는 하나의 공동체"

　이 책에 실린 나라들 중에는 경제적으로 우리나라보다 어렵고 힘들게 사는 나라들이 더 많다. 하지만 경제적인 윤택함이 행복의 필요충분조건은 아니라는 것을 새삼 느끼게 된다. 또한 우리가 많이 접하지 못했던 많은 소수민족이 소개되고 있는데, 그 부족들의 삶의 모습을 통해 지구상에 존재하는 사람들이 얼마나 다양한 삶의 형태를 갖고 살아가는지를 간접적으로 체험할 수 있다.

　책을 읽고 나서 어떤 나라의 아이가 인상에 남고 그 이유는 무엇인지 이야기를 나눠 볼 수 있다. 그리고 원래 알고 있던 나라와 이 책을 통해 새롭게 알게 된 나라, 또 이미 알고 있었지만 새롭게 발견하게 된 나라의 특징이 있다면 함께 이야기를 나눠 보도록 하자. 또한 각 나라 아이들의 닮은 점과 다른 점을 서로 비교해 보고, 각자의 문화에 따라 각 아이들의 개성이 돋보이더라도 공통적인 모습으로 묶일 수 있다는 점을 생각해 볼 수 있도록 도와주어 우리가 하나의 지구 안에 살고 있는 한 가족임을 이해할 수 있도록 이끌어 줄 수 있다. 다만, 지구촌 한 가족이라는 이름으로 모든 나라가 획일적인 모습을 갖추어야 하는 것은 아니라는 점을 주의할 필요가 있다. 그보다는 각 문화의 다양성을 존중해 주고, 같은 지구에 살고 있는 커다란 하나의 공동체로서 우리는 다른 이웃을 이해하기 위해 먼저 다른 나라와 문화에 대한 지식을 갖추고 관심을 가져야 할 필요가 있음에 주목하여 함께 이야기를 나누어 보자.

300초 세계여행, 'Time is nothing'

한 직장인이 유튜브에 올려 화제가 된 영상으로, 343일 정도 171개국을 여행하고 찍은 6,287장의 사진을 편집하여 만든 것이다. 제작자는 영상에 나오는 도시들이 불과 몇 초에 지나지 않지만 동영상을 보는 이들이 더 크고 오래 지속적인 영감을 받기 바라는 마음으로 제작했다고 한다.

사표를 쓰고 여행을 떠난 그 용기도 부럽거니와 6,000장이 넘는 사진을 찍은 노력도 대단하다. 평범한 일상을 탈출하고 싶은 마음은 있지만, 막상 이것저것 따지다 보면 떠나기는 쉽지 않다. 이 영상을 보면 떠나고 싶은 충동이 느껴진다.

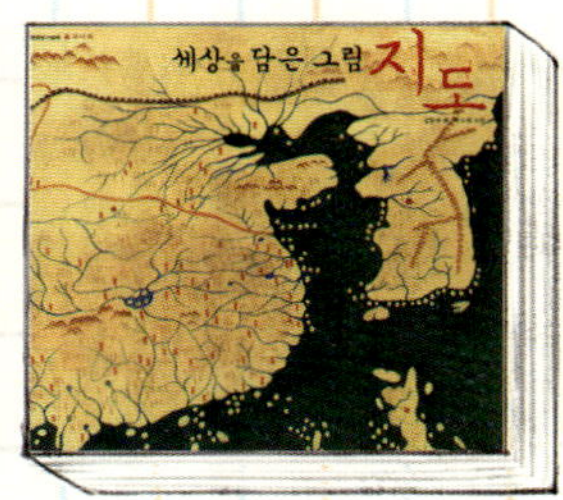

『세상을 담은 그림 지도』 김향금 글, 최숙희 그림, 보림(2004)

지도에 담긴
우리 문화의 우수성

노란색 육지와 초록색 땅으로 그려진 고지도의 모습이 담긴 표지부터가
인상적이다. 앞, 뒤의 표지를 육백년 전에 그려진 세계지도로 감싸고 있어
우리 지도의 역사에 대한 글임을 처음부터 강력하게 시사하고 있다. 첫
장을 넘기면 면지 가득 '대동여지도'목판인쇄의 한 부분이 펼쳐진다. 아이
들에게 "이게 대동여지도의 한 부분이야"라고 말해주면 아이들은 호기심
어린 눈초리로 자세히 들여다본다. 『세상을 담은 그림 지도』는 제목 그대
로 지도를 통해 우리 조상들이 살았던 과거의 세상을 만나게 해 준다.
이야기가 시작되는 첫 면에는 싱그러운 초록빛으로 물든 산과 들이 나타
나고 고대인들이 수렵을 위해 이동하는 모습이 나타난다. 오로지 길눈에
의지해 길을 찾던 고대인들이 먼 곳으로 사냥을 나섰다가 길을 잃지 않
기 위해 그림지도를 그리기 시작한 것이 지도의 시작이라는 것을 아이들
에게 이야기를 들려주듯 설명해 놓았다. 대충 그려진 그림지도에 정확한
방위와 거리를 나타내기 시작했고 그렇게 지도는 좀 더 정확하고 과학적

으로 그려지게 되었다. 완성된 지도가 나오면 "어, 한양이다!"아이들은 금방 알아본다. 이렇게 만들어진 지도는 과거 보러 가는 선비가 길을 찾을 때도, 장사꾼들이 길을 나설 때도, 또 외적이 쳐들어 와 병사들을 배치하고 피난을 갈 때에도 유용하게 사용된다. 다음 장을 넘기면 표지에서 보았던 그 고지도를 다시 만나게 된다. 비록 거리와 축적은 맞지 않고 일본의 위치와 지중해의 위치도 다르게 그려졌지만 육백년 전 사람들이 아프리카와 아라비아, 중국과 우리나라를 넘나들며 자신이 기억한 땅을 그림으로 그려 남겨 놓았다는 것이 놀랍기만 하다. 대동여지도에 표기된 땅의 형태나 표시된 요점과 도시들, 산맥과 강의 모양과 위치의 정확성은 다시 한 번 우리를 감탄하게 한다. 완전히 펼쳤을 때의 그 크기가 무려 가로 4미터, 세로 7미터에 달한다는 설명에 이르면 아이들은 입이 딱 벌어진다. 2005년 볼로냐 아동도서전에서 올해의 일러스트레이터 상을 수상한 책답게 일러스트 곳곳에 한국적인 색채와 선, 그리고 작가의 재치가 숨어 있다. 사람들이 누비며 다니는 산과 언덕의 유연한 곡선은 고구려의 고분벽화 '수렵도'에서, 선비를 노리는 호랑이는 김홍도의 작품에서, 그리고 바다의 물결과 험한 산지의 모습은 우리의 산수화나 기록화에서 가져와 그 낯익은 모습이 반갑다. 산등성이 사이로 난 길 구석구석에는 재미있는 그림들을 숨겨 놓아 숨은그림찾기를 하는 듯한 즐거움을 더해 준다. 특히 이 그림책은 재구성한 고지도를 적절하게 배치하여 실사와 그림의 경계를 자유자재로 넘나들며 옛사람들의 삶의 모습을 상상해 보게 해 준다.

"우리 생활 속에 있는 지도"

|책의 곳곳에 그려진 우리나라의 고지도를 살펴보며 현대의 지도와 다른 점과 같은 점을 찾아보면 좋을 것이다. 그리고 각각의 지도의 이름과 그려진 시기를 찾아보는 것도 좋은 활동이 될 수 있다. 우리가 생활 속에서 지도를 사용할 때가 언제인지, 왜 지도가 필요한지에 대해서도 이야기를 나누어 보자.

|우리 집과 우리 마을을 기준으로 그림지도를 그려 보는 것도 좋겠다. 지도를 그려 보며 방위와, 축적에 대한 개념도 함께 생각해 볼 수 있다. 현재 사용되고 있는 지도의 종류를 용도별로 살펴보는 것도 좋다. 해도, 항공도, 천체도 등 다양한 지도가 있다는 것을 알게 해 줄 수 있을 것이다.

|미래에는 어떤 지도가 만들어질 수 있을지 상상해 보는 것도 재미있는 활동이 될 듯하다. 자신이 지도를 만든다면 어떤 지도를 만들지 생각해 보고 실제로 만들어 보는 것도 좋을 것 같다. 지도를 만들어 보는 활동이 혼자서 하기 버겁다면 모둠활동으로 하는 것도 좋겠다.

"지도는 왜 만들어지는 것일까?"

지도의 활용은 일상생활에서부터 세계화에 이르기까지 매우 광범위하고 다양하다. 처음 가보는 장소를 가고자 할 때 지도가 없으면 가기가 매우 힘들다. 그리고 도시계획 개발, 나아가 국토의 계획 개발에도 지도가 활용된다. 단지를 건설하거나 공원을 조성하는 등 일체 공간의 계획 개발에는 지도가 필수적이다. 아무데나 공원을 만들거나 아파트를 짓거나 공업단지를 조성하거나 하지 않기 때문이다. 지형조건, 도로여건, 인구 동향 등을 살펴서 더욱 합리적으로 행하고자 함이다.

또한 선박이나 항공기를 운행하고자 할 때도 지도가 없이는 불가능하다. 그리고 국방 문제에 있어서도 지도가 쓰인다. 군대를 유지하거나, 주변국들과의 영토 분쟁 시에도 우리나라의 지리적 위치를 모르고서는 아무것도 할 수 없다.

무엇보다도 지도는 지리적인 위치를 가르쳐 준다. 기본적으로 내가 어디 있는지, 또 내가 사는 고장이 어디 있는지, 우리나가 어디 있는지를 안다는 것은 매우 중요하다.

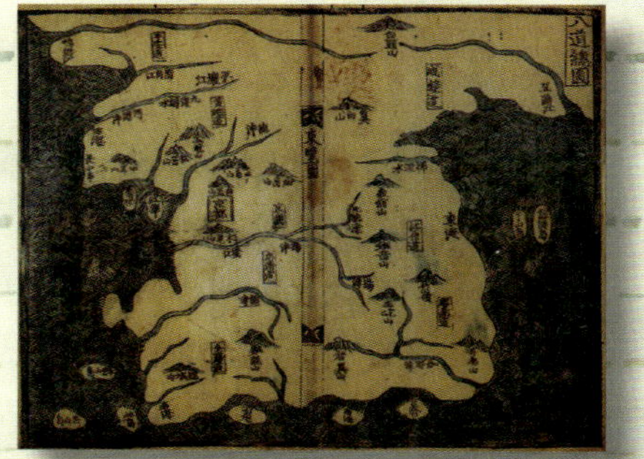

우리나라 전도로 판각한 것으로는 가장 오래된 '팔도총서'
- 영남대학교 박물관 소장, 『세상을 담은 그림 지도』 중에서

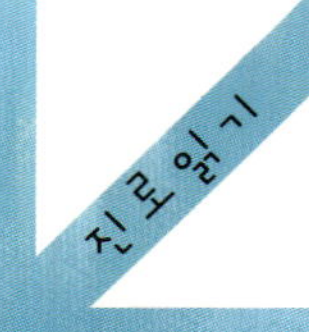

세상을 살아가기 위해서는 많은 지식이 필요하다. 오직 경험에 의존하기에는 세상은 너무도 복잡하고 다양하다. 이런 세상의 다양한 면면과 사람들의 살아가는 모습을 알려주는 직업이 있다. 단순한, 단편적인 지식을 전달해 주는 것이 아니라 우리의 삶을 보여줌으로 내가 살아가는 이유와 살아야 할 방향을 찾도록 도와주는 일, 세상을 알게 해 주는 일에는 어떤 것이 있을까?

스크린 속에 인생을 창조하는 영화 시나리오 작가

영화는 우리의 삶을 스크린 속에 재구성하여 보여주는 종합 예술이다. 사회의 다채로운 모습을 작품의 주제에 따라 관객들이 함께 호흡할 수 있는 기초를 만드는 것이 영화 시나리오 작가이다. 영화는 실제가 아니지만 리얼리티가 살아 있어야 하므로 시나리오 작가는 사회와 사람에 대한 통찰력과 이해, 날카로운 시선과 함께 인간에 대한 따뜻한 마음과 배려가 있어야 한다. 때로는 한 편의 영화로 사회에 이슈를 만들어 내기도 하는 만큼 사회적 책임감도 가지고 있어야 한다.

한 편의 연극으로 희로애락을 표현하는 연극연출가

연극연출가는 연기자들과 스텝들을 지휘, 감독하여 한 편의 연극이 성공적으로 무대에 오를 수 있도록 하는 역할을 한다. 특히, 새로운 작품을 기획하여 실행하기 위한 추진력과 실험정신, 모험심이 요구된다. 연극 무대, 배우의 연기, 조명 등을 종합적으로 관찰하고 평가할 수 있는 종합적 사고능력과 판단력이 필요하고, 스텝과 연기자들 하나하나를 배려할 수 있는 리더십도 있어야 한다.

한 장의 종이 속에 세상을 담아내는 사진작가

사진작가는 촬영의 대상과 목적에 따라 인물을 위주로 찍는 인상사진가, 상업 목적의 사진을 다루는 광고사진가, 예술사진을 찍는 순수사진가, 신문이나 잡지에 게재하기 위한 사진을 찍는 보도사진가, 자연환경을 대상으로 촬영하는 생태사진가 등이 있다. 하지만 이들의 공통점은 눈에 보이는 아름다움 속에 세상의 이치를 담아내고 있다는 것이다. 순간을 포착한 한 장의 사진이 수많은 말보다 더 많은 것을 전하고 사람들의 마음을 감동시킨다. 좋은 사진을 찍기 위해서는 공간 감각과 미적 감각도 필요하지만 무엇보다도 대상을 바라보는 따뜻한 시선과 마음을 담아내려는 노력이 필요하다.

책과 사람을 이어 주는 사서

사서는 각 기관의 도서관과 자료실에서 도서 및 자료를 배치·보관하며 이용자가 자료를 편리하게 열람·대출할 수 있도록 지원하는 일을 한다. 그 중 가장 중요한 것은 이용자들의 필요에 따라 적절한 책을 소개해 주는 것이다. 쾌활하고 밝은 성격을 가진 사람이면 더욱 좋으며 책 읽기를 즐기는 사람이라면 일석이조이다. 요즘은 독서교육의 중요성이 부각되면서 물리적인 지원뿐만 아니라 교육적인 지원으로까지 역할이 확대되고 있다. 항상 책과 함께 생활하며, 책을 찾는 사람들에게 도움을 줄 수 있는 지적인 직업이라 할 수 있다.

세상은 지식으로 살아가기보다는 삶을 통찰하는 지혜로 살아간다는 것을 알게 해 주어야 하지 않을까요? 진정한 삶의 지혜를 찾을 수 있는 마음의 눈을 더 키워 주어야 하지 않을까요?

12

세상을 아는 지혜

"지금 아이들은 누구를 올바로 사랑하는 방법을 배우기보다는 수많은 지식을 습득하는 데 대부분의 시간을 쏟고 있습니다. 남보다 하나라도 더 많은 지식을 쌓기 위해 질주하느라 삶의 순간마다 다가오는 눈부신 순간들을 돌아보지 못하고 말입니다."

멀리 내다보며 쉴새없이 다가오는
아름다운 삶의 순간들을, 알차게 누리길…

　　톨스토이는 『사람은 무엇으로 사는가?』에서 말합니다. 자신에게 다가올 한 치 앞의 운명도 모르지만 사람은 추운 겨울 거리에서 떨고 있는 사람에게 낡은 외투를 벗어 줄 수 있는 따뜻한 기운으로 살아간다는 것, 태어나자마자 어미를 잃은 갓난아이를 불쌍히 여기는 마음으로 살아간다는 것을 말입니다. 예수는 사람이 살아가는 힘은 '사랑'으로부터 나온다고 했습니다. 석가는 자비로운 마음을 가져야 한다고 했습니다. 결국 앞서간 성인들은 살아있는 모든 것에 대한 가장 기초적이고 기본적인 '사랑'이야말로 사람이 살아가는 근본이자 힘이라고 말합니다.

　　하지만 지금 아이들은 누구를 올바로 사랑하는 방법을 배우기보다는 수많은 지식을 습득하는 데 대부분의 시간을 쏟고 있습니다. 남보다 하나라도 더 많은 지식을 쌓기 위해 질주하느라 삶의 순간마다 다가오는 눈부신 순간들을 돌아보지 못하고 말입니다. 한 사회에서 통용되는 지식을 습득해야 하는 것은 어쩔 수 없는 일일 것입니다. 그것이 또 어느 순간에는 큰 힘으로 작용하기도 하니까요. 다만 그것이 전부가 아니라는 걸, 세상은 지식으로 살아가기보다는 삶을 통찰하는 지혜로 살아간다는 것을 알게 해 주어야 하지 않을까요? 진정한 삶의 지혜를 찾을 수 있는 마음의 눈을 더 키워 주어야 하지 않을까요? 하지만 아이들은 물론 어른들조차 지식을 쌓는 삶보다 지혜로운 삶이 더 가치 있다는 것을 알지 못합니다. 그러나 역사 속에서 조상들이 남긴 정신의 세계를 딛고 우리가 살아가는 것처럼, 그들이 앞서가며 남겨 놓은 발자국 속에서 우리가 가야 할 길을 찾기도 합니다.

그래서 아이들에게 세상을 알아가는 지혜의 눈을 뜨게 해 주고자 하는 바람을 담아 보았습니다. 큰 소리를 내지 않아도 조용한 울림으로, 어느 순간 다가오는 위기에도 의연하게 대처할 수 있는 힘과 용기를 주는 책을 골라 보았습니다. 세상을 오래 살아온 노인이 터득한 지혜로 마음의 눈을 뜨게 하는 책들입니다. 앞으로 자신이 가야 할 길을 찾기 위해 어두운 길 앞에서 허둥대고 있을 아이들에게 작은 등불이 될 수 있을 것이라 생각합니다. 당장 가야 할 길이 급하더라도, 심호흡을 하면서 자신이 가야 할 길에 대한 방향을 찾고 천천히 나아갈 수 있도록 돕고자 함입니다. 먼 인생길에서 급하게 마음 먹는다고 길이 보이는 것이 아니니 멀리 보면서 한 걸음 한 걸음 나아가는 지혜를 얻을 수 있었으면 합니다.

자연을 어머니 삼아 살아온 인디언들의 지혜가 극한 조바심으로 서두르며 살아가는 우리에게 조용하게 던지는 메시지들을 경청할 수 있었으면 좋겠습니다. 손자에게 자연의 순리를 천천히 전해 주는 할아버지 이야기에도 귀를 기울이기를 바랍니다. 조상 대대로 살아온 땅을 내 놓으라는 백인들에게 어쩔 수 없이 삶의 터전을 내어주는 인디언 추장의 가슴을 울리는 메시지 속에서 삶의 순리를 찾기를 바랍니다. 거미줄에 매달린 작은 거미 한 마리의 삶을 통해 우리가 놓치고 있는 삶의 지혜를 얻기를 바랍니다. 아무쪼록 우리 아이들이 멀리 내다보며 쉴새없이 다가오는 아름다운 삶의 순간들을 알차게 누리면서 인생의 주인공으로 살아가는 길을 찾을 수 있기를 바랍니다.

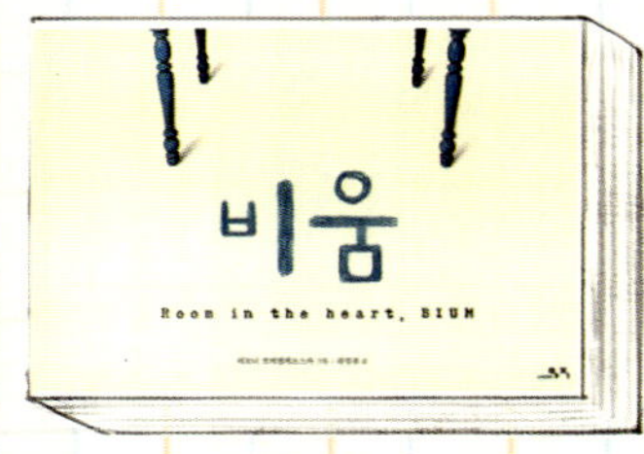

비움은
채우기 위해 나누는 것

『비움』 곽영권 글, 이보나 흐미엘레프스카 그림, 아지북스(2009)

더 많이 가지고 채우고자 하는 것은 인간의 본성이라고 한다. 심지어는 갓난아이조차 두 주먹을 꼭 쥐고 놓치지 않기 위해 발버둥 친다고들 말한다. 하지만 이런 채움의 본능을 거슬러 비움의 미덕을 말하고 있는 책이 바로 『비움』이다.

책은 처음에 텅 비었다는 것에 대해 물으며 시작한다. 비었다는 것에서 느끼는 공허감, 쓸쓸함, 외로움을 채우기 위해 사람들은 빈 곳을 채운다. 먹을 것으로 채우고, 물건들로 채우고, 가득 가득 채운다. 하지만 채울수록 가질수록 사람들은 더 많은 것을 갖고 싶어한다. 여기에서 작가는 채우기 위해 필요한 미덕을 우리에게 깨닫게 해 준다. 필요한 것을 채우기 위해서는 불필요한 많은 것을 비우는 것이 필요하다. 새로운 것을 채우기 위해서는 낡은 것을 비워야 하고, 사람의 마음을 채우기 위해서는 나의 욕심과 아집을 비워야 한다. 몸이든, 가방이든, 마음이든 너무 많은 것을 채우고 있으면 무겁고 힘들다. 나누고 비울 때 비로소 가볍고 자유로워진다. 사람들은 비우고 버리는 것을 잃는 것으로 생각하지만 사실은 정말 중요한 것을 채우기 위한 준비이고 다른 사람과 나누는 작업이라는 것을 말하고 있다.

그림을 그린 이보나 흐미엘레프스카는 우리에게도 친숙한 그림 작가이다. 우리나라 작가들과 여러 번 공동 작업을 하기도 했다. 무엇보다 동양적인 정서를 잘 그려내고 독특한 화법으로 철학적 감성을 잘 표현하고 있다. 이 책에서도 한 면에는 빈 나무판을 그리고 다른 한 면에는 같은 나무판에 있는 무늬를 이용해 그림을 그려 넣음으로 비움과 채움을 자연스럽게 보여준다. 나뭇결을 이용한 그림에서도 여백을 충분히 배치하고 강하지 않은 청회색 계열의 색조를 사용하며 한지를 이용하여 동양철학의 세계를 잘 표현해 주고 있다.

이 책은 외국에서도 우리말 그대로 '비움'이라고 소개되고 있다. '채우기보다는 비우고, 나누면 더 행복할 수 있다는 아름다운 생각'이라는 의미 설명과 함께 '서로 더불어 살고자 노력하는 이 마음가짐은 오래전부터 전해내려 온 동양적인 마음이 담겨있다'고 그 의미를 다시 한 번 해석해 놓고 있다. 과연 지금 우리 모습이 외국인들에게 소개된 '비움'의 정의를 잘 실천하고 있는지 다시 한 번 돌아보게 해 준다.

"무엇을 비우고 무엇을 채울까?"

| '비었다'라는 단어에서 떠오르는 느낌을 말해 보자. 여러 가지 느낌들 가운데 긍정적인 것과 부정적인 것을 나누어 보고 어떤 느낌이 더 많은지 왜 그런 것인지 생각해 보자.

| 무엇인가를 가지기 위해 욕심을 부려 본 경험에 대해 이야기해 보자. 무엇 때문이었는지 이유와 함께 솔직하게 이야기를 나누어 보자. 또 욕심 때문에 어려움을 겪었던 경험도 함께 나누어 보자.

| 자신이 버려야 할 것들의 목록을 적어 보자. 물건이든, 생각이든, 감정이든 무엇이든지 다 좋다. 그리고 왜 그것들을 버려야 한다고 생각하는지 이야기를 나누어 보자.

| 비우고 난 뒤 채우고 싶은 것을 적어 보고 또 그 이유도 함께 생각해 보자. 그리고 비우는 것과 나누는 것을 서로 비교하여 이야기해 보자. 마지막으로 비우는 삶이 왜 중요한지에 대해 자신의 생각을 나누어 보자. 비우는 삶이 좋지 않다고 생각하면 솔직하게 말하고 그 이유를 설명해 보도록 한다. 무조건 비움의 미덕으로 몰고 가지 않도록 주의를 기울이는 것이 필요하다.

인위적인 가치에 물든 삶을 본연의 삶으로 돌리고자 했던 노자

노자는 『도덕경』의 첫머리에서 '말할 수 있는 도는 영원한 도가 아니다'라고 말하고 있다. 이는 변함없는 것이야말로 진정한 '도'라고 하는 노자의 사상을 잘 드러내고 있는 것이다. 노자는 '문화'란 사람에 의해 인위적으로 만들어져 백성을 혼란에 빠뜨리는 것으로 규정하고 있다. 자연과 더불어 있는 그대로 살아가는 백성들에게 인위적인 신분이나 재물을 만들어 사람들을 현혹하고, 사람들은 그 가치를 획득하기 위해 서로 싸우고 다툰다는 것이다. 즉 인간이 만든 문명과 문화는 오히려 사람들의 본성을 망치고 혼란을 가져온다는 것이다.

문명과 문화는 변하지만 자연은 영원하다. 노자는 무조건 많은 것을 채우고 가지려는 욕심으로 스스로를 파괴하기보다는 모든 것을 비우고 자연 상태의 삶을 살아가는 것이 가장 도에 가까운 삶이라고 말하고 있다. 이에 노자는 자연으로 돌아가자는 '무위자연'을 주장한 것이고, 이 때문에 마치 산속에 들어가 도를 닦는 것을 최고의 미덕으로 생각한다는 오해를 받기도 한다.

노자는 BC 6세기경에 활동한 중국 제자백가 가운데 한 사람이며 도가(道家)의 창시자로 알려지고 있다. 현대 학자들은 〈도덕경〉이 한 사람의 손에 의해 저술되었을 것으로는 보지 않으나, 도교가 불교의 발전에 큰 영향을 미쳤다는 사실은 통설로 받아들이고 있다. 노자는 유가에서는 철학자로, 일부 평민들 사이에서는 성인 또는 신으로, 당나라에서는 황실의 조상으로 숭배되었다.

자연의 목소리를 담은
시애틀 연설문

『시애틀 추장』 수잔 제퍼스 글·그림, 최권행 옮김, 한마당(2004)

대자연의 주인은 누구일까? 수만 년 동안 자신들을 자연의 일부로 여기고, 자연에 대한 경외심을 갖고 평화롭게 살아온 원주민들이 있었다. 그러나 자연의 정복자 백인들은 이들의 고결한 마음과는 달리 총칼을 들이대고 강제 이주를 요구한다. 1854년 원주민들의 대표로 시애틀 추장은 이들에게 영혼을 담아 경고 메시지를 보낸다. 이 그림책은 시애틀 추장의 감동스런 연설문을 수정하여 만들었다.

시애틀 추장의 연설 중에는 신비한 내용이 참 많다. 그는 전나무 잎사귀 하나하나, 물가의 모래알 하나, 안개의 물방울 하나, 날개를 비비며 우는 곤충 하나하나가 그들의 가슴속에 성스럽게 살아 있다고 말한다. 평생을 살아가는 동안 한 번도 눈여겨보지 않았을 법한 작은 것들이 성스럽게 살아있다니 가히 놀라지 않을 수 없다. 우리는 흐르는 물과 대지에서 태어나고 다시 되돌아가기에 물은 우리 조상의 피요, 대지는 우리 조상들의 품이라 한다. 같은 땅에서 나고 자라는 우리는 한 형제이기에 소중한 존재라 한다. 물결은 우리를 품어 안아주는 할머니요, 보살펴주는 어머니라 한다. 이들에게 대지는 소유하거나 사고 팔 수 있는 게 아니었다. 그런데 백인들은 먼지 하나조차 감사한 그곳을 팔라는 만행을 저지른다. 이 그림책의 저자 수잔 제퍼스는 원주민의 이러한 비장한 마음을 그림 하나하나에 쏟아 내었다. 가느다란 펜으로 몇 십 번을 터치해 꽃 하나를 그렸고, 몇 백 번을 오가며 잠자리 한 마리를 완성했다. 또한 원주민들은 독수리와 함께하고, 맑은 호수와 구름과 혼연일체가 되는 장면으로 구성했다. 사람이든 잠자리든 꽃 한 송이든 크기에 있어 차이가 없다. 모두 자연이라는 한 가족일 뿐이지 우위를 가를 수 없기 때문이다. 원주민과 작가의 혼을 담은 그림이라 할 수 있다. 안타깝게도 이들은 백인들의 총칼에 밀려 떠나지만, 세상 만물은 그물코처럼 연결되어 있어 자연 파괴로 사라지는 생명은 또 다른 죽음을 불러일으킨다고 말한다. 결국 그 끝은 어디일까? 시애틀 추장은 백인들이 자신의 목소리에 귀기울여 주기를 간절히 소망한다. 지금 이대로 이 땅의 모습을 지켜 나가기를.

환경파괴에 대한 벌을 곳곳에서 받고 있는 우리들에게 큰 깨달음과 교훈을 안겨 주는 책이다. 시애틀 추장의 연설문이 태평양 연안의 '시애틀'이라는 도시, 미국 독립 200주년 기념 연설문 공개로 이어지는 이유는 무엇일까? 바로 시애틀의 연설문에는 자연의 혼이 담겨 있었고, 진리이기 때문이다.

"자연과 인간, 더불어 존재하고 더불어 살아가는 관계"

이 그림책은 자연에 대한 외경심을 깨닫게 하는 것이 핵심이다. 먼저 대자연 속에 인간이 차지하는 비중은 얼마만큼일까? 종이 한 장에 인간이 차지하는 비중을 고려하여 원을 그려 보자. 인간을 만물의 영장이라 생각하는 관점도 있지만, 이번 활동에서는 시애틀 추장의 연설을 생각하며 추장의 관점에서 생각해 보도록 하자.

아울러 자연에 대한 외경심이 들었던 경험을 떠올려 보자. 빽빽한 나무 숲속에서 하늘을 올려다 본 경험이든지, 무섭게 밀려오는 파도를 보았던 경험이든지 자연의 거대한 힘을 느꼈던 경험이면 다 좋다.

다음은 자연의 일부인 인간이 마구 휘두르는 횡포에는 무엇이 있을까 생각해 보자. 대기오염, 토양오염, 수질오염 등 자연을 훼손하고 있는 경우를 생각나는 대로 말해 보자. 개발이라는 명목으로 자연이 주는 이로움만 쏙쏙 빼먹는 인간의 모습을 살펴보는 시간을 가져보는 것이다.

마지막으로 대자연 속에서 나는 어떤 모습을 살아가야 할지 떠올려 보자. 개발을 무조건 지양하기보다 자연을 어떻게 품어 안으며 인간의 꿈을 이루어 나가야 할지 생각해 보면 좋을 것이다.

"창조주가 소중히 여기시는 이 땅을 형제도 사랑해 주시오"

때로 사람들은 자연을, 우리가 창조주께 받은 선물이라 생각하여 마음껏 '이용'하는 것에 대한 면죄부로 삼는다. 아메리카 대륙을 탐험하며 그 땅을 사려고 했던 초기 정착민들도 땅을 소유와 정복의 대상으로 여겼다. 하지만 그러한 정복의 개념은 사실 서구 기독교의 자연관을 오해한 데서 비롯된 것이다. 창조주는 인간에게 마음껏 이용하고 짓밟으라는 의미로 자연을 주신 것이 아니었다. 천지를 창조하고 기뻐하셨던 창조주는 자연을 소중히 여기셨고 건강하게 자연이 보존될 수 있도록 그 분의 지혜로 법칙을 세우셨다. 그리고 만물의 왕 되시는 그 분처럼, 인자하고 현명한 왕으로서 자연을 잘 관리하라는 명을 인간에게 주신 것이다. 그런데 놀랍게도, 당시 아메리카 초기 정착민들의 생각을 점잖게 꼬집었던 원주민들의 철학은 오히려 서구 기독교 세계관으로 바라본 올바른 자연관에 닿아있다.

"이 땅은 하나님에게 소중한 것이므로 땅을 해치는 것은 그 창조주에 대한 모욕이다. …… 그러므로 우리가 땅을 팔더라도 우리가 사랑했듯이 이 땅을 사랑해 달라. 우리가 돌본 것처럼 이 땅을 돌보아 달라. 당신들이 이 땅을 차지하게 될 때 이 땅의 기억을 지금처럼 마음속에 간직해 달라. 온 힘을 다해서, 온 마음을 다해서 그대들의 아이들을 위해 이 땅을 지키고 사랑해 달라. 하나님이 우리 모두를 사랑하듯이. 한 가지 우리는 알고 있다. 우리 모두의 하나님은 하나라는 것을. 이 땅은 그에게 소중한 것이다. 백인들도 이 공통된 운명에서 벗어날 수 없다. 결국 우리는 한 형제임을 알게 되리라."

당시 백인들이 땅을 팔라고 요구했을 때조차, 아메리카 원주민들에게는 분노보다도 자연을 걱정하고 아끼는 마음이 더 우선하였다. 이 땅을, 공기와 동식물과 강물을, 사고 팔 수 있는 것으로 생각하지도 않았지만, 만일 그것을 팔게 되면 한 형제로서 이들을 사랑해 주고 친절을 베풀어 달라고 당부한다. 1854년에 쓰여진 시애틀 추장의 연설문은 안타깝게도 오늘날 우리에게 적용되는 경고이기도 하다.

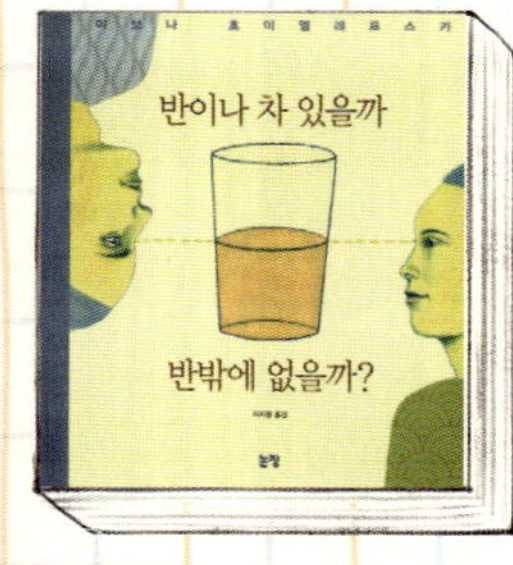

"왜 다르게 보일까?"

『반이나 차 있을까 반밖에 없을까』 이보나 흐미엘레프스카 글·그림, 이지원 옮김, 논장(2008)

같은 사물을 바라볼 때 각 사람이 처한 시간과 공간, 처지와 입장에 따라 다르게 보이는 상대성에 대해 말하는 그림책이다. 속표지에서 하늘과 물이 만나는 경계선은 물고기에게는 세상의 끝이지만, 새에게는 세상의 시작이 될 수 있음을 그림으로 표현하고 있다. 컵에 담긴 물을 보고 어떤 사람은 '반이나 차있네', 어떤 사람은 '반밖에 없네'라고 말한다. 어떤 사람에게는 작다고 느끼는 방이 어떤 사람에게는 커 보이고, 어떤 사람에겐 높은 산이 어떤 사람에겐 낮아 보인다. 어떤 사람에게는 소중하고 아름다운 애완견이 어떤 사람에게는 흉한 동물에 불과하다. 세상을 더 넓게 보는 방법은 나의 관점에서가 아니라 나와 상대방, 모두의 관점을 통해 바라보고 생각해 보는 것이다.

이 책은 단순하지만 쉽지 않은 관용, 받아들임, 다른 것에 대한 이해와 같은 매우 어려운 문제에 대해 말하는 책이다. 한 가지 사실을 두 사람이 바라볼 때 서로 자신의 관점에서 이해한다는 내용이다. 바로 상대주의 개념이다. 우리의 관점과 생각 차이는 모든 것의 시작이고 끝이다. 관점이 다르면 해석이 달라지고, 그 다른 해석은 또 다른 행동과 결과를 낳을 수 있다.

사물과 현상을 자신의 입장에서만 보고 해석하고 받아들이는 것은 어쩌면 당연하다. 그러나 이러한 입장 차이 때문에 다른 사람들의 입장을 고려하지 않아 오해가 생기고 갈등과 다툼이 생긴다. 우리 사회에는 이러한 작은 차이와 입장을 좁히지 못해 일어난 다툼들이 많다. 나와 다른 사람의 입장과 생각을 한 번 더 이해하고 받아들이면 많은 다툼과 오해의 소지는 사라질 것이다. 우리에겐 세상을 더 넓게, 그리고 더 깊이 바라보는 시각을 키우는 노력이 필요하다. 누구나 알지만 쉽게 받아들여 내면화하기 힘든 관점 차이의 문제를 아이들이 이해하기 쉬운 사물과 현상 등으로 접근하여 제시한 점은 높이 평가할 부분이다.

작가는 집, 방, 동물, 손, 자동차, 산, 옷, 소리, 사람의 얼굴, 계단, 별, 체스, 젊음과 늙음, 삶과 죽음의 시간 등 세상의 다양한 사물과 현상을 서로 다른 입장에서 비교하며 절묘하게 그림으로 표현하고 있다. 연두색 바탕에 선명한 보라, 주황색으로 사물의 시선을 끌면서 그 사물과 현상에 철학적 깊이를 더하는 생각을 그림책으로 형상화하여 제시하고 있다.

세상을 바라보는 관점

먼저 표지 그림만 가지고 아이들과 이야기를 나누어 보자. 과연 컵에 물이 반이나 차 있는 것일까, 반밖에 없는 것일까? 이때, 아이들이 자신의 생각을 자유롭게 말할 수 있도록 편안한 분위기를 만들어 준다. 그리고 반밖에 없다고 보는 관점과 반이나 있다고 보는 관점 중의 하나를 선택하여 그렇게 생각하는 이유를 말해 보도록 한다. 중요한 것은 자신의 생각을 논리적으로 설명하는 것도 필요하지만, 다른 친구가 이야기를 할 때 귀기울여 들을 수 있도록 안내해 주는 것이다. 이를 통해 아이들은 하나의 현상이나 사건도 관점에 따라 다양하게 바라볼 수 있다는 것을 깨닫게 될 것이다.

책을 읽어 나가면서 더 다양한 사례들을 가지고 이러한 상대적인 개념에 대해 더 깊이 있게 이해해 나갈 수 있다. 책을 다 읽고 난 후에는 오늘날 우리 사회와 문화에서 상대주의의 예를 직접 찾아볼 수 있고, 관용과 존중의 면에서 상대주의적 관점이 필요한 이유를 찾아볼 수 있다. 그러나 상대적인 개념을 무조건 옳다고 할 수 있는지에 대해서도 함께 토론해 볼 필요가 있다. 그리고 세상에 절대적인 진리는 없는 것인지, 상대주의가 적용되지 않는 것에는 무엇이 있는지, 극단적인 상대주의가 초래할 수 있는 위험에 대해서도 비판적으로 생각해 보도록 한다.

지나치기 쉬운 것에 물음을 던지는 작가, 이보나 흐미엘레프스카

한국인의 생각과 정서에 놀라울 정도로 가까이 다가가는 폴란드의 그림책 작가 이보나 흐미엘레프스카(Iwona Chmielewska). 앞의 세 글자만 읽으면 한국계 작가로 오해하기 쉬운 그녀의 이름만큼이나 그녀의 이야기는 한국 독자들에게 친숙하고 친근하게 다가온다. 이보나 흐미엘레프스카는 철학적이고 심오한 주제를 소박하고 일상적인 소재들로 구체적으로 표현한다.

그림책 『생각』은 '생각'이라는 추상적인 개념을 '지나간 일들이 비치는 신비한 거울', '끝없는 하늘로 열린 창'등과 같이 구체적으로 표현하고 있다. 또, 『반이나 차 있을까 반밖에 없을까?』는 생각이라는 것이 얼마나 상대적인지를 보여주고, 『문제가 생겼어요!』는 다림질을 하다 다리미자국을 남기게 되어 시작된 걱정이 상상을 통해 유쾌하게 해결되는 것을 보여 준다. 또한, 최근 출판된 『여자아이의 왕국』에서는 초경을 시작하는 여자아이의 마음을 섬세하게 그려냈고, 『우리 딸은 어디 있을까?』에서는 아이의 양면적인 모습을 동물에 비유하여 표현하는 등 민감하거나 관념적인 주제를 그녀만의 스타일로 표현해 냈다.

그녀는 한국이 작가로서의 인생이 시작된 곳이라고 설명하는데, 한국과 그녀의 인연은 참 특별하다. 코페르니쿠스 대학 미술학부를 졸업하고 다양한 분야에서 활동하던 흐미엘레프스카는 자신의 그림들을 들고 2003년 볼로냐 국제아동도서전을 찾았다. 그리고 그곳에서 한국인 기획자 이지원 씨를 만나 한국에서 그림책을 출판하게 되었다. 2007년 BIB 국제아동도서원화전에서 황금사과상을 수상한 『생각하는 ABC』는 이지원 씨와 함께 만든 작품이고, 2011년에는 김희경 씨와 함께 작업한 『마음의 집』으로 볼로냐 라가치 대상을 수상했다.

창 밖에서 발견한
진정한 아름다움

『세상에서 가장 아름다운 거미줄』 어슐러 K. 르 귄 글, 제임스 브런스맨 그림, 최한림 옮김, 미래사(2004)

오래된 왕궁에 사는 거미 리스는 웹스터 가문의 거미답게 아름다운 방사형의 거미줄을 멋지게 만들 수 있다. 그러나 리스는 먹이를 잡는 데 가장 효율적인 방사형의 거미줄에 만족하지 않고 새로운 형태의 거미줄을 만드는 새로운 도전을 한다. 끊임없는 연습과 실패에도 굴하지 않고 양탄자의 문양을 본떠 나뭇잎과 꽃잎, 사냥개와 사냥꾼의 모습을 열심히 만들어 낸다. 공주님 방에 사는 리스는 우연히 보게 된 임금님의 방에 있던 아름다운 보석의 영롱함을 잊을 수 없어 거미줄로 표현하고자 했으나 뜻대로 되지 않았다. 하지만 포기하지 않고 더욱 노력한다. 다른 거미들이 먹이를 잡는 데 효과적이지 않다고 외면하고 끌탕을 해도 리스는 자신의 새로운 도전을 멈추지 않는다. 때로는 배고픔을 감수하고 주위의 따가운 시선을 견디면서 자신이 이루고자 하는 것을 끝까지 도전하는 끈기와 용기, 도전 정신은 정말 배울 만하다. 그런데 이런 리스의 노력은 엉뚱한 결과를 만들어 낸다. 리스가 만든 멋진 거미줄은 리스가 공주님 방에서 쫓겨나게 되는 계기가 되고 만다. 왕궁을 박물관으로 개방하기 위해 청소부들이 들어왔다가 리스의 거미줄을 발견한 것이다. 사람들은 그 거미줄 그림을 유리로 덮어 관람객에게 보이려고 한다. 자신의 거미줄에서 쫓겨난 리스는 먹이를 잡기 위해 정원 꽃잎에 거미줄을 친다. 아침에 눈을 뜬 리스는 이슬을 머금고 보석처럼 반짝이는 자신의 거미줄을 보게 된다. 그토록 보석 같은 거미줄을 만들고 싶어서 애썼건만 멋지고 화려한 왕궁에서는 절대로 만들지 못했던 거미줄을 거친 들판에 나와서 만들게 된 것이다.

우리는 리스처럼 자신의 방안에서만 애를 쓰고 있는 것이 아닐까? 멋진 양탄자의 무늬를 흉내 내고 사람들의 탄성을 자아내게 하는 훌륭한 성과를 만들어 내면서도 진정 자신이 정말 원하는 것을 이루지 못하고 있는 것은 아닐까? 나를 둘러싸고 있는 좁은 세상을 벗어나 밖으로 한 발짝만 나가면 더 멋지고 아름다운 나를 찾을 수 있는데, 좁은 방안이 세상의 전부인 줄 알고 부자연스러운 거미줄을 만들고 있는 것은 아닌지 다시 한 번 돌아보게 해 준다.

이 책의 그림을 보면 가느다란 거미줄의 느낌을 펜의 가는 선으로 절묘하게 표현하고, 거미는 오히려 단순하게 처리함으로 독자의 시선이 거미 자체보다는 거미줄과 그 주변의 모습을 포함하도록 하고 있다. 평면적인 느낌이 들 정도로 단순한 노랑과 연두, 연파랑의 세 가지 색상만 사용하고 펜으로 음영을 표현한 그림은 그 단순한 아름다움 때문에 더욱 그림에 집중하게 되는 묘미가 있다.

"왕궁 vs. 새로운 환경, 어떤 선택을 해야 할까?"

리스는 보석처럼 빛나는 거미줄을 만들고 싶어했다. 책을 읽고 나서, 리스처럼 내가 정말 하고 싶은 것은 무엇일지 생각해 보자. 또 내가 하고 싶은 것을 하기 위해 어떤 노력을 하고 있는지, 지금 하고 있지 않다면 어떤 노력을 해야 할 지에 대해 이야기를 나누어 보자.

리스에게는 왕궁이 세상의 전부였다. 그렇다면 나에게 왕궁과 같은 존재가 무엇일지 생각해 보자. 그리고 왕궁이 여러분의 꿈을 위해 도움이 되는지 아니면 그렇지 못한지에 대해서도 생각해 보자. 리스와 같이 익숙하게 지내온 환경(조건, 습관 등등)을 벗어나 새로운 환경에 도전해 본다면 어떤 것이 있을지 이야기를 나누어 보고 새로운 환경으로 나아가기 위해 어떤 것이 필요할지 생각해 보자.

이 책과 같이 거미와 거미줄을 소재로 하여 꿈을 이루어가는 다른 작품들을 함께 읽어 나갈 수 있다. 에일런 스피넬리의 『소피의 달빛 담요』는 유아와 초등 저학년 학생들이 함께 읽을 만한 그림책이고, 초등 중학년과 고학년 학생들에게는 E. B. 화이트의 『샬롯의 거미줄』과 같이 글밥이 좀 더 많은 책을 권해 줄 수 있다. 『소피의 달빛 담요』의 주인공인 거미 소피는 아기를 출산한 가난한 여인을 위해 거미줄로 평생의 역작인 담요를 만들어 아기에게 덮어 준다. 『샬롯의 거미줄』에서 거미 샬롯은 돼지 윌버가 햄이나 베이컨이 되지 않도록 거미줄을 이용해 특별한 돼지로 만들어 준다.

선조의 지혜가 담겨 있는 우리 속담

☼ 낮 말은 새가 듣고 밤 말은 쥐가 듣는다.
 - 아무도 안 듣는 데에서도 말을 조심해야 한다.

☼ 돌다리도 두드려 보고 건너라.
 - 행동을 취하기 전에는 모든 전후 상황을 고려하라.

☼ 손톱 밑에 가시 드는 줄은 알아도 염통 안이 곪는 것은 모른다.
 -사소한 데 급급해 큰 손해를 깨닫지 못한다.

☼ 웃는 낯에 침 뱉으랴.
 - 다른 사람들을 좋은 얼굴로 대하는 사람은 호감을 얻어 좋은 인간관계가 형성된다.

☼ 쏟아 놓은 쌀은 주워 담을 수 있어도 쏟아 놓은 말은 주워 담을 수 없다.
 - 한번 내뱉은 말은 돌이킬 수 없다.

☼ 발 없는 말이 천리 간다.
 - 소문은 빨리 전달되므로 말조심하라.

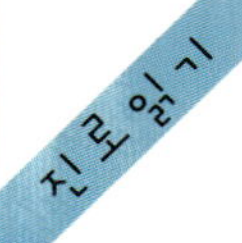

세상을 살아가는 데에는 지식보다 더 중요한 것이 있다. 바로 지혜로움이다. 지혜는 배움으로 얻을 수 있는 것이 아니다. 살아가며 깨닫는 것이다. 그래서 우리는 먼저 살아간 사람들의 지혜를 빌리기도 한다. 세상을 지혜롭게 살아가는 사람들, 그리고 그 지혜로움으로 우리를 이끌어 주는 사람들은 어떤 사람들일까? 나도 지혜로운 삶을 살아갈 수 있을 지 함께 생각해 보자.

웹 세상의 새로운 공간 창조자 **웹프로듀서**

인터넷이 보편화 되면서 정보검색은 물론, 전자상거래 및 각종 커뮤니케이션을 위한 사이트 등 또 다른 사회가 열리고 있다. 이 가상현실 속에 새로운 공간을 열어 사람들을 서로 이어주는 역할을 하는 것이 웹프로듀서이다. 이 새로운 공간인 웹사이트를 통해 사람들은 다양한 콘텐츠를 공유하며 새로운 방식의 소통을 하게 된다. 따라서 웹프로듀서는 사람들과 사회 전반의 흐름을 읽어내고 이해하며 이들의 요구를 수용할 수 있는 지혜로움이 있어야 한다. 가속화되는 정보화시대를 이끌어가는 선구자로서의 자부심을 느낄 수 있는 직업이라 할 수 있다.

새로운 작물을 찾아 끊임없이 연구하는 **특용작물재배사**

산업구조가 특화되고 분화되는 것처럼 농업분야에서도 특화된 작물을 개발하고 생산하는 분야가 있다. 사람들의 기호가 다양해지고 건강에 대한 관심이 높아지면서 특용작물에 대한 수요도 계속 늘고 있는데 이런 특용작물, 약용작물, 특화작물 등을 키우는 사람이 특용작물재배사이다. 일반적인 농업이 아니고 많은 연구와 노력이 필요한 분야로서, 실패에도 굴하

지 않는 끈기와 인내심이 필요하다. 농업 분야를 확대한다는 자부심을 가질 수 있고, 연구하는 농업인으로서 성취감을 느낄 수 있는 직업이다.

세상 사는 이야기를 방송에 녹여 내는 방송작가

방송작가는 방송드라마나 연예프로그램, 다큐멘터리 등의 대본을 쓰는 작가를 말한다. 방송은 그야말로 사람들의 살아가는 이야기를 다양한 장르로 보여 준다. 현실 반영이 매우 즉각적으로 이루어지는 분야이기 때문에 사회와 현실을 정확하고 빠르게 읽어 내는 능력과, 그것을 녹여 내 새로움을 덧입혀 사람들의 공감을 얻어 낼 수 있는 창의력과 순발력이 필요하다. 또 사람들의 이야기에 귀기울이는, 인간에 대한 이해와 배려도 꼭 필요한 덕목이다. 방송은 현대인의 생활에 밀착되어 있으므로 사회에 미치는 영향력에 대한 책임의식도 필요하다.

인간의 본질을 고민하는 철학연구원

철학연구원은 오랜 전통과 전승에 의한 인간의 본질적인 탐구를 통해 현재의 문제에 대안을 제시하고 미래를 준비하는 것을 돕는 일을 한다. 미신과는 달리 동양사상의 깊이 있는 연구를 통해 철학적, 학문적인 근거를 바탕으로 하고 있다. 사람과 사회에 대한 폭넓은 시각과 이해, 그리고 통찰력이 있어야 하며 사람들의 마음을 어루만져 주는 배려와 포용력도 있어야 한다. 급변하는 사회 속에서 불안한 인간의 마음을 위로하는 정신의 메카 역할을 해 내는 것 또한 의미 있는 일이다.

진로, 직업에 대해 어린이·청소년들이 품고 있는 여러 궁금증에 답을 제시해 보았습니다. 물론 그 답은 책 속에서 찾을 수 있습니다. 여기에 제시해 놓은 책뿐 아니라 많은 책들이 여러분들의 미래를 밝혀 주는 지혜의 등불이 되어 줄 것입니다.

Q&A

책 속에서 지혜를 찾는 진로독서 처방전

1. 내가 무엇을 잘하고 무엇을 해야 할지 모르겠어요.

많은 사람들이 자신이 잘하는 것을 깨닫지 못하고 살아가고 있습니다. 『엠마』(웬디 커셀만/ 바바라 쿠니/ 느림보)의 실제 모델인 엠마 스턴은 늦은 나이에 그림을 그리기 시작했습니다. 그 전에는 자신이 그림에 소질이 있는지도 몰랐지요. 그저 식구들이 사다 준 그림이 마음에 들지 않아 그림을 그리기 시작했는데 일흔이 넘는 나이에 유명한 화가가 되었습니다. 내 마음이 가는 대로 용기 있게 실천해 나가다 보면 정말 내가 잘하는 것과 하고 싶은 것, 그리고 해야 할 일을 찾을 수 있을 것입니다.

2. 잘하는 것도 없고 하고 싶은 것도 없어요.

자신이 잘하는 것이 없다고 생각하면 스스로에 대해 자신감이 없어지고 일에 대한 의욕도 사라지게 됩니다.

『강아지똥』(권정생/ 정승각/ 길벗어린이)의 강아지똥도 자신이 아무데도 쓸모가 없는 존재라고 생각할 때에는 아무것도 하지 않고 그저 슬퍼만 하고 있었습니다. 그런데 자신의 몸을 녹여 민들레꽃을 피울 수 있다는 것을 알게 되면서 새로운 희망을 갖게 되었고 기꺼이 자신의 몸을 희생했습니다. 무언가 자신이 잘할 수 있거나, 적어도 할 수 있는 일, 의미 있는 일, 즉 삶의 목표를 찾게 되면 하고 싶은 일도, 삶의 열정도 생기게 될 것입니다.

3. 하고 싶은 일이 너무 자주 바뀌어서 고민이에요.

자신의 적성을 찾기 전에는 이것저것 하고 싶은 것이 많은 것은 당연합니다. 자신이 하고 싶은 일을 고민하고 탐색하면서 자신에게 정말 잘 맞는 일을 찾아가는 것이기도 합니다.

『내 꿈은 기적』(수지 모건스턴/바람의 아이들)의 주인공은 무려 열다섯 가지의 하고 싶은 일을 말하고 있습니다. 하지만 당장 무엇이 되기로 결정하는 것이 중요한 것이 아니라 자신의 꿈을 이루기 위해 지금 무엇을 해야 할까를 고민하고 실천하는 것을 볼 수 있습니다. 여러분도 당장 어떤 일을 해야 할까를 정하기보다는 여러분이 정말 하고 싶은 것을 선택하기 위해 지금 무엇을 해야 할지에 대해 생각하고 실천해 보는 것은 어떨까요?

4. 공부만 잘하면 원하는 직업을 가질 수 있나요?

자신이 원하는 직업이 공부를 잘해야 하는 것과 관련이 있을 수도, 또 전혀 관련이 없을 수도 있습니다. 『누구나 세상의 중심이다』(김향금, 이지수/ 웅진주니어)의 주인공 홍대용은 열심히 공부했고 또 매우 공부를 잘했습니다. 하지만 홍대용은 과거 시험과는 거리가 먼 천문학과 실학에 관심이 많았습니다. 공부를 열심히 하고 또 잘한다는 것은 원하는 직업을 갖기 위해서가 아니라 자신에게 주어진 일을 얼마나 성실하게 완수하기 위해 노력하는가라는 자세에 대한 문제입니다.

5. 직업에 남녀 구별이 있나요?

남자가 하면 안 되는 일, 여자가 하면 안 되는 일은 없습니다. 『돼지책』(앤서니 브라운/ 웅진닷컴)은 진정한 가정의 의미를 다루는 책입니다. 이 책의 앞부분에서 아빠와 아들들은 학교와 직장에 다녀와서 아무것도 하지 않고 그저 엄마에게 요구만 합니다. 집안일은 여자들이 하는 것으로 생각해서이지요. 하지만 엄마가 없는 동안 자신들의 생각이 잘못되었음을 깨닫고 나중에는 요리와 청소를 돕게 됩니다. 엄마가 차를 고치기도 하고요. 이렇게 필요에 따라서는 성별의 구분 없이 꼭 해야 할 일도 있습니다. 하물며 직업을 선택함에 있어서는 말할 것도 없습니다. 물론 신체적인 어려움을 극복해야 하는 경우는 있지만 그 또한 하고자 하는 열정과 의지가 있으면 얼마든지 극복할 수 있지 않을까요?

6. 사회적으로 인정받는 일이 따로 있나요?

사회적 인정은 관점에 따라 다릅니다. 『나무를 심은 사람』(장 지오노/ 프레데릭 백/ 두레아이들)의 주인공 '엘제아르 부피에'의 삶 또한 많은 사람들에게 영향을 주고 감동을 준 삶이라고 볼 수 있습니다. 그의 직업은 평범한 양치기였고 나중에는 양봉을 했지만, 그의 숭고한 삶의 행적을 보면 인정받는 직업은 따로 있는 것이 아니라 스스로가 만드는 것이라는 생각이 듭니다.

7. 돈을 많이 벌면 좋은 직업인가요?

『커다란 나무』(레미 크루종/ 시공주니어)의 주인공은 돈이 아주 많은 부자입니다. 돈이면 무엇이든지 다 할 수 있다고 생각했고 또 무엇이든지 다 할 수 있을 만큼 부자였지만 그가 그다지 행복했다고 할 수는 없었겠지요? 할머니를 만나기 전까지는 따뜻한 차 한 잔을 즐길 여유로움도 잊고 살았으니까요. 돈을 많이 버는 것보다는 열심히 살아가는 것이 중요한 것이고, 또 그 돈을 어떻게 쓰는지가 더 중요한 것이 아닐까요?

8. 성공하려면 어떻게 해야 할까요?

『음식연구가 황혜성』(안혜령/ 나무숲)의 주인공 황혜성 선생은 일제 강점기에 사라져가는 궁중요리에 대한 기록을 남기기 위해 구박을 받아가며 요리를 배우고 전국을 돌아다니며 전통요리를 살려 내 보존하는 것을 평생의 사명으로 삼았습니다. 황혜성 선생은 궁중요리와 전통요리의 대모로 존경받고 명예도 얻게 되었지요. 가치 있는 일에 열정을 가지고 매진하다 보면 성공한 삶을 살게 되는 것이 아닐까요?

9. 집안 사정이 좋지 않은데 꿈을 포기해야 하나요?

어려움 속에서도 꿈을 잃지 않는다는 것이 쉬운 일은 아닙니다. 하지만 당장의 상황만 바라보고 사는 삶 또한 행복할 수는 없을 것입니다.

『내가 만난 꿈의 지도』(유리 슐레비츠/ 시공주니어)에서 작가는 전쟁으로 피폐했던 자신의 어린 시절을 회상합니다. 아빠가 빵 대신 세계지도를 사 왔을 때 당장의 굶주림을 참지 못해 아빠를 원망했지만 나중에는 세계지도를 보며 꿈을 키워가게 되고 아빠의 선택을 감사하게 되었다는 이야기를 하고 있습니다.

지금 어떤 상황인가가 중요한 것이 아니라 내가 나의 미래를 어떻게 꿈꿀 수 있는지, 그 꿈을 잃지 않고 지켜 가는지가 더 중요한 것입니다.

10. 내가 원하는 일과 부모님이 원하는 일이 달라요.

어른이 생각하고 바라보는 시각과 나의 바람과 시각은 분명 다를 수 있습니다. 『뱀이 좋아』(황숙경/ 보림)의 주인공은 자신이 원하는 뱀을 기르기 위해 부모님의 고정관념을 논리와 과학적 지식으로 하나하나 반박합니다. 무조건 감정적으로 대치하는 것보다 자신이 원하는 일을 왜 하고 싶은지, 왜 해야 하는지에 대해 냉정하고 논리적으로 부모님과 이야기를 나누어 보는 것이 필요합니다.

때로는 내 생각보다 부모님의 판단이 더 옳을 때도 있습니다. 내가 모르는 타인의 시선에서 바라본 내 모습은 또 다를 수 있으니까요.

11. 남을 위해 봉사는 직업에는 무엇이 있나요?

남을 위해 봉사한다는 것은 거창한 것이 아닙니다. 내가 가진 것을 필요한 사람에게 나누어주는 것입니다. 이런 관점에서 보면 봉사하는 직업이 따로 정해져 있는 것이 아니라, 가지고 있는 직업에서 무엇을 나누느냐에 따라 봉사의 여부가 결정된다고 볼 수 있습니다.

『소록도 큰 할매 작은 할매』(강무홍/ 장호/ 웅진주니어)의 수녀 마가렛과 마리안느는 간호사로 한센병 환자를 돕기 위해 멀리 오스트리아에서부터 소록도로 와 평생을 환자들과 함께 했습니다.

『천사들의 합창』(강무홍/ 최혜영/ 양철북)의 야누슈 코르착 박사는 버려진 유대인 고아들을 돌보며 죽음을 피할 수 있는 길을 마다하고 마지막 순간까지 그들의 옆을 지킵니다. 결국 봉사하는 일이 따로 있는 것이 아니라 봉사하고자 하는 마음이 더 중요한 것이라고 할 수 있을 것입니다.

12. 공부를 안 하면 3D업종에 종사하게 되나요?

3D업종이란 힘들고(Difficult), 더럽고(Dirty), 위험하여(Dangerous) 종사하기를 꺼리는 직업을 말합니다. 그러나 3D업종이 따로 있는 것은 아닙니다. 예전에는 환경미화원이 3D업종의 대표적인 예였습니다.

그러나 요즘 환경미화원은 대졸, 대학원 졸업자들까지 지원할 정도로 많은 사람들이 원하는 직업으로 변화하고 있습니다. 반면 직업이 다양해지면서 가수나 요리사, 미용사들처럼 자신의 예능과 소질을 살려 자신만의 직업을 찾는 경우도 많이 있답니다.

이것으로 보아 공부와 3D업종이 정비례 관계를 갖는다고는 할 수 없지요. 그러나 공부로 자신의 실력을 쌓아두면 어느 직업에 종사하게 되더라도 기반이 되어 그 사람만의 저력으로 나타날 수 있다는 것은 잊지 말아야 합니다.

『행복한 청소부』(모니카 페트/ 풀빛)의 아저씨는 자신의 직업을 3D업종이라고 생각하지 않습니다. 또한 음악가에 대한 연구 결과 대학 교수로 초빙받기도 합니다. 공부를 왜 하는가에 대한 생각의 전환이 더 중요합니다.

13. 유학을 가면 성공할 수 있나요?

유학은 다른 나라로 가서 공부를 하는 것을 말합니다. 요즘은 '기러기 아빠'라는 신조어가 나올 정도로 너도나도 유학을 갑니다. 그러나 중요한 것은 유학을 가는 이유입니다. 내가 원하는 뚜렷한 목표가 있고, 특정한 공부를 하기 위해 떠나는 것과 우리나라의 교육 여건이 좋지 않다는 이유로 그저 막연히 떠나는 것은 성공 여부에 지대한 영향을 줍니다.『내 이름이 담긴 병』(최양숙/ 마루벌)에서 은혜는 미국으로 가서 공부를 하면서도 자신의 정체성에 대해 고민을 합니다. 확고한 목적으로 유학을 간 경우에도 정체성의 혼란과 언어장벽으로 인해 큰 고초를 겪게 됩니다. 이를 극복할 수 있는 원동력은 목표의식입니다. 그 목표의식이 유학의 효과를 최대로 만들어 주니까요.

14. 전통문화 전수자들은 배고프고 힘들다던데…….

예전에는 전통문화 전수자들은 수련기간은 길고 수요가 적어 수입이 별로 없었습니다. 그러나 글로벌 시대에 접어들면서 진정한 세계화는 우리 것을 지켜 나가는 것이라는 가치관이 자리 잡게 되었습니다. 우리 건축, 우리 옷, 우리 음식, 우리 사상 등 다양한 우리 것을 찾고 연구하는 사람들이 늘어가고 있습니다.『화각 삼층장 이야기』(지혜라/ 보림)의 저자는 실제 화각 삼층장을 만드는 공예가입니다. 이 책을 보면 우리의 것을 지켜나가는 장인의 자부심과 섬세함, 그리고 자신의 일에 대한 소중함이 잘 나타나고 있습니다. 우리 전통을 '온고지신'으로 발전시켜 세계화 하는 것 또한 전통문화 전수자들의 소임이라 할 수 있습니다. 세계적으로 우수한 우리 문화의 맥을 이어간다는 자부심을 가지는 것이 중요하고, 지금은 전통공예에 대한 사회의 인식과 대우도 점차 좋아지고 있습니다.

15. 미래사회에서는 어떤 직업이 유망한가요?

미래 학자들이 미래에는 지식을 기반으로 하는 가치 창출, 정보통신 기술, 환경 관련 산업 등이 유망할 것이라고 예견합니다. 또한 개인의 사고와 개성을 중요하게 여기며, 고용형태 또한 비정규직, 수시 채용, 재택근무, 1인 다수 직장 등 다양하게 이루어질 것이라 합니다. 따라서 어떤 한 직업을 겨냥해서 진로 계획을 세우기보다는 좀 더 다양한 각도로 접근할 필요가 있습니다.『세상을 바꾸는 천 개의 직업』(박원순/ 문학동네)에서는 현재 있는 직업들 사이의 틈새시장을 노리는 직업들, 자신의 지식과 능력을 기반으로 하여 재창출된 직업들이 소개되어 있습니다. 이미 있는 직업을 선택하는 것도 좋지만, 내 지식과 능력을 바탕으로 하여 만들어 낸 일 또한 직업으로 인정된다는 것입니다. 중요한 것은 고정된 지식을 습득하기보다 도전의식을 갖고 자신만의 분야를 개척할 수 있는 능력을 키워 나가는 것이 중요합니다.

16. 친구는 멘토가 될 수 없나요?

『강아지똥』(권정생/ 길벗어린이)의 강아지똥은 사람들의 가슴속에 '겸손과 희생'의 씨앗으로 남아 있습니다. '강아지똥'을 접한 아이들은 강아지똥처럼 자신의 삶이 보람되고 소중한 삶이 되기를 바랍니다. 책속의 강아지똥이 바로 어린이의 멘토인 것입니다. 멘토는 꼭 위인이나 훌륭한 사람만 되는 것이 아닙니다. 내 삶에서 비중 있게 닮고 싶은 대상이라면 바로 멘토가 될 수 있습니다. 그 대상이 친구도 될 수 있고, 선생님, 부모님, 선배 등 제한이 없습니다. 심지어 흙, 나무, 바위 등 자연물의 속성 속에서 닮고 싶은 부분을 찾는 사람들도 있답니다. 그러나 중요한 것은 내 삶에 대한 진지한 고민과 생각을 통해 정해야만 멘토로서 그 가치를 발휘할 수 있습니다.

17. 성공하려면 꼭 멘토가 있어야 하나요?

바다를 항해하는 배들에게 있어 등대는 길잡이 역할을 합니다. 멘토도 마찬가지입니다. 한 사람의 진로에 있어 길잡이 역할을 하는 사람이 바로 멘토입니다. 멘토가 있으면 힘들고 지칠 때 큰 도움을 받을 수 있지요. 그러나 성공에 있어 꼭 멘토가 있어야 하는 것은 아닙니다. 『느끼는 대로』(피터 레이놀즈/ 문학동네어린이)에서 레이먼은 화가가 되기 위해 자신의 느낌대로 꾸준하게 노력합니다. 레이먼에게 화가로서 성공 요인은 멘토라기보다 바로 '열정'이었습니다. 멘토를 정하는 것은 그리 쉬운 일이 아닙니다. 멘토가 없다고 실망하기보다는 꿈을 향해 정진하는 '열정'을 갖추어 나가기 바랍니다.

18. 구체적인 직업 정보는 어디에서 알아 볼 수 있나요?

지구상에 직업의 개수는 50만 개가 넘는다고 합니다. 그 많은 직업들에 대해 구체적인 정보를 빼놓지 않고 싣는다는 것은 불가능하겠지요? 『너의 꿈에는 한계가 없다』(이영남/ 민음인),『톡 까놓고 직업 톡』(김상호/ 조선앤북)에는 청소년들이 궁금해 하는 직업에 대한 정보와 구체적인 준비사항, 멘토의 이야기가 실려 있습니다. 이 외에도 수많은 직업에 대해 소개하는 책이 다수 출판되어 있습니다. 그러나 궁금 한 직업에 대한 구체적인 정보를 찾는 데는 관련 사이트가 더 효과적입니다. 대표 적인 검색 사이트로는 커리어넷(http://www.careernet.re.kr)과 한국직업정보시스 템(http://www.work.go.kr)이 있습니다. 직업의 이름을 입력하면 구체적으로 하는 일, 적성과 흥미, 자격요건, 경제적 소득, 앞으로의 전망 등을 자세하게 실어 놓았 습니다. 내가 원하는 직업뿐만 아니라 다양한 직업에 대한 정보를 알아두면 진로 에 있어 큰 도움이 될 것입니다.

19. 진로상담을 하고 싶은데…….

진로 상담을 면대 면으로 원한다면 학교의 진로상담 선생님이나 각 지역마다 설 치되어 있는 '청소년상담센터'를 찾아가면 됩니다. 그러나 면대 면이 부담스러울 경우에는 각종 사이버 상담을 통해 유익한 정보를 얻을 수 있습니다. 마찬가지로 커리어넷과 한국직업정보시스템 사이트에서는 각종 심리 검사 및 진로 탐색 프로 그램을 통해 자신의 적성과 흥미를 진단해 볼 수 있습니다. 또한 초등 저학년, 초 등 고학년, 중고등학생으로 구분하여 직업탐색 프로그램도 있으며 진로 상담을 신청하여 전문가의 조언도 받을 수 있습니다.『오늘 읽은 책이 바로 네 미래다』(임 성미/ 북하우스)는 이런 다양한 진로에 대한 정보를 재미있게 소개하고 있습니다. 또, 관련 서적과 영화 등도 실어 놓아 도움을 받을 수 있습니다. 막연하게 나는 어 떤 사람일까 고민만 하는 것보다는 다양한 검사 도구를 통해 자신에 대해 좀 더 파악한다면 진로 계획을 세우는 데 큰 도움이 됩니다.

20. 한 번 정한 직업은 바꾸기 힘들다던데…….

IMF 전까지만 해도 많은 사람들은 첫 직장에서 정년퇴임을 하는 경우가 많았습니 다. 그러나 요즘은 한 번 정한 직업으로 평생을 살아간다고 생각하는 사람은 그리 많지 않습니다. 많은 사람들이 자신의 능력과 적성을 찾아 제2, 제3의 직업을 생각 합니다. 물론 자신의 직업을 천직으로 한평생을 만족하며 살아가면 더할 나위가 없겠지요. 그러나 시대의 흐름이 빨라지고 다양해지면서 한 사람의 직업은 '선택'

에 달려 있다고 봅니다. 『나 화가가 되고 싶어』(윤여림/ 웅진주니어)에서 화가 윤석남은 마흔 살이 넘어 주부의 삶에서 화가의 길을 선택합니다. 실제로 우리 주변에서 정년퇴임 후에도 자신이 하고 싶은 일을 찾아 하는 사람들을 흔히 볼 수 있답니다. 정해진 직업과 정해진 때가 있다기보다 자신이 하고 싶은 일을 자신의 상황에 맞게 한발 나아가 용기 있게 '선택'하는 것이 중요합니다.

21. 세상의 평화를 지키기 위한 직업은 무엇이 있을까요?

평화를 위해서는 넓은 세계를 따뜻하게 바라보는 안목과 관심이 있어야 합니다. 『내 꿈은 기적』(수지 모건스턴/ 첸 지앙 홍/바람의 아이들)의 주인공은 세상을 정의롭고 평화롭고 평등하게 만드는 꿈을 꿉니다. 그리고 그 꿈을 다 이루는 것은 기적이라고 했지요. 세상을 평화롭게 하기 위해서는 경찰이나 군인과 같은 물리적인 힘을 가진 직업도 필요하지만, 어려운 사람을 위해 헌신하는 많은 사람들의 노력이 필요함을 이 책은 이야기해 줍니다. 어떤 일을 하든지 주위를 돌아보는 마음, 자신을 헌신하고자 하는 자세, 그리고 무엇보다 평화를 향한 한 사람, 한 사람의 열정과 관심이 모여 세상의 평화를 지킬 수 있는 힘이 되니까요.

22. 장애가 있으면 원하는 일을 할 수 없나요?

외적인 장애가 중요한 것이 아니라 자신은 할 수 없다고 스스로를 가두는 내적인 장애가 직업에서는 가장 큰 장벽이라고 생각합니다. 『길 아저씨 손 아저씨』(권정생/ 김용철/ 국민서관)는 두 다리가 불편한 손 아저씨와 앞을 못 보는 길 아저씨가 아름답게 서로 의지하며 자립해 나가는 이야기입니다. 이들은 장애가 있다고 해서 원하는 일을 할 수 없다는 사람들의 편견을 깨고 서로 도와가며 부지런히 일해 행복한 가정을 꾸리게 됩니다. 장애를 극복하는 것은 자신들의 마음먹기에 달려 있습니다. 이루고자 하는 마음과 열정은 어떤 어려움도 극복할 수 있는 가장 큰 힘이 됩니다.

23. 해외에서 할 수 있는 일은 무엇이 있나요?

해외에서 할 수 있는 일은 국제적인 업무를 감당할 수 있는 해외상사원, 통역, 번역가, 연구관련 직업들이 있습니다.

『파란 티셔츠의 여행』(비르기트 브라더/ 비르기트 안토니/ 담푸스)은 목화솜에서부터 파란 티셔츠로 만들어지기까지 과정을 통해, 옷이 어떻게 만들어지고, 어떻게 유통되는지를 알려 주는 공정무역에 관한 지식정보 그림책입니다. 해외에서 일하려면 무엇보다 세상을 발견하고, 열린 눈으로 세상을 관찰하는 마음과 서로 공유하고 어떤 장벽도 극복하려는 의지가 강해야 합니다. 특히 무역은 여러 나라의 교역을 통해 이루어지므로 이 책을 통해 '공정무역(FairTrade)'이 무엇이고 왜 중요한지, 이를 통해서 올바른 눈으로 보는 세계관과 사회문제를 보는 관점을 기르는 것도 좋은 공부가 됩니다.

24. 하고 싶은 일이 있는데 잘할 자신이 없어요.

하고 싶은 일이라고 해서 처음부터 잘할 수는 없습니다. 처음부터 잘하려고 하기보다 서서히 시간을 두고 준비하며 자신의 실력을 쌓아가다 보면 차츰차츰 그 일에 대해 자신감이 생기게 됩니다. 성공한 사람들 중에서도 처음부터 그 일에 자신감이 넘쳐서 도전하는 경우는 그리 많지 않습니다. 준비해 가는 과정에서 자신감이 생기고 자기만의 노하우나 창의적인 아이디어가 개발되는 경우가 의외로 많습니다.

『점』(피터 레이놀즈/ 문학동네)의 주인공 베티도 그림에는 전혀 관심도 소질도 없다고 생각했는데, 자신의 그림에 대해 가치를 부여해 주는 선생님에게서 칭찬을 받으며 서서히 자신감을 회복해가고, 자신도 누군가에게 다시 용기를 주는 역할로 변모하게 됩니다. 하고 싶은 일이 있다면 열정적으로 배우면서 준비하세요. 어느덧 성장해가고 있는 자신을 발견하게 될 것입니다.

25. 쉽고 편안한 일만 하면서 살 수는 없을까요?

어떤 직업도 쉽고 편안한 일은 없습니다. 곁에서 남들이 보기에는 쉬워 보여도 그 일에 종사하는 사람들을 세심히 관찰해 보면 나름의 고충과 어려운 부분이 있기 마련입니다. 『반이나 차 있을까 반밖에 없을까』(이보나 흐미엘레프스카/ 논장)는 사물과 현상을 보는 관점에 따라 전혀 다른 결론을 도출할 수 있음을 알게 해 줍니다. 어떤 일이라도 생각하는 관점에 따라 쉬울 수도 어려울 수도 있습니다. 쉽고 편안한 일을 찾기보다 자신이 즐겁게 일할 수 있는 직업을 찾는 것이 더 바람직할 것입니다. 즉 일을 대하는 사람의 마음에 따라 그 일이 쉽고 편안하게 느껴질 수 있을 것이라 생각합니다.

26. 유명해지면 성공한 건가요?

유명해진다고 반드시 성공한 것은 않습니다. 그보다는 어떻게 유명해지느냐가 중요한 것이지요. 타인을 돕거나 다른 사람의 삶을 좀 더 윤택하게 한 면에서 성공했거나 모범이 되는 삶으로 성공했다면 더 의미 있는 성공이라고 볼 수 있는 않을까요? 또는 어떤 직업도 평범해 질 수 있고 또 그렇지 않을 수 있습니다.

『선생님 바보의사 선생님』(이상희/ 김명길/ 웅진주니어)은 남들이 부러워하는 의사가 되었지만, 부와 명예를 좇기보다 어렵고 가난한 사람들을 따뜻한 마음으로 돌보는 무소유의 삶을 선택해, 우리에게 성공한 삶의 의미를 다시 생각하게 해 줍니다. 장기려 박사는 유명하지 않지만 그의 삶은 성공한 삶이라고 할 수 있습니다. 성공은 자신이 원하고 추구했던 꿈을 현실로 이룬 것입니다. 이러한 성공은 돈과 명예를 추구하는 성공보다 더 많은 사람에게 더 오래도록 존경받고 기억됩니다.

27. 심리검사 결과대로 진로를 결정해야 하나요?

반드시 그렇지는 않습니다. 심리검사는 말 그대로 검사일 뿐이고 참고사항입니다. 다만, 자신도 몰랐던 부분에 대한 정보를 알려 준다는 점에서 자신을 더 잘 알게 될 수도 있겠지요.

『나는 무슨 일을 하며 살아야 할까?』(하종강 외/ 철수와영희)에서는 구체적인 직업에 대한 정보보다는 진로를 선택하려는 청소년들이 꼭 알아야 할 일과 노동에 대한 본질적인 이야기를 하고 있습니다. 성급하게 구체적인 직업을 선택하기보다는 여러 가지 검사 결과를 토대로 일에 대해 본질적인 고민을 충분히 해 보는 것이 진로 선택의 순서라고 생각합니다.

28. 좋아하는 것과 잘하는 것이 달라요.

자신이 좋아하는 것과 잘하는 것이 다를 경우에는 과연 무엇을 할 때 내가 정말 즐겁고 행복한가를 먼저 생각해 보는 것이 필요합니다. 다른 사람의 인정을 받는 것보다 내가 그 일을 함으로써 오래도록 행복한 일을 직업으로 선택할 때 성공할 가능성도 높고 자신의 삶도 윤택해질 것입니다.

『나의 명원화실』(이수지/ 비룡소)의 주인공은 '뽑히는 그림'을 그릴 줄 아는 아이였습니다. 하지만 명원화실에서 진짜 화가를 만나고 가슴에서 '펑' 하는 소리를 듣는 가슴 설레는 경험을 한 뒤에는 더 이상 뽑히는 그림에 연연하지 않는 진짜 그림을 그리게 됩니다. 그리고 더 행복해 합니다. 같은 일이라도 진짜 좋아서 할 때에 정말 잘할 수 있는 것이 아닐까요?

29. 어른들은 공부를 잘해야 성공한다는데 사실인가요?

공부를 잘해야만 성공하는 것은 아니지만, 공부를 잘한다면 성공할 수 있는 가능성은 좀 더 많다고 봐야겠지요. 하지만 꼭 그런 것만은 아닙니다. 공부보다 내가 정말 잘할 수 있는 것이 있어서 공부의 길을 버리고 과감히 다른 길을 선택하여 성공한 사람들도 많이 있기 때문입니다.

『빵 굽는 CEO』(김영모/ 김영사)의 주인공은 비록 학교를 다닐 수 없어서 공부는 하지 못했지만, 제과제빵사로서 성공하여 대한민국 최고의 제과기능장이 되었습니다. 결국은 어떤 일을 향한 열정과 자세, 그 일을 성취해 내려는 의지가 성공의 중요한 요인이 됩니다.

30. 수능에 반영되지 않는 과목도 공부해야 하나요?

반드시 수능에 반영되지 않는 과목이라 해도 청소년기에 획득할 수 있는 다양한 학문을 두루 섭렵하고 사고의 폭을 넓히고 자신의 적성이 무엇인지를 살펴보는 것은 중요한 일입니다. 수능 시험이 인생의 모든 것을 결정하는 시험은 아니기 때문에 장기적인 관점에서 여러 과목을 열심히 공부해 두는 것도 중요합니다.

『도서관 생쥐』(다니엘 커크/ 푸른 날개)의 주인공 생쥐 샘은 도서관에 살면서 그 안에 있는 많은 책들을 읽고 다양한 지식을 쌓게 되어 그 지식을 바탕으로 자신이 직접 글을 쓰는 작가가 됩니다. 거기에 그치지 않고 도서관에 오는 아이들에게 작가로서 자신감을 심어 주고 희망을 나누게 됩니다. 열심히 공부하고 지식을 쌓아 가는 것이 힘들지만, 그 대가가 나의 삶에만 그치지 않고 누군가에게 기쁨과 즐거움을 줄 수 있다면 신나는 일이지 않을까요?